セルケトを中心に膨大な『力』がふくれあがって、弾ける。
それは強大な熱風となって竜技も、『力』のある矢もことごとく打ち消した。

「ティグルさん！
ほんとにティグルさん
だよね⁉」

「愛している。これまでも、これからもずっと。妻に、なってほしい」
「喜んで、お受けします」

ダッシュエックス文庫

魔弾の王と叛神の輝剣3

川口 士

プロローグ

地上の一点から、黒い光がまっすぐ噴きあがった。

それは灰色に満ちた冬の空を貫《つらぬ》いて、天と地をつなぐ長大な柱となる。

光は、すさまじいまでの『力』の奔流《ほんりゅう》だった。並みの人間では、近づくだけで意識を失うだろう。意識をたもつことができたとしても、不用意に触れようものなら、瞬く間に消滅して骨どころか一筋の体毛さえ残らないに違いない。

その光は、かつてジスタート王国の王都だったシレジアの王宮からほとばしっている。より正確には、王宮の最上階にある、初代国王の棺が置かれた部屋からだ。

その部屋の近くの屋根に立って、光の柱を見つめているものがいる。

長い黒髪と褐色の肌を持ち、白を基調とした神官衣をまとった十七、八歳の娘だ。屋根の上には強風が吹き荒れているが、彼女は怯《おび》える様子もなく、黒髪と神官衣の裾をはためかせて静かにたたずんでいた。

人間に見えるが、彼女の正体はひとならざるものだった。冥府《めいふ》を支配し、管理する神アーケンに仕える使徒セルケトである。

ついさきほど、彼女はアーケンにあるものを捧げた。ジスタートの初代国王が遺した、二本の竜の牙だ。むろん、ただの牙ではない。神話の時代から生きている神殺しの竜ジルニトラの力を秘めたもので、アーケンは長らくこれを求めていた。夜と闇と死の女神ティル＝ナ＝ファを圧倒し、滅ぼすために。

アーケンは、竜の牙の『力』を己の中に取りこもうとしている。だが、それは神にとってさえ容易ならざることだった。空を穿《うが》つ黒い光は、アーケンと竜の牙のせめぎあいの余波だ。光を見上げるセルケトの顔には、戦慄《せんりつ》が浮かんでいる。竜の牙の『力』に圧倒されていた。

「これがアーケンの求めたもの。すばらしい……」

不意に、大気が不自然に揺らいだ。異変を感じたセルケトは、屋根を蹴って空中に浮かぶ。

直後、低い地鳴りを先立たせて、王宮が大きく軋《きし》み、揺れた。警備の任についているキュレネー兵たちの悲鳴や、家具が倒れ、壊れる音がそこかしこから聞こえてくる。

高く飛翔しながら、セルケトは目を瞠《みは》った。アーケンの使徒としての知覚は、いまの地震がジスタートの一部だけで起きたものではないことを、正確に把握したのだ。

――ジスタート全土どころか、北の大陸だけですらない……。

この世界そのものが激しく揺さぶられたのだと、彼女は理解していた。彼女の仕える神と竜の牙の衝突は、それほどの地震を引き起こしたのだ。

揺れが徐々に小さくなっていき、三十を数えるほどで地震がおさまる。

王宮だけでなく、市街からも兵たちの騒ぎたてる声がかすかに聞こえてきた。地震による被害は大きく、倒壊している家もあれば、暖炉などの火が延焼して燃えだしている建物もある。

しかし、セルケトの関心は空に向けられていた。

黒い光の周囲に、いくつもの稲妻が走っている。はるか遠くの空が白く光ったかと思うと、複数の雷鳴が重なりあって轟《とどろ》いた。雷はひっきりなしに落ち続けて、止《や》む気配を見せない。

「やはり、アーケンはこの世界を滅ぼすつもりはないのですね」

もしもアーケンが加減をせずに力を振るい、ごく短時間で竜の牙の力を取りこもうとしていたら、世界は神の力に耐えられなかっただろう。空は揺れ、海は涸《か》れ、大地は大きく裂けて、崩壊していたに違いない。

だが、アーケンはこの世界を、己の管理する冥府に加えたいと考えている。それゆえに時間がかかろうとも、力をおさえて竜の牙を取りこむことにしたのだ。それでも天候の急変や地形の歪みなどが起きているが、そのていどは許容範囲である。生物の死は、冥府の管理者であるアーケンにとって考慮するべきことではない。

「アーケンが竜の牙を完全に取りこんだとき、使徒としての私の使命も終わる」

胸に手をあてて、セルケトは満ち足りた表情を浮かべる。彼女は犬頭の使徒ウヴァートとともに、地上において神の意志を忠実に遂行すべく、つくりだされた存在だった。

神話の時代にティル＝ナ＝ファァと戦って敗れたアーケンは、女神を滅ぼす方法を模索し、二つの方法にたどりついた。

ひとつは、時間と空間を超えて、『分かたれた枝の先』——こことは異なる道を歩む二つの世界に干渉し、それぞれの世界の自分と融合することだ。だが、これではティル＝ナ＝ファの力を上回ることはできても、圧倒するとまではいかない。

もうひとつは、神殺しの竜と呼ばれるジルニトラの力を得ることだ。それがかなえば、ティル＝ナ＝ファなどたやすく滅ぼせる。幸いなことに、その力は地上にあった。

だが、アーケンが自ら地上に干渉すれば、ティル＝ナ＝ファは必ず妨害してくる。

そこで、アーケンはセルケトとウヴァートをつくりだしたのだ。彼女たちに、分かたれた枝の先からこの世界を訪れたメルセゲルを加えて、竜の牙の入手と、障害となるものたちの一掃を命じた。

とくにアーケンが危険視したのは、ティル＝ナ＝ファの力を引きだせる黒い弓の使い手である魔弾の王、竜具《ヴィラルト》を振るう七人の戦姫、魔物と呼ばれるひとならざるものたちだ。彼らは神でないにもかかわらず、アーケンを傷つけうる存在だった。

それ以外の人間も放っておくことはできなかった。地上には、ティル＝ナ＝ファの声を聞くことができる者がわずかながらいて、誰かが女神を降臨させるかもしれなかったからだ。

セルケトたちは彼らをことごとく滅ぼすために、キュレネー王国を利用した。

神の加護を受け、使徒たちに指揮されたキュレネー人たちは「神征《アテン》」を行い、アーケンの思惑通り諸国を次々に征服していった。

神征の傍《かたわ》ら、セルケトたちは戦姫たちを葬り去り、魔物たちを滅ぼした。魔弾の王ティグルことティグルヴルムド＝ヴォルンの治めるアルサスの地に、怪物レネートを差し向けたのは彼女たちだ。

アーケンが地上に降臨したのは、ジスタートを攻める直前のことだった。このとき、戦姫はアレクサンドラ＝アルシャーヴィンとオクサーナ＝タムの二人だけになっており、魔物もマクシミリアン＝ベンヌッサ＝ガヌロンしか残っておらず、ティグルは黒弓を失っていた。地上の脅威はほぼ消え去ったと、判断したのである。

その後も、アーケンの計画通りにことは運んだ。使徒ウヴァートを滅ぼされ、奪った竜具を奪い返されるということはあったが、こうして竜の牙を手に入れた。

「神征」の役目は終わり、キュレネー軍は無用のものとなった。

「魔弾の王を器にできそうにないのは、残念ですね」

セルケトは視線を転じる。いま、ティグルは王宮の中にある神殿にいた。いったい何があったのか、アーケンの支配から脱している。彼をまた器に適した身体にするには、かなり時間がかかるだろう。そして、アーケンにはもうその気はないようだった。

「予想外の収穫もあったことですし、放っておいてもいいのでしょうが……」

腹部に手をあててつぶやいたあと、セルケトはあることを考えて、右手を軽く持ちあげる。

いまの彼女の使命は、アーケンが竜の牙を取りこむまで、妨害の入らぬようにすることだ。

それゆえ、うかつにこの場から離れるわけにはいかない。

だが、ティグルが神殿の中にいる間は、ここから仕掛けることができる。神殿は祈りを神々に届かせるための場所であり、神々が干渉しやすいからだ。使徒であるセルケトも。

――アーケンが竜の牙の力を取りこんでいるからでしょう。私の力も増している。

自分の力をはかるのにはちょうどいい。

勢いの衰えることのない黒い光を見上げて、セルケトは妖艶《ようえん》な微笑を浮かべた。


同じころ、シレジアから西に数百ベルスタ離れたヴァンペール山でも地震が起きた。

そのとき、ジスタート軍の総指揮官であり、『煌炎の朧姫《ファルプラム》』の異名を持つ戦姫サーシャことアレクサンドラ＝アルシャーヴィンは、山の中腹の洞窟にある部屋の中にいた。食糧の備蓄《びちく》についてまとめた書類に目を通していたのだ。彼女は揺れに気づくと、傍らに置いていた双剣の竜具だけをつかんで、脇目もふらずに外へ飛びだした。

――かなり大きな地震だな。

山の斜面を見上げる。警戒すべきは落石だった。小さな石でも、高いところから落ちてくれば充分に危険だ。当たりどころが悪ければ命を落とす。

洞窟の中にいたジスタート騎士たちも、次々に飛びだしてきた。彼らはサーシャの姿を発見すると安堵《あんど》の表情を浮かべ、指示を求めて駆け寄ってくる。サーシャは頭上に用心するようにと告げて、地震がおさまるのを待った。

幸いにも、揺れはそれほど長く続かなかった。

落ち着きを取り戻した騎士たちを、サーシャは整列させる。逃げ遅れた者はいないか確認させた。それから念のため、洞窟の中に大声で呼びかける。自分たちが気づかない間に、洞窟に入った者がいるかもしれないからだ。

洞窟の中を見て回ることまではしない。奥まで進んだところでまた地震が起きれば、生き埋めになる恐れがある。

逃げ遅れた者はいない。そう判断したとき、ぱたたたと、大気を小刻みに打ち鳴らすような音が耳をくすぐった。聞き慣れた音だ。

そちらを見ると、四チェート（約四十センチメートル）ほどの大きさの、緑青色の鱗に覆われた幼竜が翼を羽ばたかせて飛んでくる。

「ルーニエ、おまえも無事に逃げてたのか」

サーシャは顔を輝かせた。自分の胸に飛びこんできたルーニエを、優しく抱きとめる。

ルーニエは、エレンことエレオノーラが傭兵団『風の剣《ストリボグ》』を率いていたころに野山で拾った野生の竜だ。おとなしくて咆《ほ》えたり暴れたりすることはないが、気まぐれでいつもどこかをうろついている。この拠点でもその性質は変わらず、気ままに山の中を飛びまわっていた。

「ひとりでちゃんと逃げてきて偉いな、おまえは」

思えば、キュレネー軍に王都シレジアを攻め落とされたときもそうだった。混乱と流血の濁流に呑みこまれていく王都から、サーシャがどうにか兵と民を脱出させたとき、ルーニエはいつのまにか彼女のそばにいたのである。単独で脱出していたのだ。

「さすが幸運を呼ぶ獣ですな」

サーシャに抱かれているルーニエを見て、騎士のひとりが笑った。ジスタート兵にとって、この気まぐれな幼竜は心をなごませてくれる存在になっている。

「あとでご飯をあげるから、いまはおとなしくしていて」

サーシャはルーニエをそっと地面に下ろすと、表情を切り替えて騎士たちを見回した。揺れがおさまったからといって危険が去ったわけではない。すぐに次の行動に移る必要がある。

「ふもとまでの道が安全かどうかを知りたい。手分けして確認に行ってくれ。ただし、少しでも危険だと感じたら決して踏みこまず、すぐに戻ってきて報告するように」

このヴァンペール山にいるジスタート軍の数は約一万九千。そのうち、山の中に住んでいる者は一千と五十弱だ。サーシャを含めた五十人近くが中腹の洞窟で生活し、一千の兵が山の中に建てたいくつもの小屋で寝起きしている。残りの約一万八千の兵は、山のふもとに築いた幕営で暮らしていた。

サーシャが恐れているのは、土砂崩れや落石などでいつも使っている道がふさがってしまうことだ。山を下りるのが困難になるというだけでなく、他の場所にいる兵たちと連絡をとるのが難しくなる。いまは昼過ぎなので、食糧の調達や巡回などの理由で山の中を歩きまわっている者もいるはずだった。

騎士たちが敬礼をほどこし、彼女の前から足早に去っていく。

ひとりになったサーシャは、腰の左右に差した竜具バルグレンに視線を落とした。炎を操る双剣の鍔に埋めこまれている宝玉が、さかんに明滅している。

――危険を訴えている？

竜具は言葉を持たないが、何らかの形で己の意志を伝えてくる。バルグレンは、これがただの地震でないと主張しているようだった。

サーシャは東に視線を向ける。ここから東に二十日ほども歩けば、キュレネー軍に占領されている王都シレジアにたどりつく。

――ただの地震じゃないとすれば、アーケンの仕業《しわざ》だろうか……。

サーシャは頭《かぶり》を振った。その可能性があるというていどにとどめておくべきだ。

次いで、南に視線を転じる。

十四日前、彼女の親友にして戦姫となったエレンと、信頼している文官のリュドミラ、いまだに素性が知れないながらも頼もしい仲間であるアヴィンとミルことミルディーヌの四人が、ヴォージュ山脈の南端に向かった。そこにあるという古い時代の神殿から、アーケンの神殿へ行き、敵に奪われた竜具を取り戻すためだ。

この山は、山脈の北東端にある。南端までは馬を走らせても二十日以上かかるだろう。リュドミラが一部の地理に詳しいので、何日分か距離を縮められるかもしれないが、まだ彼女たちは目的地に着いていないかもしれない。

——どうか、四人とも無事に帰ってきてくれ。

両目を閉じて、サーシャは静かに祈った。

兵たちの安否と、地震がヴァンペール山に及ぼした影響がわかったのは、それから二刻ほど過ぎたころである。負傷者は多かったものの、幸いなことに命を落とした者はいなかった。

そして、道の何本かと、山の中に建てた小屋のいくつかが、落石や土砂崩れによって使えなくなった。とくに兵たちを嘆《なげ》かせたのは、斜面につくっていた畑が三つばかり土砂に呑まれてしまったことだ。

二十日近く前にキュレネー軍を撃退して以来、この山には平穏な時間が流れていた。寒風吹きすさぶ季節に山で暮らすことの厳しさは依然《いぜん》としてあったが、未来に希望を持ち、笑いあって毎日を乗り越えていく術《すべ》を、兵たちは身につけはじめていた。

だが、この地震はそれらを消し去ってしまったように、サーシャには思えたのである。

下山の指示を出しながら、黒髪の戦姫は次の一手を考えなければならなかった。

1　脱出

ティグルヴルムド＝ヴォルンは、シレジアの王宮にあるアーケンの神殿に立っていた。

手には亀裂の入った黒弓があり、身につけている服はひどく汚れ、腹部には血の染みが広がっている。右の眼窩《がんか》から流れる血は顔の半分を赤く染め、左目は憤怒《ふんぬ》に満ちた強い輝きを放っていた。彼の足元には、キュレネー人の少年が気を失って倒れている。従者のディエドだ。

ティグルの怒りは、アーケンに向けられたものだった。

彼がアーケンの支配から脱したのは、ついさきほどのことだ。

一刻ほど前、二人の男女がこの場所に侵入した。リュドミラと、アヴィンだ。そのときのティグルは、まだアーケンに侵食されており、使徒メルセゲルとともに二人を迎え撃った。

苛烈な死闘の末に、ティグルたちは敗れた。

ティグルはアヴィンの射放った白い鏃《やじり》の矢を胸に受け、光に包まれて、強烈な苦しみの中で意識を失った。そして、目覚めたとき、彼は己を完全に取り戻していたのだ。白い鏃の矢が、ティグルを支配していたアーケンの意志を吹き飛ばしたに違いなかった。

ディエドが現れたのはその直後で、彼はティグルを兄の仇《かたき》と呼び、短剣を握りしめて襲いかかってきた。その刃を避けきれず、ティグルは腹部に傷を負った。

ディエドは戦死した兄を慕《した》っており、仇を討ちたがっていたが、このような真似《まね》をする人間ではない。何より、この神殿に自由に出入りできるのはアーケンの使徒だけだ。セルケトかメルセゲルのいずれかが、彼を操ったのだ。

強烈な怒りに突き動かされたティグルはアーケンに宣戦布告をして、琥珀《こはく》の柱に封じられていた家宝の黒弓を取り返したのである。

ティグルは黒弓を握りしめ、険しい表情で視線を巡らせた。

神殿は石造りの広大な部屋で、天井や壁それ自体が淡い光を放っている。それらの光に照らしだされているのは、すさまじいとしか言いようのない破壊の跡だ。

床にはいくつもの穴が穿《うが》たれ、天井や壁には何かに深くえぐられた傷が数多くある。また、奥には破城槌《はじょうつい》で強引に貫《つらぬ》かれでもしたような、大きくいびつな空洞があった。そこには両開きの扉があったのだが、ティグルが吹き飛ばしたのだ。

無傷なのは、ティグルのそばにそびえたっている巨大でいびつな四本の琥珀の柱だけだ。これらは、戦姫たちの竜具《ヴィラルト》を封じこめたものだった。

――揺れがおさまった……。

アーケンに宣戦布告をしたあと、大きな地震がこの部屋を襲った。ティグルはアーケンが何か仕掛けてきたのかと考えて、そこから動かずにいたのだ。

――倒れたものや、大きく崩れたものはないが……。

ティグルの顔に緊張がにじむ。神殿の中に漂う空気が、さきほどより重く感じられた。おそらく、ここではないところで何かがあったのだ。

そのとき、ティグルが立っているところから十数歩先、虚空《こくう》の一点に、砂粒ほどの大きさの黒い光が現れる。光から尋常でない圧迫感が伝わってきて、額に汗が浮かんだ。

強大な何かが自分を睥睨《へいげい》している。その気配には覚えがあった。

――アーケン……。

自分を崇め奉っているキュレネー人たちの命さえも、何とも思っていない非道な神。ティグルにとって決して許せない存在だった。

黒い光が瞬く間にふくれあがって、人間の頭部ほどの大きさの球体になる。その表面から、黒い霧にも似た瘴気《しょうき》があふれでた。ティグルは避ける暇もなく、瘴気に呑みこまれる。

――また俺を支配する気か。

自分の身体の中に侵入しようとしてくる瘴気に抗《あらが》いながら、ティグルは黒弓をかまえた。右手の指を弓弦に引っかける。

右手に矢はない。だが、ティグルは右目に入っていた黒弓の破片を握りこんでいた。

のしかかる重圧が、意識を押し流そうとしてくる。歯を強く食いしばって耐え、両足に力を入れて身体を支える。腹部の傷が痛んだが、気にしている余裕はなかった。

――ティル＝ナ＝ファよ、力を貸してくれ！

弓弦を引き絞る。右手の中に黒い矢が生まれた。女神の瘴気でつくられた矢だ。

刹那《せつな》、ティグルは奇妙な違和感を覚えた。自分を包んでいる瘴気から、アーケンの意志以外の何かを感じたのだ。それはアーケンのように自分を呑みこもうとはせず、ただ離れたところからじっとこちらの様子をうかがっている。知恵に長けた獣のように。

だが、そのことを気にしている余裕はなかった。反撃しなければ、また侵食される。

矢を放つと、身体にまとわりついていた黒い光が吹き飛んだ。放った矢は、黒い球体に届く前に粉砕されたが、とにかく神の攻撃を退《しりぞ》けたのだ。

「二度と、貴様のようなやつに支配されてたまるか」

アーケンを睨《にら》みつけて、ティグルは吐き捨てる。

「どうしても俺の身体がほしいなら、俺を殺せ。貴様の使徒のように死体を操るといい」

『──あなた様』

神殿の中に、女性の声が響きわたった。セルケトの声だ。ティグルは眉をひそめた。

──この黒い球体は、セルケトの力によるものなのか？　だが……。

感じられるのはたしかにアーケンの気配だ。

こちらの戸惑《とまど》いを読みとったのか、セルケトがかすかに笑う。

『それはアーケンです。ほんの少しだけ、力をお借りしました。それより──』

声音《こわね》に冷気をまとわせて、彼女は続けた。

『なぜ拒み、抗うのです。アーケンの器になれる望外《ぼうがい》の幸運を、捨てるのですか』

大声を出す必要はなかったが、ティグルは感情をおさえられず、怒声で応じた。

「ふざけるな。俺にとって、おまえもアーケンも倒すべき敵だ」

返答はない。だが、黒い球体は依然《いぜん》として空中に浮かんでおり、おそらくセルケトのものだろう視線も感じられる。

いまは逃げることを優先すべきだ。ティグルは奥にある出入り口に目を向けた。

そのとき、四つの琥珀の柱が、音もなく消え去った。柱の中に封じられていた四つの竜具が虚空に浮かぶ。錫杖《しゃくじょう》、鞭《むち》、大鎌《おおがま》、斧《おの》がそれぞれ光を反射して鈍い光を放った。

突然の出来事にティグルは息を呑んだが、すぐに新たな驚きに襲われた。

黒い球体が脈動したかと思うと、四つの瘴気の塊にわかれ、空中に浮かんでいる竜具にそれぞれまとわりつく。瘴気は人間の形になって、竜具をつかんだ。

四体の黒い影は静かに床に降りたち、ティグルと相対《あいたい》する。

――竜具を……。

愕然《がくぜん》として、ティグルはその場に立ちつくした。竜具を振るうことができるのは、竜具に選ばれた戦姫だけのはずだ。アーケンとセルケトは、その理《り》さえも超越するのか。

突然、大鎌を持った敵の姿が消え去る。ティグルは反射的に後ろへ跳んだ。何かを考えるよりも早く、身体が危険な気配を感じとって反応したのだ。

直後、さきほどまでティグルが立っていた場所の上に、大鎌を持った影が現れる。跳躍したのではない。空間を超えてきたのだ。影の振るった大鎌は空を切ったが、こちらが動くのが少しでも遅ければ、致命的な一撃をくらっていただろう。

大鎌の影の動きにつられるように、他の三つの影も動きだした。斧を持った影が滑るように前進して、ティグルとの距離を詰める。その手の中で、斧が形を変えた。柄が長くなり、刃は一回り以上大きく、鋭利になる。ティグルは目を瞠《みは》った。

――オクサーナさまの斧――ムマだ。

『羅轟の月姫《バルディッシュ》』の異名を持つ戦姫だったオクサーナは、夏の終わりにヴァルティスの野でキュレネー軍と戦い、命を落とした。ティグルもその戦いに参加し、戦いの前にオクサーナと言葉をかわしている。そのことが思いだされて、ティグルは全身が熱くなるのを感じた。

――貴様らが竜具を振るうな！

黒弓を通じて、女神に祈る。右手から黒い瘴気が湧きだして、矢を形づくった。無尽蔵に生みだせるわけではなく、体力を消耗するが、惜しんでいる余裕はない。

横へ駆けて斧使いとの距離をはかりながら、ティグルは黒弓に矢をつがえて放つ。

斧使いがムマを大きく振りあげて、瘴気の矢に叩きつけた。黒い閃光が飛散して、衝撃が大気を揺らす。ムマは、矢を粉々に打ち砕いた。

ティグルの顔を戦慄《せんりつ》がよぎる。だが、すぐに気を取り直し、さらに距離をとりながら、今度

は四本の矢を生みだした。全身が重くなるほどの疲労を感じたが、弓矢の扱いに慣れ親しんだ身体はにぶることなく、いつも通りに動く。

──これならどうだ……！

四本の矢をすべてつがえ、弓弦を引き絞って放つ。

錫杖を持った影が前に出た。その影が竜具──ザートをかざすと、錫杖使いの前に淡い光を帯びた透明な薄膜が出現する。それは、使い手を守る超常の防壁だった。

薄膜の防壁が、四本の矢を受けとめる。轟音と光の乱舞をともなったせめぎあいは、一瞬で決着がついた。ティグルの矢はことごとく粉々になって虚空に溶け、防壁もまた無数の光の粒子となって消え去ったのだ。

──そういえば、サーシャから聞いたことがある。

錫杖の竜具ザートはさまざまな力を持ち、とくに守護の力は強力だと。

サーシャの姿が、かつて彼女と会話した記憶とともに思いだされる。「アグラティーナがいれば、もっとできることがあっただろうね」と、彼女は言っていた。

ザートの使い手アグラティーナ＝オベルタスは、鞭の竜具を操るユリア＝フォミナ、大鎌の竜具を操るドロテア＝グリンカと、キュレネー軍に征服された地へ潜入して、命を落とした。

──戦姫四人をまとめて相手にしているようなものだな。

焦りと疲労が、わずかに動きをにぶらせる。そのとき、鞭使いが動いた。敵の放った鞭は倍以上に伸びて、ティグルの左腕に絡みつく。

しまったと思ったときには遅く、相手が鞭を振りあげて、ティグルの身体が宙に浮いた。

背中から床に叩きつけられる。強烈な痛打に一瞬、呼吸が止まった。

右手からあふれた瘴気が、ティグルの身体を包みこむ。一瞬遅れて鞭が白い雷光を発し、雷撃がティグルの全身を貫いた。声を出せないほどの激痛に、意識を失いそうになる。ティル＝ナ＝ファの瘴気に身体を守られていなかったら、耐えられなかっただろう。

瘴気の矢を生みだして、鞭に突きたてる。雷撃が消えて、竜具の鞭が離れた。

揺れる視界に、黒い影がぼんやりと映る。反射的に、黒弓を持つ左手を突きあげた。

鈍い音が響き、黒弓を通して重い衝撃が伝わってくる。

そばに現れたのは、斧使いだった。首と胴体を切り離さんとする斧の一撃を、ティグルはとっさに黒弓で受けとめたのだ。

斧使いの力は強く、こちらは身体に力が入らない。禍々《まがまが》しい輝きを放つ刃がじりじりと喉元に迫ってくる。視界がようやく明瞭になり、ティグルはどうにか右手を弓弦に引っかけて、黒い矢を生みだした。

至近距離から放たれた一撃は、斧使いの頭部をかすめる。斧使いの頭部が歪み、傷を負っただろう箇所から、瘴気が無数の粒子となってたちのぼった。斧使いが後退する。

ようやく自由を取り戻したティグルは、大きく息を吸い、吐きだしながら身体を起こした。

——まだ身体は動く……。

指はすべて感覚がある。足にも力が入る。一方で、腹部の傷の痛みが増している。気を抜けば倒れてしまいそうで、呼吸を整えるのもひと苦労だ。すでに満身創痍《まんしんそうい》だったが、戦意の衰えていない両眼で竜具使いたちを睨みつける。

視界に映った敵の数は、三。大鎌使いがいない。

背筋に寒気を感じたときには、動いていた。身体を投げだすように、床を転がる。いつのまにか背後にいた大鎌使いが、横薙ぎに大鎌を振るうよりも、わずかに早かった。大鎌の刃は、ティグルの服をかすめるだけに留まる。

よろめくような足取りで、ティグルは壁を背にした。背後をとられる恐れはひとまずなくなったが、一時的なものだ。ここから動かずに彼らを倒すなどという真似はできない。

——どうやって戦う。どうやって勝つ。

そのとき、ティグルの意識に呼びかける声があった。

『何を手こずっている』

おもわず顔をしかめる。その声は、墓守を自称する奇妙な男ガヌロンのものだったからだ。ついさきほどまで心身ともにアーケンに侵食されていたティグルにとって、彼の言葉を聞いたのは、アルサスの地にあったアーケンの神殿をともに探索したとき以来だった。

「おまえ……」と、声にだしかけて、思い直す。

セルケトの視線は消えていない。どこからか自分を見ている。ガヌロンの存在にも当然、気づいているかもしれないが、相手に少しでも情報を与えるべきではない。

――文句を言うぐらいなら、手伝え。

心の中で、怒りを帯びた言葉を返す。伝わったようで、すぐに返事が来た。

『もとよりそのつもりよ。貴様は魔弾の王としては失望させられるほど脆弱《ぜいじゃく》きわまるが、この時代、この地にあっては他に代わりがおらぬ』

言いたい放題言ってくれる。声には出さずに毒づいたとき、ティグルの周囲に黒い瘴気が湧きあがって、身体にまとわりついた。

瘴気といっても、ティル＝ナ＝ファのそれとは違う。身じろぎしたティグルだったが、自分に生じた変化にすぐに気づく。全身を襲っていた痛みが薄れ、身体が軽くなった。

――おまえのおかげなのか……？

『痛みをやわらげただけだ。傷を治すのは専門外なのでな。だが、さきほどまでよりは戦いやすかろう』

ありがたい。いまは自由に動けることが何より重要だ。

――もうひとつ教えてくれ。やつらは何ができる？

『それぞれの竜具が持つ力について説明することはできるが、助けにはならぬ』

突き放すような答えが返ってきた。

『貴様も戦姫との交流があったのだから、竜具の力は使い手次第であるとわかっていよう』

すぐに納得する。サーシャの持つ双剣の竜具バルグレンには炎を操る力があったが、彼女の炎は攻撃だけでなく、防御や目くらましにも使われ、まさに変幻自在だった。ガヌロンから説明を受ければ、かえってこちらの思考の幅が狭まる。

『何より、貴様の目的はそやつらを滅ぼすことではなかろう』

ティグルは顔をしかめた。ガヌロンの言う通りだ。この忌まわしい場所から、一刻も早く脱出しなければならない。

錫杖使いと鞭使いがまっすぐ向かってくる。ティグルもまた、女神の瘴気によって黒い矢を生みだし、積極的に彼らとの距離を詰めた。

鞭使いが、雷光を帯びた鞭を振りあげる。ティグルは足を止め、矢を放った。

矢と、敵の振るった鞭の先端とが激突する。矢は砕け散ったが、鞭も軌道を大きく変えて虚空に躍った。鞭使いの動きが止まる。

頭上が陰った。見なくてもわかる。大鎌使いが空間を跳躍してきたのだ。その攻撃を予測していたティグルは、自分に迫る大鎌の刃を黒弓で防ぎ止めた。右手で握り拳をつくって大鎌使いの腹部に撃ちこむと、瘴気でつくられた身体の中に手首までが埋まる。

その状態で、ティグルは右手の中に黒い矢を生みだした。

大鎌使いの腹部から下が音もなく破裂し、無数の黒い粒子となって霧散する。これはかなりの打撃になったようだ。大鎌使いは上半身だけの存在となっても竜具を手放さなかったが、空中に逃れて距離をとった。

錫杖使いが猛然と殴りかかってきた。ティグルは黒い矢を四本生みだして、迎え撃つように突進する。その動きに反応して、相手は正面に透明な防壁をつくりだした。

ティグルは足を止めて、大きく後退する。すると、錫杖使いの脇から斧使いが飛びだした。

――そう来ると思ったぞ。

黒弓に四本の矢をつがえて、ティグルは狙いを定める。錫杖使いに矢を射放つ気は、はじめからなかった。こちらの隙を突くための陽動だろうと考えたからだ。そこで、相手を迎え撃つかのように動いて、他の竜具使い――斧使いを誘いだしたのである。

――足に当てても、こいつは瘴気の塊だから意味はない。

斧使いが竜具を横薙ぎに振るう。ティグルは余裕をもってかわしたが、それでも肩から胸にかけて衝撃を感じ、すさまじい風圧に体勢を崩されかけた。それに耐えて、矢を射放つ。

四本の矢は、敵の左右の腕に二本ずつ突き刺さって、吹き飛ばした。しかし、竜具は床に落ちなかった。斧使いの両脚が変形して腕となり、つかみとったのだ。

「怪物め……」

悪態をつくティグルの目の前で、斧使いと、さらに大鎌使いが己の身体を再生させていく。

――逃げだす隙すらないな。

肩で息をしながら、ティグルは四体の敵を睨みつけた。体力が尽きたら、女神の力を借りた矢を生みだせなくなる。そうなれば終わりだ。

必死に考えを巡らせる。ふと、あることを思いだした。

──そういえば、サーシャが言っていたな。竜具には己の意志があると。

だからこそ、己の意志で使い手を選ぶのだとも。バルグレンが、サーシャの言葉や態度に何らかの反応を見せた場面を、ティグルは幾度か目にしている。それに、風を操る竜具アリファールがエレンを選んだのは、アリファールの意志によるものだろう。

「おまえたちは、それでいいのか！」

精一杯の声で、ティグルは呼びかけた。瘴気の塊たちにではなく、四つの竜具に。

ついさきほどまで琥珀の柱の中に封じこめられていたのだ。かつての自分のように操られ、意志を失っている可能性は大きい。それでも、ティグルは呼びかけを続けた。

「いま、おまえたちを……竜具を手にしているのは、おまえたちが選んだ使い手の命を奪った存在だ。そんなやつに使われていいのか、おまえたちは」

しかし、竜具を持つ黒い影たちは動きを止めず、じりじりとティグルに迫ってくる。ティグルはやむを得ず、呼びかけを諦めて、右手の中に新たな黒い矢を生みだした。

そのとき、黒い影たちの持つ竜具がにわかに白い光を帯びた。

「何だ……？」

驚愕《きょうがく》を露《あら》わにするティグルの視線の先で、それらの光は奇妙な螺旋《らせん》を描きながらこちらへ流れてくる。不思議と、光から逃げようとは思わなかった。

四つの光が、ティグルの持つ黒い瘴気の矢にまとわりつく。黒と白が入りまじったのは一瞬にすら満たない時間で、矢は白い光に包まれた。

顔が強張《こわば》る。その矢は強大な力を帯びていると、瞬時にわかった。

『ほう、これか』と、納得するようなガヌロンの声が聞こえて、ティグルは気を取り直す。

──何か知っているのか？

『射放てばわかる』

その通りだ。考えている余裕もない。黒い影たちを見据えて、黒弓をかまえる。

──吹き飛べ！

矢を放った。錫杖使いが透明な防壁を張り巡らせる。だが、白と黒の矢は防壁を傷つけることなく、融《と》けあうかのように突き抜けた。

目を灼《や》くほどの白い閃光が、大気を震わせながら空間にあふれていく。

ティグルもさすがに目を開けていられず、強くつぶった。光は、四つの黒い影をそれぞれの竜具ごと呑みこみながら広がっていき、無数の白い光の粒子となって弾ける。

光が消えたあと、黒い影は残らずいなくなっていた。彼らが手にしていた竜具ごと。

「やったのか……？」

『一時的に退いただけだ』と、ガヌロンが冷静に否定する。

『竜具も消え去っているのが、その証拠だ。貴様が共鳴を起こし、黒弓を通して竜具から力を引きだしたことが意外だったのだろう』

さきほどの台詞といい、黒弓に秘められた力の一端を、彼は知っていたようだ。

――教えてくれればよかったのに。

ため息まじりに心の中でつぶやくと、聞かれてしまったようで、言葉が返ってきた。

『貴様にそれができるとは思っていなかった。女神に救われたな』

ティグルは顔をしかめたが、すぐに意識を切り替える。とにかく敵は退けた。セルケトの視線も、もう感じない。敵が次の手を打つ前に逃げるべきだ。

一瞬、床に倒れたままのディエドに視線を向ける。彼をこのままにしておいてよいのか。そう考えたものの、すぐに頭《かぶり》を振った。

――いまは、俺といっしょにいる方が危険だ。

神殿を出る。廊下を駆けようとしたが、すぐに息が切れた。身体が重い。自分で思っている以上に疲労しているらしい。腹部の傷も鈍い痛みを訴えてきた。短いながら激しい戦いだったから、傷口が広がった可能性がある。

――休んでいられるか。

歯を食いしばって廊下を進む。ジスタートの客将だったころから訪れていた王宮だ。もっとも近くの出入り口はすぐに思い浮かぶ。幸い、キュレネー兵の姿はない。

――竜具を持った連中も姿を見せないな。

『おそらく神殿を出たからだ。それに、貴様が黒弓の力を見せたことで敵は警戒している。万が一にでも竜具を奪われては面白くないからな』

ありがたい話だ。そうしてティグルは歩いたが、気が遠くなってきて、通路の隅のひとけのない場所に座りこんだ。ガヌロンに問いかける。

――俺がアーケンに捕らえられてから、おまえはどうしていた。

『貴様が先に説明しろ。喋《しゃべ》る必要はない。思い浮かべれば、だいたい伝わる』

それは助かると、心から思った。心身ともにアーケンに侵食されてからのことを、ティグルはなるべく鮮明に思い描いていく。

キュレネー軍の指揮を命じられ、このシレジアを攻め落とした。多くの死を目の当たりにしたことは、いやでも克明に思いだされた。

この王宮にある初代国王の棺をさがしたが、見つけた棺の中は空だった。その後、キュレネー軍の指揮官として軍を編制し、ヴァンペール山を攻めた。戦に負けると、エレンを討つために単独で行動した。それも失敗に終わり、やむを得ずシレジアに帰還した。

そして、王宮で待機していたら、侵入者を迎え撃つようメルセゲルに言われたのだ。

『貴様がアーケンから解放されたのは、あの小僧に敗れたからか』

あの小僧というのはアヴィンのことだろう。ティグルはうなずいた。

――戦いの中で、アヴィンは不思議な矢を射放った。白い鏃の矢だ。

矢を受けたとき、ティグルは薄れゆく意識の中で、たしかに自分の体内からアーケンが離れていくのを感じた。あの白い鏃にはティル＝ナ＝ファの気配があったように思う。

『目の中に弓の破片が潜りこんでいたことといい、貴様は歴代の魔弾の王の中でも、とくにティル＝ナ＝ファに愛されているようだな。重畳なことだ』

――魔弾の王というのは、何なんだ。

以前、セルケトは「神に触れ、神を知り、神に近き者」だと言っていたが、いまでも意味がわからない。神官でも巫女でもない自分が、神に近いなどとはとうてい思えなかった。

『知らぬのか』と、ガヌロンの声に呆れたものが混じった。

『魔弾の王は、いうなれば生者の望みを背負う者よ』

――もっとわかりやすく頼む。俺は、本当に何も知らないんだ。

黒弓にこのような力が秘められていることも、五年前まで知らなかった。テナルディエ公爵と戦うことがなかったら、ヴォルン家の家宝として大事にしまっていただろうから、永久に知ることはなかったかもしれない。

『神話の時代の出来事を語らねばならぬ。ちと長くなるぞ』

ティグルは視線を転じて、壁に開けられた小さな窓を見上げた。外は暗いが、まだ日が沈んではいないようだ。

――王都がアーケンの支配下にあることを考えれば、急いで脱出するべきだが……。

どうするべきか迷っていると、足音が聞こえた。近づいてくる。

ティグルは戦士としての顔つきになり、黒弓をつかんで耳をすませた。足音はひとつだ。不意を突くことができれば、仲間を呼ばれる前に打ち倒すことができるだろう。

右手に生みだした黒い矢を、黒弓につがえる。弓弦を引いた。足音の主が姿を見せる。

現れたのは、ディエドだった。

†

ディエドの姿に、ティグルはおもわず動きを止める。いまとなっては彼も危険な存在だが、そうとわかっていてもためらった。

ディエドもティグルを見て口を開けたあと、いまにも泣きだしそうに顔を歪めた。

「射ないのですか……？」

言葉を返さず、ディエドの表情を観察する。自分を刺したときと違い、いまの彼は理性を取り戻しているように思えた。

「立ち去れ」

短く告げると、ディエドは両目から涙をあふれさせながら、その場に膝をつく。手に持っていた麻の袋などを床に置いて、深く頭を下げた。

「閣下、私は罪深いことをしました。お許しくださいとは言いません。ですが、せめて傷の手当てだけでもさせていただけませんか」

ティグルは迷ったが、二つ数えるほどの逡巡《しゅんじゅん》のあと、「わかった」と答える。ディエドが自分を捕らえるつもりなら、このような演技をせず、逃げながら大声で叫べばよいのだ。彼の態度は本心からのものなのだろう。そう思いたい。

『なぜ殺さぬ』と、ガヌロンが呆れたような声でささやきかけてきた。

『ここから出るまでは、すべてがアーケンの罠である可能性を疑え』

ティグルはその声を無視した。

ガヌロンの言うことは正しい。だが、彼はディエドを知らず、自分は知っている。少年の表情と言葉を、信じようと思える。その判断を大切にしたかった。

「王宮の様子は？」

「私が気を失っていた間に大きな地震があったようで、皆、その対応に追われています。そのおかげで、誰にも見咎《みとが》められずに動くことができました。ここへ来る兵は、まずいないかと」

ティグルはうなずき、複雑な表情になる。アーケンに侵食されたままの自分なら、ディエドに被害状況を調べさせて、復旧のための指示を出しているところだ。だが、いまそのようなことはできない。余裕もない。

――さっきの地震は何だったんだ。アーケンの仕業《しわざ》か？

ガヌロンに尋ねる。答えが返ってくるまでに、短い空白があった。

『世界が揺れるほどの、大きな『力』の動きがあった。いまはそれしか言えぬ』

わかりづらい説明だが、深刻な事態が起きたのは間違いないようだ。

さらに質問を重ねようとしたとき、ディエドがティグルと同じように物陰に隠れながら、麻の袋に手を入れる。包帯や革袋、てのひらに乗るような陶製の小瓶などを取りだした。

「傷口を見せてください」

服をめくりあげる。刺された箇所を中心に、腹部が赤く染まっていた。ディエドが革袋を傷口に近づける。

「何かものを強く噛《か》んでください。声を出さないように」

その言葉で、ティグルは革袋の中身が何か見当がついた。水で洗い流すか、酒で消毒しようというのだろう。右手首に巻いている布を外して、息苦しくならないように自分の口へと押しこむ。以前、狩りをやったときに怪我をして、酒で傷口を消毒したことがあったが、あまりの激痛に我慢できず、大声を出してしまったことを思いだした。

ディエドが革袋の中身を傷口に注いだ。傷口が熱くなる。水にしては濁っていたので、酒に違いない。だが、想像していたほどの痛みはなく、ティグルは内心で首をかしげた。

『言っただろう。貴様に伝わる痛みをやわらげていると』

ガヌロンの声がして、ティグルははじめて心の底から彼に感謝したくなった。

ディエドはといえば、平然としているティグルを感嘆《かんたん》の眼差しで見つめていたが、すぐに手当てに戻った。薬草だろうものを小瓶から取りだして傷口に当て、包帯を巻いていく。

「右目はだいじょうぶですか？　かなり血が……」

右目のまわりと、血の跡で赤く染まっている右頬を拭いながら、ディエドが聞いた。

「問題ない。続けてくれ」

そう答えながら、ティグルはエレンから贈られた黒い眼帯のことを思いだす。アーケンに捕らえられたときに失ってしまった。もう取り戻すことはかなわないだろう。

「手際がいいな」

それに、この状況でよく薬や包帯をすぐに用意できたものだ。感心してティグルが言うと、ディエドは嬉しさと哀しさの入りまじった表情をして、うつむきがちに答えた。

「兄が、いつも傷だらけでしたから。神征《アテン》がはじまってから、自分は神のために勇敢に戦って死ぬべきなんだと言って、ずっとその通りに……。私は、兄のようにはなれませんでした」

ティグルは顔をしかめる。いま聞くべきことではないが、機会を待つ時間もない。

「おまえの身に、何があった？」

その問いかけに、ディエドの表情が暗くなる。

「わかりません……。自分の部屋で休んでいたら、メルセゲル様がおいでになって、兄を殺した者を知りたいかとおっしゃったのです。知りたいと答えたら……」

いくばくかのためらいのあと、彼は言葉を続けた。自分の兄が、ティグルに討たれる場面を見て、それから先のことはよく思いだせないと。

「気がついたら、私は短剣を持って閣下に……」

――あいつか……。

ティグルは拳を握りしめる。

ディエドは亡き兄を慕っていた。「何か望みはあるか」と聞けば、「兄の仇を討ちたい」と答えるほどに。少年の思いを利用したメルセゲルに、強い怒りを覚えた。

『メルセゲルなら私が滅ぼした』

だしぬけに聞こえてきたガヌロンの言葉に、ティグルは唖然とした。

――おまえが……？

『そうだ。もっとも、やつに打撃を与えたのは戦姫になった娘だ。私はとどめをさしただけというのが正確だな』

ガヌロンの声は誇るふうではない。メルセゲルの存在を歯牙にもかけていないようだ。

――戦姫になった娘というのは、リュドミラ殿のことか。

アーケンの神殿で、リュドミラとアヴィンと戦ったときの記憶をたぐりよせながら、確認するように尋ねる。ガヌロンの返答は『たしかそうだった』という、かけらほどの興味も感じさせないものだった。

ふと、ティグルはディエドが心配そうな顔で自分を見つめていることに気づいた。ガヌロンとの会話に意識を集中していたのを、傷の痛みや出血などで消耗していると思ったらしい。

「おかげで楽になった。言っておくが、俺に対してやったことは気にしなくていい。おまえはメルセゲルに操られていたんだ」

「私のような者をお気遣いくださり、ありがとうございます。ですが、私がこの手で閣下を傷つけたのは事実です」

ディエドは首を横に振って、話を再開する。

ティグルを刺したあと、彼は気を失った。アーケンの神殿で意識を取り戻したのは少し前のことだ。神殿の惨状を目の当たりにした彼はひどく驚いたが、同時に自分が何をやったのかを正確に思いだして、愕然とした。

とにかく、ティグルはシレジアから逃げようとしているらしい。そこで、ディエドは自分の部屋へ駆け戻り、手当てに必要な道具を用意して、ここへ来たのである。

「神殿を出てすぐの廊下に、血でできた足跡がいくつかあったので、そこから閣下の足取りを推測しました。すぐに見つかって、よかった……」

ディエドは大きく息を吐きだした。ティグルはといえば、難しい顔で彼を見つめている。

「おまえの兄は、たしか夏の終わりの戦で命を落としたんだったな」

ジスタートの南の国境に近いヴァルティスの地であった戦だ。ティグルも指揮官のひとりとして参戦した。ディエドがうなずくと、ティグルは厳しい表情で続けた。

「俺はジスタート軍の戦士として、あの戦場にいた。おまえの兄の顔を知らないから断言はできないが、命を奪った可能性はある」

ガヌロンが『余計なことを』と、つぶやいたのが聞こえたが、聞き流す。ディエドが自分を慕っているのがわかるだけに、ここで言っておかなければならないことだった。曖昧にしたままでは、彼の気持ちを都合よく利用することになる。それではメルセゲルと同じだ。

重苦しい沈黙が舞いおりる。それを払いのけたのは、ディエドだった。

「いまでも、兄の仇を討ちたいという思いはあります。メルセゲル様に見せていただいた光景は忘れられないものでした。ですが、閣下は私にとって恩人です。もしも閣下が私を従者にしてくださらなかったら、どこかの戦場で死んでいたでしょう」

短い逡巡を挟んで、彼は言葉を続けた。

「何より、やはり私は神征についていけません。閣下のもとで従者を務めて、あらためてそう思いました。あんな、あんなふうに死を喜びとして戦うなんて……」

感情が昂《たか》ぶってきたのか、ディエドはわずかに身を乗りだした。

「閣下は、メルセゲル様やセルケト様と親しくしておいででした。アーケンはいったい私たちに何を望んでおられるのか、ご存じではないのですか」

ティグルは言葉に詰まった。アーケンの目的はもちろん知っている。それをキュレネー人の彼に話したものか、さすがに迷った。

しかし、自分以外に正確なことを説明できる者はいないだろう。「つらい話になるぞ」と念を押し、ディエドがうなずくのを確認して、口を開いた。

「このジスタートと隣国のブリューヌで知られている女神に、ティル＝ナ＝ファというものがいる。アーケンの目的はこの女神に勝つことだ。そのためにキュレネーを利用した。アーケンにとって、キュレネー軍は使い潰してもかまわない手駒でしかない」

ディエドの顔が蒼白になる。悲嘆と絶望の大きなため息が、その口から漏れた。

「そうかもしれないと何度も思い、そのたびに否定してきました。大昔から信仰され、崇められてきた神がそんなことをするはずがないと。もともと私は他のひとより信仰心が薄い方でしたが、それでも皆が喜んで従っているのだからと……」

どんな言葉をかければよいか、ティグルはわからなかった。

ティグルの信仰心はきわめて素朴なもので、おそらくディエドに近い。普段はそれほど意識せず、必要に応じてその名を口にするていどだ。狩人に人気の高い風と嵐の女神エリスだけは特別で、狩りの中で外したくない矢を射放つとき、その名を唱えることがある。

だからこそ、神に裏切られるという衝撃の深さは、想像できなかった。

話すべきことは話した。そっとしておくべきだろう。

立ちあがろうとしたとき、ディエドが顔をあげた。その表情は苦渋に満ちていたが、両眼には前へ進もうとする意志の輝きがある。これだけ心を打ちのめされれば動けなくなってもおかしくないのに、彼の精神は思っていた以上に強靱なようだった。

「閣下は、これからどうなさるのですか」

「アーケンを倒す」と、ディエドの視線を受けとめて、ティグルは答える。

「あいつは俺の敵だ」

感情をおさえて言ったつもりだったが、怒りが声ににじんだ。

「おまえはどうする」

ティグルの問いかけに、ディエドは途方にくれた顔でうつむいた。

「わかりません。ここにはいたくないのですが、本国に帰るのは……」

それが無理であることは、ティグルにもわかる。

たったひとりでジスタートを南下し、旧ムオジネル領を通過して、ようやく南の大陸にたどりつく。そこまで行っても、まだキュレネー本国は遠い。船に乗るという手もとれない。諸国が滅ぼされていることに加えて、いまは冬だからだ。

「いっしょに来るか」

ティグルの誘いに、ディエドは目を丸くした。

「どこへ行かれるのですか」

「ヴァンペールだ」

ティグルの明快な返答に、ディエドは顔を歪める。その地での戦いは、彼にとって苦い思い出ばかりが残るものだったからだ。

だが、他に道がないことは彼もわかっている。うなずいた。

「少しの間、ここで待っていていただけませんか。馬を用意します」

言い終えるや否や、ディエドは踵《きびす》を返して足早に歩き去る。言葉にすることで、自分の気持ちに折り合いをつけたようだった。

『信用できるのか？』

ガヌロンの言葉にティグルはうなずき、ディエドが手当てをしてくれた箇所に触れる。包帯はしっかり巻かれていた。これならだいじょうぶだろう。

──それより、ディエドが戻ってくるまでに、魔弾の王について聞かせてくれ。

『そういえば、その話をしようとしていたところだったな。やれやれ、もの知らずというものは手間がかかる』

ティグルを揶揄《やゆ》しつつも、ガヌロンは説明をはじめた。

『はるか昔、神話よりもずうっと古い時代、ひとつの恐ろしく巨大で強力な星がこの地……この世界を呑みこもうとした。その名をジルニトラという』

「ジルニトラって、ジスタートの軍旗の……？」

ティグルはおもわず声に出したが、ガヌロンは取りあわなかった。

『いまは最後まで聞け。世界の危機とあって、すべてのものが協力してジルニトラに立ち向かった。人間と、ひとならざるものが手を取りあったのだ。だが、それでもジルニトラにはまるでかなわず、追い詰められた』

ひとならざるもの。その言葉にティグルは顔をしかめたが、黙って耳を傾ける。

『ひとりの人間の娘が、助けを求めてティル＝ナ＝ファに祈りを捧げた。ティル＝ナ＝ファは一張りの黒い弓を娘に与えた。この娘が、最初の魔弾の王だ』

ティグルの視線が、自分の持つ黒弓に向けられた。ガヌロンは続ける。

『その弓から放たれた一矢によって、ジルニトラは星から竜となり、眠りについた。ティル＝ナ＝ファは、ジルニトラが暴れぬように鎮め続けた。ジルニトラは女神に従った。貴様も、竜を従えた女神の像を見たことがあるだろう』

ティグルはうなずいた。女神の力を求めてティル＝ナ＝ファの神殿をさがしていたころ、そのような像を見たことはたしかにある。

『ジルニトラという脅威が去ったあと、弓は一度、失われたようだ。だが、人間と、ひとならざるものたちが世界のありようを巡って争うようになると、追い詰められた人間はティル＝ナ＝ファに助けを求めた。そして、女神は再び黒い弓を与えた』

――ちょっと待ってくれ。ひとならざるものたちというのは何なんだ。

『妖精や精霊、怪物などと呼ばれる、人間とはまったく異なる理の中で存在し、生きるものたちよ。伝説やおとぎ話に出てくるだろう。やつらはとにかく奔放《ほんぽう》だ。気まぐれでひとを助け、気まぐれでひとを殺す。まれに、人間に近い思考や感情を持つものも現れるが』

――そういったものたちと、人間が争っていた？

『過去のことではない。現在も続き、未来でも絶えぬだろう永遠の争いだ。どちらも、交渉もできなければ、支配領域の棲《す》みわけもできぬからな』

――世界のありようを巡ってというのは、どういう意味だ？

『本当に質問ばかりだな。不出来な教え子を持つ教師とはこういうものか』

ガヌロンの皮肉にティグルは憮然《ぶぜん》としたが、知らないものは仕方がない。それに、彼の知識は間違いなく有用だった。悪態をつきたい気分をおさえて、説明を待つ。

『いまのこの世界は、人間にとって生きやすくできている。太陽と月が交互に巡って昼と夜をつくり、大地と大海はさまざまな恵みをもたらす。だが、ひとならざるものたちが望む世界の形は、いささか異なる。自分たちによりよい世界を望むのは当然であろう』

――魔弾の王は、人間を守って、ひとならざるものたちと戦ったんだな。

『必ずしもそうではない。過去には、人間への憎悪や絶望、ひとならざるものへの愛情など、何らかの理由で人間に敵対した者もいた。そうした者たちは、己の身にティル＝ナ＝ファを降臨させて、世界のありようを変えていた』

――ティル＝ナ＝ファは、その頼みを聞きいれたのか？

『ティル＝ナ＝ファが、三柱の女神がひとつになったものという話は覚えているか？』

答えではなく、問いかけが返ってきた。ティグルは顔をしかめたが、すぐにひとつの可能性に思い至る。

――三柱の女神の中に、聞きいれた女神がいたということか。

『そういうことだ。ティル＝ナ＝ファは三つの意志を持っているが、意見を一致させることは少ない。そのようなことがあって、ひとならざるものたちも学んだ。自分たちの望みをかなえてくれるティル＝ナ＝ファを、魔弾の王の身に降臨させればよいとな。世界のありようは、いままでに何度も変わっている』

「途方もない話だな……」

ティグルは天井を見上げて、ため息をついた。いったい、いままでに何人、いや何十人の魔弾の王が生まれてきたのだろう。そして、黒弓の力や女神と向きあってきたのだろう。世界のありようは、何度変わってきたのだろう。

『思いわずらうことはない』と、ガヌロンが言った。

『人間とひとならざるものたちの戦いについては、余談に過ぎぬ。貴様の立場は、最初の魔弾の王に近い。アーケンのみを見据えていればよい。最初の魔弾の王がジルニトラのみを見据えていたように』

ティグルは意外だという顔になる。ガヌロンが自分を励ましてくれた気がしたのだ。

たしかに驚かされた。圧倒もされた。だが、自分のやるべきことは明確に定まっている。

先人から受け継いだもの。これまで歩んできた人生で得たさまざまなもの。それらを未来に託すために、アーケンと戦い、この世界を守り抜かなければならなかった。

†

ティグルの前から去ったあと、ディエドは急ぎ足で厩舎《きゅうしゃ》へ向かった。

兵たちは地震による被害への対応で忙しく、変わらず自分に注意を払う者はいない。それでも彼らとすれ違うたびに、てのひらが汗で濡れた。

ティグルに従者として仕えるまで、ディエドは一兵士に過ぎなかった。もしも彼の裏切りが兵たちにも伝わっていたら、自分も捕縛《ほばく》される恐れがある。しかし、彼らの様子を見ると、何も知らされていないようだった。

——俺も手伝うべきじゃないか？

そんな思いが湧きあがる。そのとき、すれ違った兵たちの会話がディエドの耳に届いた。

「アーケンのために戦って死ぬべく『神征』に従ってここまで来たというのに、地震なぞで死んでしまったらたまらんな」

「まったくだ。アーケンを崇める戦士としては、せめて戦場で死にたいものよ」

憐れみとやりきれなさがこみあげてきて、ディエドは歯を食いしばる。さきほどの思いをねじ伏せ、この混乱を利用すべきだと自分に言い聞かせて、足を速めた。

王宮を出ると、土埃《つちぼこり》を含んだ突風が吹きつけてくる。ディエドは顔をしかめて、何とはなしに空を見上げた。あるものが視界に飛びこんできて、足が止まる。

──何だ、あれは。

それは、王宮の最上階から噴きあがっている黒い光の柱だった。『力』について何の知識も持たない彼が見ても、きわめて危険なものであるとわかる。身体が勝手に震えだした。

十を数えるほどの時間が過ぎて、ディエドはようやく黒い光から視線を引き剥がす。もしも黒い光が何らかの変化を見せていたら、彼はそこから動けなかっただろう。

うつむきがちに歩いてたどりついた厩舎は、無事だった。数人の兵が床に散らばった藁をかたづけたり、掃除をしたりしている光景に、むしょうに安心感を覚える。

自分に気づいて歩いてきた兵に、ディエドは馬を二頭、用意するよう命じた。

「総指揮官の命令だ。このシレジアの西に、怪しげな者がいたらしい。総指揮官と私とで確認してくる」

これは、かなり粗雑な命令だった。怪しげな者がいたという話が事実だとして、総指揮官とその従者が、たった二人で確認に行くはずなどない。ディエドも落ち着いていれば、もう少しましな理由を考えついたはずだが、このときは余裕を失っていたのである。

しかし、兵たちは疑う様子もなく素直に従った。さきほどの地震と、最上階から噴きでている黒い光について聞いてみたが、何も知らないようで、不安そうな顔をするだけだ。

——とにかく、馬を用意できたのはよかった。急がなければ。

厩舎を出て王宮へ戻ろうとしたとき、ひとりの男がこちらへ歩いてくるのに、ディエドは気づいた。その人物が誰かわかって、反射的に顔をしかめる。いやなやつに会ったと思った。

男は二十前後というところか。ディエドよりも大柄で、たくましい身体つきをしている。黒髪は短く、鼻の下と顎に濃い髭をたくわえていた。金属片を連ねた革鎧をまとって、腰には反りのある剣を下げている。

メセドスーラというのが男の名だ。ディエドとは同郷だが、故郷にいるときから反りが合わなかった。彼は優れた戦士だが、それを鼻にかけるところがあり、戦士としてはそれほどでもないディエドを小馬鹿にするところがあったのだ。

もっとも、それだけならディエドは我慢ができた。この男をきらう理由は他にある。

「ディエドじゃないか。こんなところで何をしている」

メセドスーラに声をかけられて、ディエドは仕方なく足を止める。

「馬の用意をさせていたんだ。シレジアの西に、怪しげな者がいたという報告があった。私と総指揮官とで、これから確認してくる」

「西……？」

メセドスーラは理解しかねるというふうに、眉を吊りあげた。

「さきほど起きた地震について、総指揮官は何もなさらないのか？」

「対処は兵たちに任せると、閣下はおおせだ。人命を優先するようにと」

総指揮官の従者としての態度を取り繕って、ディエドは答える。ティグルなら、そのように言うはずだという思いがあった。

「閣下か」

メセドスーラの口の端に嘲笑《ちょうしょう》がにじんだ。

「なぜ、アーケンの使徒たちはあの無能な異国人を重用するのか、俺には理解しかねるな。その異国人にだらしのない笑みを見せて媚《こ》びを売る犬の存在は、もっと理解できんが」

ディエドは身体ごとメセドスーラに向き直って、彼を睨みつける。自分を犬呼ばわりしたことは我慢できても、ティグルを無能と蔑《さげす》むのは聞き流せなかった。

「閣下にはこのシレジアを陥とした武勲《ぶくん》がおありだ」

「多くの兵と戦象たちを死なせて、ようやく得た勝利だろう。西の、何とかいう山にいるジスタートの敗残兵どもを攻めたときは、兵たちを死なせた上に、みじめに負けたではないか。しかも、俺たちを戦いから遠ざけて」

ディエドは苛立ちを覚えた。ヴァンペールの戦いにおいて、ティグルから別働隊の兵を選べと命じられたとき、ディエドは迷った末にメセドスーラを加えた。気に入らない相手とはいえ同郷の人間であることと、神の酒《アグバ》の効き目が薄く、まだしも話が通じたからだ。

だが、戦いが終わってシレジアに帰還するまでの間、メセドスーラはことあるごとに、戦えなかったことの不満を漏らし、同調者を集めていた。

――この男を別働隊に加えるべきじゃなかった。

内心で過去の自分を罵《のの》りながら、ディエドは言い返す。

「私たちが戦場に飛びこんでいたら、敵に勝てたと思うのか。思いあがりもいいところだ」

「勝てなかったとしても、戦士らしい勇敢な死を迎えることができたはずだ。アーケンもきっと俺を讃えてくださったろう」

胸の奥が怒りで熱くなるのを、ディエドは感じた。これが、メセドスーラをきらう理由だ。

彼は、神征がはじまる前からこのような考えを抱いていた。戦士として活躍し、戦場で死にたいと、日頃から口にしていたのだ。

そのような人間であるだけに、アーケンの使徒たちが叫んだ神征には、心の底から感銘《かんめい》を受けた。神の酒の効き目は薄いのに、熱心に賛同した。キュレネー軍が地の果てまで征服するべきだと、本心から思っているようだった。

だが、戦場でのメセドスーラは、勇敢さの中に冷静さを残しておくのを忘れなかった。熱狂の渦に身を置きながらも、神の酒に精神を侵された他の兵たちと異なり、退くべきときは退くという判断ができた。彼が今日まで生き残ることができたのは、その点にあった。

「閣下を責めるような言動は慎《つつし》め。使徒たちからお叱りを受けるぞ」

そう言って、ディエドは話を打ち切る。メセドスーラの反論を封じるためとはいえ、自分たちを無慈悲に使い捨てようとしているアーケンの使徒の名を出すのは苦々しい気分だった。

王宮に向かって歩き去るディエドの後ろ姿を、メセドスーラは忌々しそうに見送る。アーケンの使徒の名を出されては、彼も黙らざるを得なかったのだ。ただ、彼は腹をたてるだけではなく、考えを巡らせていた。

「怪しげな者だと？」

大きな地震があったばかりだというのに、対処を兵任せにして、そのような情報を優先する総指揮官と、その従者があるものだろうか。

それに、現在のディエドの立場なら、わざわざ厩舎に足を運ぶようなことなどしないのではないか。兵を呼びつけて厩舎へ向かわせ、命令を伝えさせればすむはずだ。

――何か隠しているな。きっと、そうだ。

メセドスーラはそのような疑念を抱いた。

それはティグルに対する蔑視《べっし》と不満、自分より戦士として劣っているディエドが引き立てられていることへの嫉妬からだったが、とにかくメセドスーラはティグルたちの様子をさぐることを決めた。彼は仲間を募《つの》るべく、兵たちの休憩所に向かって歩いていった。

†

ディエドがメセドスーラとの話を打ち切ったころ、ティグルはアーケンの神殿での戦いについて、ガヌロンから詳しい話を聞いていた。リュドミラとアヴィンが無事に逃げられたのか、気になっていたのだ。

『あの二人は逃げた』

「エレンとミルはいっしょじゃなかったのか」

『あの二人は別のところでセルケトと戦っていた。逃がしたようだが』

それから、ガヌロンは己の話をした。もっとも、リュドミラとアヴィンとともにアーケンの神殿に侵入してからのことだ。彼はリュドミラたちを助けながら様子をうかがい、メルセゲルを滅ぼしたあと、セルケトに不意を打たれ、傷を負わされたことを語った。

ガヌロンは、アーケンが他の二つの世界の自分と融合していることも説明したが、他の世界の存在については、ティグルはいまひとつ理解できなかった。

——アーケンが自分と同じ神を二柱見つけて、三位一体の神となった、ということだな？

『その理解でいい。そして、私は逃げているときに、アーケンの手駒と戦っている貴様を見つけたというわけだ。見立てにひとつ誤りがあったのは、腹立たしいかぎりだな』

──どういう意味だ？

よくない話らしいと察して眉をひそめるティグルに、ガヌロンは言った。

『ジスタートの初代国王が竜であることは、アルサスにある貴様の屋敷で話したな』

記憶をさぐって、どうにか思いだす。アーケンに侵食されていたころはまったく思いだせなかったのだから、聞いたときはそれほど重要だと思っていなかったのだろう。

『その初代国王の遺骸《いがい》は、何だったと思う？』

──棺の中は空だったぞ。

そう答えると、ガヌロンは笑ったようだった。

『あれは、遺骸の在りかを慎重に隠していたのだ。経緯は省《はぶ》くが、私はそれを見つけた。驚くことに、二本の竜の牙だった。それもすさまじい『力』を秘めた牙だ』

ティグルは息を呑む。七つの竜具を持っていたことを考えても、ただものではないとわかっていたつもりだが、ガヌロンの態度から考えると想像以上の存在のようだ。

──まさか……ジルニトラか？

いまのティグルにとって、その答えに行き着くのは難しいことではなかった。

この世界を呑みこもうとした、神を殺せるほどの星。そして、魔弾の王の矢を受け、ティル＝ナ＝ファによって竜に変えられた存在。それがジルニトラだと、ガヌロンは話した。

何より、ジスタートを象徴する黒い竜の旗はそう呼ばれている。

『そうだ。正確には、ジルニトラの力の一滴というところだが』

驚愕が、短い時間ながらティグルから呼吸を奪った。

「ジルニトラが、どうして人間のふりをして国を興《おこ》すなんて真似をしたんだ？」

『これは推測だが、人間に好意的なティル＝ナ＝ファから助力を頼まれたのかもしれぬ。魔弾の王が、必ずしも人間を助ける存在ではなくなったからな。かといって、じかに介入しては地上がもたぬゆえ、自分の力をわずかに持つ分身を地上へ放ったのだろう』

ふと、ティグルはさきほどの戦いを振り返った。

セルケトはアーケンの力を使って、奪った竜具を操った。なぜ、いままでその手を用いなかったのか。ヴァルティスでも、王都でも、ヴァンペールでも。

――竜の牙は、いま誰が持っている？

『二本とも使徒に、つまりアーケンに奪われた。いま、あの神はジルニトラの力を取りこもうとしている。さきほどの地震はその影響であろうし、神殿で竜具を操ったのは、取りこんだ力を試してみたのだろう。しかし、やつの狙いが竜の牙だとは思わなんだ』

そう言ってから、ガヌロンは不機嫌そうに続けた。

『ティル＝ナ＝ファに勝つのであれば、他の世界の自分たちと融合するだけでよいはずだが、どうも、圧倒的な力で叩き潰さなければ安心できぬらしい。存外、小心者よ』

──見立てが間違っていたというのは、そういうことか。

内心でつぶやいてから、ティグルはあることを思いだした。ついさきほど、アーケンに取りこまれそうになったときだ。アーケン以外に何か別の存在がいるような気がした。

そのことを話すと、ガヌロンは小さく唸った。

『現在のアーケンが三位一体の神となっているのは、貴様も理解しただろう。他の世界のアーケンの意志ではないか』

──うまく言えないが、アーケンとは違う気がしたんだ。

『だとすれば、竜の牙の中にジルニトラの意志の断片が眠っていたか……。アーケンはジルニトラの力を取りこむことに専念するつもりだろう。神殿を出たとはいえ、あの使徒ですら貴様を追ってこないのは、それ以外に考えられぬ』

「いま、アーケンを止めることはできないんだな」

声に出して、確認するように尋ねる。ガヌロンの返答は冷静だった。

『神を止められるのは神だけだ。ティル＝ナ＝ファを降臨させる。まず、それができなければ話にならぬ。そして、貴様だけではそれを為しえぬ。戦姫たちと合流しなければ』

ティグルはため息をついた。女神の降臨が最終的な目的だと思っていたのに、勝つために必要な条件のひとつになってしまった。

『だが、考えようによっては時間に余裕ができたともいえる』

――どういう意味だ?

『神殺しの竜と呼ばれるだけあって、ジルニトラの力はきわめて強大だ。アーケンが己のものとするには時間を要するだろう。まして、やつは世界を崩壊させるよりも時間をかけることを選ぶはずだからな』

――おまえは、どれぐらいかかると思っている?

『そうさな……。だいたい三十日というところか。アーケンが器を用意できていたら二、三日の猶予《ゆうよ》すらなかったかもしれぬ』

――器?

『地上における神の肉体だ。以前に教えたであろう。神がむやみに力を振るえば、尋常でない影響が及ぶと。だが、器を得れば、神は力を振るうことができる』

ティグルはおもわず声をあげそうになった。アーケンに侵食されていたころの、セルケトとの会話を思いだしたのだ。自分をアーケンの器にすると、彼女は言っていた。

――もしもアーケンに支配されたまま、器になっていたら……。

危ういところで、希望の糸は断たれずにすんだのだ。

――だが、たった三十日。

口から唸り声が漏れる。充分な余裕があるように思えて、まったく足りない。

キュレネー軍がこのシレジアからヴァンペール山まで行くのに、二十日かかった。自分が馬を走らせて、何日でたどりつけるだろうか。

——十日で……さすがに無茶だ。だが、一日でも二日でも縮めなければ。

とにかく、エレンたちに会い、事情を説明して信じてもらう。それに、彼女たちなら、日数を縮める手立てを考えつくかもしれない。

そのとき、足早に駆ける音が近づいてきて、ディエドが姿を見せた。大きな麻の袋を肩にかけている。表情が硬いのは、緊張しているためだ。

「馬を用意させました」

「ありがとう。兵たちの様子はどうだった。俺を捕まえるような指示は出ていたか？」

「いえ。閣下のことについて知らされた者はいないかと」

「そうか。だが、油断するな。いつ状況が変わるかわからない」

ティグルは黒弓を背負いながら、ディエドが肩にかけている袋に視線を向けた。

「それには何が入っているんだ？」

「薬や火口箱《ほくちばこ》などです。食糧も用意したかったのですが、時間がかかりそうで……」

「充分だ。食糧は外で調達しよう」

そう答えてから、ティグルは一旦、ディエドを手で制して、ガヌロンに問いかけた。

——いっしょに来るか？

『まさか』と、呆れたような笑声とともに、言葉が返ってきた。

『私には私の目的がある』

——アルサスで俺たちに協力してくれたときから、そうだと思っていた。何が狙いだ？

二つ数えるほどの短い沈黙を先立たせて、ガヌロンは答えた。

『竜の牙だ。あの力を手に入れることがかなえば、私は神に近い存在になる。そして……最終的には、亡き友をよみがえらせるつもりだった』

さすがにティグルは驚きを禁じ得なかった。この得体の知れない男の望みが、きわめて人間らしい、それでいながら途方もないものであることは、完全に想像の外だった。

——墓守というのは、そういうことか……。

おそらくガヌロンは、亡き友の墓を長い間守ってきたのだろう。だが、ティグルとしては彼に感心しつつ、言うべきことは言わなければならない。

——おまえがその望みをかなえようとするなら、俺が止める。

初代国王が何を考えて竜の牙を遺したのかは、いまとなっては想像しようもないが、誰が手にしても危険な力であることは間違いない。

ガヌロンがアーケンに代わる新たな脅威になるのでは、ティグルたちにとっては何もよくなっていない。見過ごすことはできなかった。

『貴様ならそう言うだろうと思った』

ガヌロンがくぐもった笑声を聞かせてくる。

『魔弾の王よ、せいぜいアーケンと潰しあうがいい』

――墓守殿、これまでの協力に感謝する。

それが、ふたりの別れの言葉だった。


ガヌロンと別れをすませた直後、ティグルの全身をすさまじい痛みが駆け抜けた。悲鳴を出すのはこらえたが、たまらず壁に手をつく。いったい何が起きたと考え、すぐに気づいた。ガヌロンの守りがなくなったのだ。

――これなら、無事に逃げきれるまでつきあってもらうんだったな。

現金なことを考えて、そんな自分に苦笑する。これが自分だと、嬉しさとともに思う。

ティグルはあらためてディエドに視線を向けた。

「待たせたな。少しばかり考えておきたいことがあったんだ」

そう言ってごまかした。ディエドは懸命に笑みを浮かべてうなずいてみせる。

ここで、ティグルは簡単な変装をした。肌の露出している部分を墨で汚し、顔をなるべく布で隠す。ディエドの報告では、兵たちは何も知らされていないようだが、自分を見かけたら指示を求めてくるかもしれない。そのような事態は避けるべきだった。

二人は廊下に出て、出入り口へ向かう。キュレネー兵と何度かすれ違ったが、ディエドの言った通り、自分たちを阻むような行動はとってこなかった。

王宮を出る。ディエドが不安そうな顔で空を仰ぎ見たので、ティグルは彼の視線を追った。

黒い光の柱にティグルが気づいたのは、このときだ。アーケンの気配と、それと同等、あるいはそれ以上の力を持つものの気配が伝わってくる。

——あれか……！

ガヌロンが言っていたものだと、瞬時に悟った。アーケンがジルニトラの『力』を取りこもうとしているのだ。

それから、ティグルはディエドがかすかに身体を震わせていることに気づいた。安心させるように軽く肩を叩いて、笑いかける。

「近づきさえしなければ、だいじょうぶだ。——行こう」

二人が厩舎に着くと、鞍を乗せ、手綱《たづな》をつけた二頭の馬が用意されていた。

替え馬がほしいところだが、時間がない。ディエドが兵たちにねぎらいの言葉をかけ、最上階には決して近づかぬよう、またそのことを他の兵にも伝えるように命じる。

二人は馬に乗って、厩舎をあとにした。西の城門を通って、王都を出る。

しばらくは悠然と馬を進めたが、城壁からだいぶ離れたところで馬足を速めた。

変装を解きながら、シレジアを振り返る。黒い光は、まさに空を貫く長大な柱だった。

「うまくいきましたね」

安心したのか、ディエドが声を弾ませる。ティグルはうなずいてみせたが、何も仕掛けてこないアーケンたちに対する不安が胸中にわだかまっており、素直に喜べなかった。

王宮の最上階にある、初代国王の棺を収めた部屋の中は無数の光に満ちていた。光はひとつひとつが極小の粒子であり、それぞれ異なる色と『力』を持っている。それらが無秩序に重なりあい、渦を巻いて黒い光となり、真上に噴きあがっていた。

部屋の中心には、球状をした黒い瘴気の塊が浮かんでいる。

アーケンだ。地上における器がないため、このような形をとることしかできないのだ。アーケンの前には、セルケトがうやうやしく膝をついていた。

室内に満ちている光を、アーケンはすさまじい速さで取りこんでいる。だが、光が減る気配は一向にない。それほどまでに膨大な量の光が、ここにはあった。

この『力』ならば。アーケンは考える。

二本の竜の牙に秘められたこの『力』を余さず取りこめば、ティル＝ナ＝ファを滅ぼし、この世界を冥府《めいふ》に加えるだけでなく、すべての星々をも支配下に置くことができるだろう。

人間が神話の時代と呼ぶころに、アーケンは生まれた。同時に、自我を得た。

生まれながらに冥府を管理し、世界の端まで知覚を広げていって、ひとつの理に達した。

「万象は滅ぶ。生きとし生けるものは必ず死ぬ。形あるものは必ず崩れる」

妖精や精霊、神も例外ではない。星や月、太陽さえも。

アーケン自身も、彼が管理する冥府もいつかは。

その理に、実のところ彼は満足していた。あらゆる生者が死者となり、その魂はすべて冥府で永劫の眠りにつく。そして、冥府もいつか終焉を迎えて滅び去る。

その先にあるのが虚無《きょむ》なのか、何もかもなくなったところから新たな世界が生まれるのかはわからない。自分の役目は、そのときが訪れるまで冥府を管理し、広げていくことだ。

だが、アーケンが冥府を広げていくことに反発した存在がいた。

ティル＝ナ＝ファだ。彼女は昼と光と生の存在を望んでいた。相反するものがあってこそ、己の司るものがいっそう輝きを増すと考えているようだった。アーケンがいくつかの星や世界を冥府に加えようとしたのを、彼女は敢然と阻んだ。

アーケンにとって冥府の拡大は、己が存在する理由だ。それを阻むものは滅ぼさなければならない。正面から女神に挑んだ。

だが、敗れた。危うく、支配している冥府まで奪われそうになった。

アーケンは諦めなかった。むしろ、確実に滅ぼさなければならないと決意を新たにした。

あれから、いかにティル＝ナ＝ファに勝つかを模索し続け、他の世界の自分たちと融合し、障害となるものたちをセルケトたちに滅ぼさせて、現在に至る。

滅びの刻《とき》は近い。ティル＝ナ＝ファを滅ぼし、この世界を冥府に加えたら、他の星々にまで手を広げることも可能となるだろう。

――いずれはあらゆるすべてを呑みこみ……。

不意に雑念が流れこんできた。自分の思考ではない。取りこんでいる『力』に含まれた、ジルニトラのものだ。想念の断片といってもいいかもしれない。

その想念を、アーケンは受け流す。彼にとって不要なものだった。

――セルケトよ。

神の呼びかけに、セルケトが立ちあがる。まとっていた神官衣を静かに脱ぎ捨てた。アーケンから黒い霧のような瘴気が流れだして、露わになった褐色の裸身に絡みつく。彼女の身体が宙に浮いた。瘴気はセルケトの身体を這いまわり、ときに奥深くへ侵入する。彼女は虚空を見上げて、恍惚《こうこつ》とした表情を浮かべた。使徒にとっては栄誉なことだった。

ほどなく、アーケンは宣告した。

――そなたを我が器とする。

これが、アーケンが器としてのティグルを必要としなくなった理由だった。

ティグルを器として適した身体にするために、セルケトは彼の体内にあったティル＝ナ＝ファの残滓《ざんし》を可能なかぎり消し去ろうとしてきた。

だが、その行為によって、彼女に変化が起きた。魔弾の王であるティグルに触れ続け、彼から削りとったティル＝ナ＝ファの残滓を少しずつ身体の中に蓄積していったからか、セルケトの肉体は神を受けいれる器として、ティグル以上に適したものになっていったのだ。

現在のセルケトなら、竜の力を完全に取りこんだアーケンの器にもなれる。そのとき、アーケンは地上においてもティル＝ナ＝ファを圧倒する存在になるだろう。

瘴気から解放されて、床に降りたったセルケトが尋ねる。

「魔弾の王たちについては、いかがいたしましょうか」

ティグルたちが神殿を出たあと、セルケトは彼らを追わず、その動きを見張るだけに留めている。ティグルの存在が、アーケンにとって重要なものではなくなったからだ。キュレネー兵たちにも何の指示も出していない。

──そなたはこの地から動かず、我が器であることを第一に考えよ。

それ以外は、好きにしていいということである。

──いずれはあらゆるすべてを……。

また、ジルニトラの想念の断片が流れこんできた。

アーケンは『力』を取りこむことに意識を傾ける。気を抜けば、この断片は『力』の奔流《ほんりゅう》となって自分を喰らいかねない。

いまの神には、ジルニトラと対峙することがすべてであった。

2 ヴァンペールへ

ヴォージュ山脈の南端に、古い時代の神殿がある。

もっとも、訪れる者がいなくなって長い年月が過ぎており、いまでは廃墟も同然だった。屋根や壁にはいくつか穴が開いており、床に敷き詰められた石畳はすり減っている。壁には装飾の痕跡があるが、真っ黒に汚れていてよくわからないというありさまだ。

いま、この神殿の中に四人の男女がいた。長剣の竜具《ヴィラルト》を持つ戦姫エレンと、槍の竜具を持つ戦姫リュドミラ、不思議な力を備えた剣の使い手であるミル、黒弓を持つアヴィンだ。四人とも床に座りこみ、疲れきった顔でくつろいでいた。

半球形の天井をぼんやりと眺めながら、エレンはため息をつく。

──ここに入ってから、まだ一刻ほどしか過ぎていないだろうに、多くのことがありすぎた。

まず、アヴィンとミルが、別の可能性を持つ世界をエレンたちに見せた。

それらの世界の中で、エレンは想像もしなかった人生を歩んでいた。ティグルと結婚して子供をもうけている自分がいれば、ティグルとともに魔物と戦っている自分がいた。親友のリムことリムアリーシャとともに、傭兵団を率いている自分もいた。

そのようなものを見せたあと、二人は告げた。自分たちは分かたれた枝の先──別の可能性を持つ世界から、アーケンを倒すためにこの世界へ来たのだと。

アーケンはティル＝ナ＝ファに勝つために、他の世界の自分を頼った。アヴィンの世界にいる自分と、ミルの世界にいる自分を選んで話しあい、融合したのだ。

そうしてアーケンは強大な力を得たのだが、その影響はアヴィンの世界とミルの世界にも及んだ。二人の世界を冥府《めいふ》が侵食し、死者が集団で歩きまわり、仲間を増やそうと襲いかかってくるといった怪異が発生するようになったのである。

それぞれの世界の人々は、怪異に対処する一方で、原因の究明に努めた。そして、この世界のアーケンの仕業《しわざ》であることを知り、事態の解決のためにアヴィンとミルを送りこんできたのである。この神殿は、二人が最初に降りたった場所だった。

にわかに信じ難い話を聞かされて、エレンもリュドミラも混乱した。エレンに至っては考えることを放棄したくなったほどだ。

その後、二人はこの世界と他の世界のつながりを一時的に断つことで、短い時間ながらアーケンの力を弱めた。さらに、姿を見せたガヌロンがアーケンの神殿への出入り口を用意した。

そこへ襲いかかってきたメルセゲルに応戦し、リュドミラとアヴィンがアーケンの神殿に突入した。

二人が帰還したとき、リュドミラの手には槍の竜具ラヴィアスがあった。

彼女が戦姫となったことをひとしきり祝ったあと、さすがに疲労を感じて、エレンたちは休息をとることにした。目的を達成した以上、帰還を急ぐべきだったが、驚くべきことを次々に知らされた上に、激戦を繰り広げたのだ。身体が思うように動かなかった。

「アヴィン」と、エレンは銀髪の若者に尋ねる。

「ティグルは、死んでいないんだな？」

アーケンの神殿でティグルと戦ったアヴィンは、最後に白い鏃《やじり》の矢を放ったという。それは彼がティル＝ナ＝ファから授かったもので、恐ろしいほどの破壊力を備えていることを、エレンは知っていた。

「生きていると思います」

アヴィンの口調は慎重だが、確信を抱いているかのようでもあった。

「あのときは気を失ってしまったので、どうなったのかは見ていないのですが……。あれで死ぬとは思えません」

そのとき、床が揺れた。「地震か」というつぶやきが、エレンの口から漏れる。それほど大きな地震ではないようだが、自分たちがいるのは廃墟だ。崩れてもおかしくはない。

四人は顔を見合わせて立ちあがる。天井を気にしながら廃墟を出た。

視界に飛びこんできた光景に、エレンはおもわず足を止める。

黒灰色の雲が、空の果てまで広がっていた。はるか遠くでは黒い光が明滅している。

――あれは雷か？　だが、黒い雷など……。

そのような事象を起こせるものがいるとすれば、アーケンしか考えられない。

不吉な予感が胸中にわだかまる。振り返れば、リュドミラとアヴィン、ミルも驚愕《きょうがく》の表情で空を見上げていた。いち早く気を取り直したアヴィンが、エレンを見つめる。

「急ごう、エレンさん」

うなずいたエレンに、リュドミラが生真面目な表情で言った。

「エレオノーラ様、帰還の方法についてですが、試してみたいことがあります」

「拝聴《はいちょう》しよう。それからリュドミラ殿、あなたも戦姫になったのだから、以前までの態度をとってくれていいんだぞ」

からかうように、エレンが笑いかける。

彼女が戦姫ではなく傭兵であったころ、リュドミラは敬語を使わずに接していた。リュドミラに隔意があったわけではなく、エレンにとってもごく当然のことだったので不満を述べたことはない。むしろ、戦姫になってから敬語を使われることに違和感を覚えていたほどだ。

それをここで持ちだしたのは、ちょうどいい機会だと思ったからだが、深刻になりかけた空気を払うためでもあった。

「何のこと？」

経緯を知らないミルが不思議そうな顔をする。ミルたちがリュドミラと出会ったのは、エレンが戦姫になったあとだったので、それ以前の彼女の態度を知らないのだ。

「そ、そんなことより……」と、リュドミラは強引に話を戻した。

「大きな橇《そり》を……馬が牽《ひ》く形の橇を手に入れられれば、ヴァンペールに早く帰還できるかもしれません」

「詳しく聞かせてくれ」

興味を抱いて、エレンが紅の瞳を輝かせる。ミルとアヴィンも真面目な顔で耳を傾けた。文官として優秀なだけでなく、一軍の指揮官としても能力があることを証明したリュドミラの考えは、エレンならずとも気になるところだ。

「私を戦姫に選んでくれたこのラヴィアスには、冷気を操る力があります。私が望めば、床や地面を凍りつかせることすらできます」

槍の竜具を軽く持ちあげて、リュドミラが続ける。

「私たちが乗ってきた四頭の馬に、橇を牽かせます。私が地面を凍らせ、エレオノーラ様が追い風を起こしてくれれば、ずっと速く進めると思います」

「なるほど。しかし、あなたにかなり負担がかかる手のように思えるな。平らな地面などそうそうあるものではないし、まさか街道を凍らせるわけにもいかん」

「要所要所で川を通ってはどうでしょうか」

アヴィンが提案した。

「この季節は、だいたいの川は涸《か》れているはずです。かえって通りやすいかと」

「とにかく橇を手に入れないとね。手分けして近くの村や集落をあたってみましょ」

ミルが言い、四人は手短に話しあうと、わかれて馬を走らせる。冬の風は冷たかったが、それぞれの瞳には活力が満ちていた。


一刻半が過ぎたころ、エレンたちの望む橇は見つかった。

廃墟の近くにある村のいくつかは、キュレネー軍を恐れて放棄されていた。その中のひとつにあったのである。四人が乗り、さらに四人分の荷物を載せるにはやや窮屈だったが、大きさと頑丈さでこれ以上のものはないように思われた。

馬を操るのをアヴィンに任せ、エレンとリュドミラは竜具を操ることに専念する。ミルは荷物が落ちないようにおさえておく役目だ。

ちなみにミルは、「私も馬を操りたい」と希望を出したが、エレンもアヴィンも頑として許さなかった。「おまえは馬を暴走させる」と、二人は口をそろえて言ったものである。

「ラヴィアス、お願い」

リュドミラの竜具の先端から白く輝く冷気が放たれて、前方の地面を厚く凍りつかせる。エレンが感心した顔になった。

「見事なものだな。夏場は何かと重宝しそうだ」

「いまも助かっていますよ。冷たい空気を遮《さえぎ》ってくれているので」

アヴィンが慎重に馬を進ませる。馬たちは、はじめのうちこそ警戒していたが、二、三十歩も進むと慣れたようだった。

「では、私も加勢しようか」

エレンがアリファールで追い風を起こすと、馬たちが少しずつ速度をあげた。リュドミラもそれに合わせて、かなり先の地面まで凍りつかせていく。

「これはいいな。ただ馬を走らせるよりずっと速い。もっと風を強めてみるか？」

白銀の髪をなびかせながら、エレンが楽しそうに声を弾ませる。リュドミラも考えていた以上の成果に笑みを浮かべていたが、慎重な言葉を返した。

「エレオノーラ様、馬を疲れさせてしまいますよ。それに、そろそろ日が暮れます」

空は依然《いぜん》としてぶ厚い雲に覆われており、太陽の位置はわからない。だが、徐々に暗さが増しており、遠くの風景はほとんど影のようになっていた。

「ちょっと残念だけど仕方ないか。戦う余力も残しておくべきだし」

橇の縁につかまりながら、ミルが言った。アーケンの使徒たちが再び襲いかかってくる可能性がある以上、無理を避け、逸《はや》る気持ちをおさえるべきだった。

アリファールで風を調整しながら、エレンがリュドミラを見る。

「リュドミラ殿、一日も早くヴァンペールに帰って、サーシャを喜ばせてやろう」

「ええ。他にも多くの都市や町に知らせれば、士気を高めることができるはずです」

二人の戦姫の会話を聞いていたアヴィンが、顔をほころばせる。それに気づいたミルが、彼に身体を寄せ、小声でささやきかけた。

「この世界に来てよかったわ。エレンさんとリュドミラさんが当たり前のように仲良くしているところを見られるなんて」

ミルの世界でも、アヴィンの世界でも、この二人の仲は決してよくなかった。アヴィンとミルにしてみれば、二人が親しく言葉をかわしているだけでも貴重な光景なのである。

「いい土産話《みやげばなし》がまたひとつできた。何としてでもアーケンを倒さないとな」

四頭の馬は、細長く延びた氷の道を軽快に走っていく。

リュドミラが思いだしたように口を開いたのは、馬が疲れてきたので速度を落とし、後ろへ流れていく景色が単調になりはじめたころだった。

「アヴィンとミルディーヌに聞きたいんだけど」

地面を凍らせ続けなければならないため、彼女の視線は前を向いている。

「あなたたちの世界から、この世界に来るというのは簡単なことなの？」

それは唐突な質問のようだったが、リュドミラにとってはそうではない。廃墟をあとにしたときから、彼女はアヴィンたちが話したことについてずっと考えていたのだ。

「私も気になるな。差し支えなければ聞かせてくれ」

エレンも風を操りながら、紅の瞳に強い興味をにじませた。

「来るのはとっても大変だったわ」

渋面《じゅうめん》をつくってり、ミルは「とっても」を強調する。アヴィンが詳しく説明した。

「生身の肉体では空間を超えて世界を渡ることはできず、粉々になると聞いています。世界を渡ることができるのは、魂と、『力』のある武器だけだと。俺たちは、この世界にあらかじめ仮初《かりそ》めの肉体を用意してもらって、魂と武器だけでやってきました」

返ってきた答えは想像以上のものだった。エレンとリュドミラは一瞬、顔を見合わせる。

「つまり、おまえたちの身体は仮初めのものだと？　いったい誰が用意した……？」

「この世界の魔物で、ドレカヴァクとレーシーというものたちです。アーケンの動きに最初に気づいたのはドレカヴァクだったそうで、彼はこの世界だけでなく三つの世界すべての危機だと悟って、仲間を募《つの》り、ティル＝ナ＝ファに呼びかけたと」

「魔物というからには、むしろアーケンに荷担《かたん》しそうに思えるけど、まともなのね……」

意外だという顔をするリュドミラに、ミルは白銀の髪を揺らして首をかしげた。

「状況が状況だったからってだけだと思うわ。私の世界のドレカヴァクは町を襲って、お父様とお母様に滅ぼされてるもの」

「俺の世界でも、ドレカヴァクとレーシーは恐ろしい存在で、おおいにひとを苦しめたと聞いています。父たちも、ティル＝ナ＝ファの言葉がなければ信じなかったと言ってました。そういう次第で、俺たちはティル＝ナ＝ファの力で世界を渡り、この肉体に魂をおさめました」

「仮初めといっても、もとの身体とまったく同じだけどね。血も出るし、痛みもあるし。目的が目的なんだから、もう少したくましい身体にしてくれてもよかったと思うけど」

ドレカヴァクとレーシーは、アヴィンたちがこの世界に来たら案内役も務める予定だったらしいが、それはかなわなかった。その直前に、アーケンの使徒に滅ぼされたからだ。

エレンもリュドミラも、十を数えるほどの時間、沈黙した。理解に時間を要したということもあったが、自分たちに世界を渡ることができるだろうかと自問したのだ。

やがて、リュドミラは新たな疑問をぶつけた。

「危険な方法だというのはわかったわ……。でも、どうしてあなたたちが選ばれたの？　二人の技量に不満はないけれど、他に候補者はいなかったのかしら」

エレンも眉をひそめて言った。

「ミルの……母親は戦姫なんだろう？　なぜ、自分が危険を冒さずに娘を送りこんだ」

母親と言おうとして口ごもってしまったのは、ミルの母が、彼女の世界のエレンだからだ。そのことを考えると、戸惑《とまど》いが先に立ってしまう。

「それはもちろん私が名のりをあげたから」

ミルは胸を張って答え、エレンとリュドミラに加えてアヴィンをも呆れさせた。

「ご両親は反対しなかったのか？」

エレンが聞くと、彼女は楽しそうに表情を緩《ゆる》める。

「猛反対されたわ。とくにお母様は、『こういうときこそ妻は夫を助けるものだろう』なんて言って、私以上にこの世界へ来ることに積極的だったから。でも、戦姫だからできなかった。この世界の竜具と反発するから、自分の竜具を持っていくことはできないって言われて。それでも、『それなら、ただの剣でいい』って、だいぶ粘ったけど」

「そうか」と、エレンは短く相槌《あいづち》を打つ。自分とは他人も同然だとわかってはいるが、他の世界の自分が夫を大切に想っていることに、安堵《あんど》した。

「お父上は？」

「説得したわ。お父様は悩んだ末に許してくれた」

「何と言ったんだ？」

しばらく平坦な道が続くのを確認してから、エレンは視線をミルに向ける。彼女は白銀の髪を風になびかせながら、紅の瞳を真摯《しんし》な輝きで満たした。

「お父様の役に立ちたいって」

一瞬の沈黙を挟んで、ミルは顔を赤面させながら笑う。

「ちょっと恥ずかしいね。でも、嘘でも冗談でもなくて、本気よ。お父様はわかってくれた。お兄様もね、帰ってきたら、鳥の蒸し焼きをご馳走してくれるって言ってくれた。お兄様は武芸は弓も含めてすべてだめなんだけど、山歩きと罠の仕掛けは得意なの」

エレンはうなずきだけを返しながら、記憶をさぐる。たしか、ミルの父親であるティグルヴルムド＝ヴォルンは、ブリューヌとジスタートの二国の王冠をかぶっているという話だった。

しかし、ミルの口ぶりからすると、彼女の兄も王子というわけではなさそうだ。山歩きという言い方からすると、ヴォルン家の子として育てられたということだろうか。

「今度はアヴィンの番よ」

恥ずかしさをごまかすためだろう、やや早口でミルが言った。アヴィンはうなずき、エレンとリュドミラに視線を向ける。

「俺の世界でも、戦姫たちは最初に候補にあがったんですが、竜具を持ちこめないことがわかって外れました。そのあと、この世界がどうなっているかわからない以上、黒弓の使い手は必要だという意見が出て、父以外にこいつを扱うことができる俺に決まったんですが……」

黒弓を軽く持ちあげながら、アヴィンは疲労感を漂わせた表情を浮かべた。

「義姉がいっしょに行くと言いだしたり、母が、食べものを持っていけるかどうか試したいと言って好物のチーズを持たせようとしたり、決まってからの方が大変でしたね」

アヴィンの語り口はいたって深刻だったが、エレンとミルは遠慮なく笑った。

「いいご家族じゃないか。だが、おまえのお父上はだいじょうぶなのか？　そちらの世界から一時的に黒弓がなくなるわけだろう」

「実は、父は冥府の侵食をおさえようと動きまわっているときに大怪我をしまして」

「だいじょうぶなの……？」

さすがに心配そうな顔をするリュドミラに、アヴィンは肩をすくめた。

「俺の母と師がティル＝ナ＝ファの力を借りられるので、何とかなるそうです」

リュドミラは愕然《がくぜん》とした。アヴィンの師は、彼の世界のリュドミラだ。

いったい何があったのかと聞きたい衝動を、リュドミラは懸命におさえこむ。他の世界については、二人の言葉を信じるしかない。冗談めかしてこう言った。

「大切なお子さんたちを預かったということは、よくわかったわ」

エレンが小さく吹きだす。つられて、アヴィンとミルも笑った。

空は依然として暗いままであり、遠くには黒い稲妻が光っていたが、このとき、エレンたちは不安を忘れ、必ず勝つという決意をあらためて固めることができたのだった。

†

日が傾き、風が冷たさを増している。

ティグルとディエドは並んで馬を走らせ、まっすぐ西へ向かっていた。

「このまま日が落ちてくれれば、逃げきれますね」

空を見上げながらのディエドの声は、期待と不安の入りまじった響きを帯びている。

ティグルは時折、王都を振り返って様子をうかがっていたが、にわかに表情を引き締めて、馬を止めるようディエドに言った。

「追っ手だ」

ディエドは驚いて手綱《たづな》を引き、振り返った。暗さのためにわかりにくかったが、よく見ると、黒い騎影がわだかまって、土煙を巻きあげながらこちらへ向かってくる。

「すべて騎兵だ。五十はいる」

言ってから、ティグルは訝しげな表情をつくった。

──馬を操っているということは、神の酒《アグバ》を飲んではいないな。

神の酒を飲み、大太鼓の音を聞いて精神を異常なまでに昂揚《こうよう》させ、深傷《ふかで》を負っても武器を失っても戦い続ける狂戦士と化したキュレネー兵は、歩兵ばかりだった。おそらく、そのような状態になった兵が馬を操るのは難しいのだろう。

──彼らは、ヴァンペールでディエドが選別した兵たちである可能性が大きい。

ティグルがその推測を伝えると、ディエドは息を呑んだ。

「閣下はどうなさるのですか」

「一戦まじえるしかないと思っている」

相手が歩兵であれば、振り切るのが難しくないので放っておくところだが、騎兵に対してそのような真似《まね》はできない。相手が数を半分に減らし、その分だけ替え馬を用意すれば、ティグルたちに追いつくことが可能となるからだ。

ティグルとしては、追いつかれる前にどこかで仕掛けたいところだった。ディエドに手伝わせるつもりはない。彼は同国人と決別して、自分についてきたわけではない。自分でも中途半端だとは思うが、自らを追いこむような真似をさせたくはなかった。

視線を巡らせる。西へ少し向かったところに、黒い影となっている森があった。

――あそこで迎え撃つか。

森の中では、騎兵はその機動力を充分に発揮できない。加えて、集団はどうしても分散する形になる。一方、自分は森の中での戦いに慣れている。

自分が戦う間、ディエドをどこに避難させるか考えていると、彼が強い口調で言った。

「閣下、お願いがあります」

ディエドは自らを奮いたたせるように、両手を握りしめている。

「私を使ってください。足手まといになるために、ついてきたつもりはありません」

自分をまっすぐ見つめる少年を見て、ティグルも決意を固めた。

ティグルたちを追っているのは、メセドスーラの率いる騎兵の一団だった。数は五十。ティグルの推測通り、皆、ヴァンペールの戦いでディエドが別働隊に選んだ者たちだ。

メセドスーラは彼らを呼び集めて、こう言った。

「総指揮官とディエドが、二人だけでこの都から離れた。奇妙だと思わぬか。地震があったというのに何の指示も出さず、都の外へ出るとは。しかも、腕のたつ護衛ではなく、戦士としてはまるで頼りにならないディエドだけを連れていくなど、どう考えてもおかしい」

メセドスーラの声音《こわね》は煽動《せんどう》じみていたが、多くの騎兵がその主張にうなずいた。彼らは、自分たちを戦場に投入しなかったティグルと、ティグルに唯々諾々《いいだくだく》と従うディエドに強い不満を抱いており、戦いを望むメセドスーラに同調していたのだ。

彼らの反応を確認してから、メセドスーラは続けた。

「二人は何かたくらんでいるのかもしれん。いまから追いかけて、確認しようと思う」

「何もなかったら、どうする」

「そうだな、偵察の許可でもいただくさ。まだ誰も襲っていない町や村があるだろう」

こうして、メセドスーラたちはシレジアを発《た》ったのだった。

急速に空が暗くなってきている。彼らは用意していた松明《たいまつ》に火を灯し、馬足を緩めた。暗がりの中、仲間と衝突したりはぐれたりせずに馬を進めるあたり、彼らの騎兵としての技量は決して低くないことがわかる。メセドスーラの統率力もなかなかのものだ。

「総指揮官たちは森の中に入ったか」

前方に黒々とわだかまる森を睨《にら》みつけて、メセドスーラは舌打ちをする。さがすのが難しくなった。だが、ここで引き返すなどといえば、従ってきた騎兵たちを失望させるだろう。

「森に入る。仲間を見失わないように気をつけろ」

メセドスーラは仲間たちに呼びかけた。

ほどなく、彼らは森の前まで来た。松明の数を増やして、慎重に馬を進ませる。

――総指揮官たちも火を起こしているはずだ。それを見つければ……。

冬の夜の森は、闇と冷気にあふれている。空を仰いでも、雲に覆われているのか、月も星も見えない。松明の炎が照らすのは、すっかり葉の落ちた木々ばかりだ。

闇の中に目を凝らしていたメセドスーラは、数十歩先に、赤く燃える火を見つけた。仲間に手で合図を送って、そちらへ向かう。近づいていくと、焚き火だとわかった。

焚き火のそばに人影がある。ディエドだ。

「メセドスーラ」と、こちらに気づいて、ディエドが先に呼びかけてきた。メセドスーラは馬を進め、数歩分の距離を置いて彼と向かいあう。警戒するように、ディエドが聞いてきた。

「どうしておまえがここにいる？」

「俺たちも同行させていただきたいと思ってな。総指揮官殿はどこにおいでだ？」

「閣下は水を汲《く》みに行っている。私たちだけで充分だから、誰かが同行を申しでてきてもシレジアに帰らせるつもりだと、そうおっしゃっていた。帰ってくれ、メセドスーラ」

落ち着き払った彼の態度に、メセドスーラはかえって疑いを抱いた。怪しげな者がいたという報告を受けてシレジアから離れたのに、なぜ二人だけで充分だといえるのか。従者のディエドではなく、ティグルが水を汲みに行くのもおかしい。

「総指揮官殿から直接、話をお聞きしたい。ここで待たせてもらうぞ」

「どうしても同行したいと？」

念を押すように、ディエドが問いかける。メセドスーラは軽い苛立ちを覚えた。こちらが多勢であることはわかっているはずなのに、どうして平然としていられるのか。

「総指揮官殿に取りなしてもらえるのか？」

「いや」と、ディエドは首を横に振った。

「役割を分担しよう。私と総指揮官はここから南を見て回る。おまえたちには北を……」

「おまえ、何を隠している」

ディエドの言葉を遮って、メセドスーラは馬上から身を乗りだした。その表情は疑惑と敵意にあふれている。

「よほど俺たちを同行させたくないようだが、おまえの言っていた報告とやらは本当にあったのか。地震といい、不思議な黒い光といい、あの異国人の総指揮官は、アーケンや使徒たちを怒らせるような愚行《ぐこう》をやらかして、慌てて逃げだそうというのではないのか」

後半の台詞はただの言いがかりであり、思いついた言葉を吐きだしただけのものだった。ディエドに対する複数の負の感情が、メセドスーラをかっとさせたのだ。

　もしもディエドが怒りも露《あら》わに叱責《しっせき》していれば、メセドスーラもさすがに失言を自覚して引き下がらざるを得なかっただろう。だが、彼は怒るどころか、顔色を変えて一歩、後ろに下がった。メセドスーラは、自分が真実をつかんだと思った。

「囲め！」

　腰の剣を抜き放ちながら、メセドスーラが仲間に大声で指示を出す。その顔には嗜虐《しぎゃく》に満ちた昂揚感と勝利感とがまだら模様になって浮かんでいた。

　慌てて木を背にするディエドに、メセドスーラは悠然と馬を進めていく。

「おまえの知っていることを洗いざらい吐いてもらうぞ、ディエド。同郷のよしみで命まではとらぬが、腕の一本ぐらいは覚悟しろ」

「水汲みに行った総指揮官は、ずいぶん帰りが遅いな。おまえを見捨てたんじゃないか」

　騎兵のひとりが嘲笑《ちょうしょう》した。何人かが同調して笑う。ディエドは彼らを睨みつけた。

「おまえたちは、まだわかっていないのか。閣下に命を助けられたことに」

「助けられただと？」

　メセドスーラの顔が怒りに染まり、両眼が吊りあがる。

「ふざけるな！　あの男は戦場での死を、アーケンへの最上の供物《くもつ》を、俺たちから奪っただけではないか！　いつ、俺が死ぬことを拒んだ。死ぬことを恐れた。いつも俺は勇敢な仲間たちと肩を並べて、敵に突っこんでいったぞ。おまえなどといっしょにするな」

「メセドスーラ」と、ディエドは喘《あえ》ぐように呼びかけた。

「おまえの勇敢さはよく知っている。だが、誰もがそうじゃないということぐらい、おまえだってわかっているだろう。それなのに、いまの軍は、皆が先を争って死に向かっているかのようだ。おかしいと思わないのか」

「思わんな」

ディエドの訴えを、メセドスーラは冷淡に退《しりぞ》けた。

「諸国をことごとく滅ぼしてアーケンに捧げようという壮大な戦だぞ。まともな精神でやれるものか。先を争って死に向かうなどと考えるから、だめなんだ。神の敵をことごとく打ち倒すと思え。おまえの兄だってそう思って戦い、死んだはずだ」

メセドスーラが言い終える前に、激昂《げっこう》したディエドが地面を蹴る。言葉にならない叫びをあげて、飛びかかろうとした。

メセドスーラは驚き、反射的に剣を振るう。鮮血が飛散して、ディエドは地面に倒れた。

「やったのか……？」

騎兵のひとりが、さすがに驚いた顔で尋ねる。メセドスーラは不機嫌そうに顔をしかめた。

「いや、かすめただけだ。いきなり動くから……」

彼の言葉は、最後まで続かなかった。暗がりの奥から一本の矢が飛んできたのだ。その矢はメセドスーラの馬の額に突き立った。

馬が身体を大きく傾かせて横転し、メセドスーラは地面に投げだされる。

騎兵たちが顔を引きつらせてざわめいた。総指揮官が弓使いであることを、彼らはいまさらながらに思いだしたのだ。近隣諸国で随一の技量を持つことまで知っていたら、生きた心地がしなかっただろう。

「どこから飛んできた」と、彼らは口々に叫び、ある者は不安そうに周囲を見回し、またある者は背中を丸めて木の陰に隠れようとする。暗がりに向かって「出てこい」と叫ぶ者もいた。

ディエドが肩をおさえながら身体を起こす。その様子を見た騎兵が、馬を寄せていった。人質にとろうとしたのだ。直後、飛んできた矢がその騎兵の首筋を貫《つらぬ》いた。再び悲鳴があがる。

騎兵たちは顔を見合わせた。闇に包まれ、遮蔽物《しゃへいぶつ》の多い森の中は、弓使いに非常に有利な場所だ。数はこちらの方が多いので、犠牲を覚悟でディエドを人質にとり、周囲をさがせば、ティグルを見つけることはできるだろう。

だが、誰もその犠牲者にはなりたくなかった。騎兵たちの中には、メセドスーラに近い考えを持つ者が少なからずいたが、彼らの望むような死は、このようなものではない。

判断に迷う彼らの間に生じた隙を、ディエドは見逃さなかった。身をひるがえしてすばやく駆け、暗がりの中に姿を消す。四人の騎兵が慌てて追ったが、三人が額や喉に矢を受けて落馬すると、残ったひとりは慌てて馬首を巡らし、仲間のもとへ帰ってきた。

「何が起きたかわからない。一瞬で三人がやられた」

再び、ざわめきが起きる。彼らの不安と恐怖を反映するように、松明の火が揺れた。

ティグルが三本の矢をまとめて放って三人を同時に討ちとったと考えた者は、ごくわずかだった。ティグルの弓の技量に興味を抱いたキュレネー人など皆無だったからだ。大半は、ディエドとティグルの他に、誰かがいるかもしれないと思った。

「退くぞ」と、誰かが言った。反対する者はひとりもなく、誰も彼もが馬首を巡らして森から出ていく。メセドスーラは気を失っていたので、騎兵のひとりが自分の馬に乗せて運んだ。

森の中に静けさが戻ってくる。あとには焚き火といくつかの死体、乗り手を失った馬たち、放り捨てられたいくつかの松明が残された。

血と死の臭いが色濃く立ちこめるそこに、二つの人影が現れる。ティグルとディエドだ。追っ手が逃げ去っていくのを確認して、戻ってきたのである。ディエドは肩をおさえていた。

ディエドがひとりで焚き火のそばにいたのは、二つの狙いがあった。

ひとつは説得だ。話しあいができるようなら、アーケンの恐ろしさを説明し、自分と行動をともにしてくれる仲間を募ろうと思った。甘すぎる考えだとわかってはいたが、それでも行動に移したかったのだ。

もうひとつは囮《おとり》だ。追っ手たちがあくまで自分たちを捕らえるような態度を見せたら、自分が相手の注意を引きつける間に射倒してほしいと、ディエドはティグルに頼んだ。ティグルは彼の頼みを聞きいれて、暗がりの中に身を潜めていたのである。

地面に転がる複数の死体を見下ろして、ディエドは泣きだしそうな顔でうつむく。このような結末を覚悟してはいたが、決して望んではいなかった。

「傷の手当てをしよう」

ティグルはいつもと同じ口調で言って、背負っていた荷袋を地面に置く。必要な道具を取りだして、ディエドの肩の傷の手当てをした。幸い、浅傷だった。

ディエドは小さな声で礼を述べたあと、厳しい表情で死体を見下ろす。

「必要なものがあったら、もらっていきましょう」

死体を漁るというのだ。ティグルは眉をひそめて、「俺がやろう」と言った。ディエドが、自らを追いこんでいるように思えたのだ。しかし、彼は首を横に振った。

「私がやります。閣下では、わからないものもあるかもしれませんから」

ティグルはじっと彼を見つめたあと、うなずいた。ディエドの言う通りで、たとえばキュレネー人のつくる薬草は、ティグルには用途がわからないものが多い。

ディエドは死体を漁りながら、丁寧に神々への祈りを捧げる。冷気によって地面が固くなっているので、穴を掘って埋葬することまではできなかった。

ティグルは火の始末をしながら、自分たちの馬と、置いていかれた馬をまとめる。餌の調達に悩むところだが、替え馬ができるのはありがたい。

やがて、ディエドが声をかけてきた。必要なものを集め終えたらしい。

「行こうか。少し離れたところで休もう」

二人はそれぞれ馬上のひととなる。慎重に手綱を操って、森の中を進んでいった。

†

メセドスーラがアーケンの使徒への謁見を求めたのは、その日の真夜中である。

彼はシレジアに帰還する途中で意識を取り戻し、森へ戻ろうとしたのだが、仲間たちの強い反対に遭って仕方なく諦めたのだった。

ティグルたちの目的は不明のままだが、疑わしい要素が多いことはたしかであり、また自分の過失で仲間たちを死なせてしまったことは認めなければならない。仲間たちに頭を下げ、解散したあと、彼はその足でアーケンの神殿に向かった。

神殿に自由に出入りできるのはアーケンの使徒だけであり、メセドスーラはこれまで神殿に入ったことはない。だが、神殿の前で待っていれば、使徒が現れることは知っていた。これまでに、何度かそうやって報告を行ったことがあったからだ。

メセドスーラが神殿の前にたどりついたとき、扉はいつものように閉ざされていた。ティグルが吹き飛ばした跡はわずかかも残っておらず、元通りになっている。

扉の前に立ったメセドスーラは、にわかに空気がまとわりついてくるような感覚を抱いた。

額に汗がにじむ。それは『力』の残滓《ざんし》の影響だったが、メセドスーラは気づかなかった。

その場に平伏して、使徒が現れるのを待つ。

どれほどの時間が過ぎたろうか。かすかな衣擦《きぬず》れの音とともに、メセドスーラの前に何者かが立った。全身にのしかかる静かな重圧に必死に耐えていると、涼しげな声が降ってくる。

「どうしたのです」

セルケトの声だ。メセドスーラの全身を緊張が包んだ。彼女はティグルと親しい。話し方を誤れば、自分が罰せられるかもしれない。メルセゲルならよかったのにと、心の中で己の運の悪さを呪った。メルセゲルが滅んだことを、当然ながら彼は知らない。

とにかく、相手がセルケトであろうとありのままを話すしかない。メセドスーラは懸命に舌を動かして、ティグルとディエドがシレジアの西へ去ったこと、彼らを追いかけたら何人かの兵が打ち倒されたことを報告する。

おそるおそる顔をあげると、セルケトは慈愛に満ちた表情で自分を見下ろしていた。

「よく知らせてくれました。それでは、あなたに命じます」

メセドスーラは安堵の笑みを浮かべかけていたが、彼女の言葉に慌てて顔を引き締める。

だが、告げられた言葉はまったく予想しないものだった。

「このシレジアにいるすべての兵と戦象を与えます。キュレネー軍の総指揮官として、西方にいるジスタート軍を討ち滅ぼしてくるように。ひとりも逃がしてはなりません」

メセドスーラがその言葉を理解するのには、いくばくかの時間が必要だった。とうてい信じられることではない。

「まことでございますか……？」

おもわず問いかけてしまい、それから無礼であることを自覚して肩を縮こまらせる。セルケトは微笑をそのままにうなずいた。

「かしこまりました！」

歓喜を爆発させて、メセドスーラは大声で答えた。

キュレネー軍において、使徒の言葉はすなわち神の意志であり、絶対である。セルケトにどのような考えがあるのかはわからないが、自分は総指揮官になった。

──総指揮官。総指揮官！　さきほどまで一兵士に過ぎなかった俺が。

神征《アテン》がはじまってから、メセドスーラは総指揮官という立場に憧れたことはない。

兵士ひとりひとりが文字通り死ぬまで戦い続けるのが、現在のキュレネー軍である。策略はおろか、仲間同士の連携さえなく、神の酒と大太鼓で士気は常に高い状態にある。

このような軍において、総指揮官の存在は重要ではない。総指揮官がいないことなど珍しくなかったし、アーケンの使徒たちがその役目を担ったこともあった。

もっとも、誰でもいいとまでは、メセドスーラも思っていない。異国人で裏切り者のティグルが総指揮官に任じられたときは不満しかなかった。

――異国人に任せてもいいという立場であることはわかっている。だが……。

この上ない機会を与えられた。メセドスーラはそう思った。

自分は、あの裏切り者とは違う。兵たちの先頭に立って華々《はなばな》しく戦ってやる。ジスタート軍を殲滅《せんめつ》させた暁《あかつき》には、メセドスーラの名はキュレネー王国において燦然《さんぜん》と輝くだろう。

「行きなさい」と、涼やかな声が降ってきて、メセドスーラは勢いよく立ちあがった。

「必ずや、ご期待に応えてみせます」

セルケトに深く頭を下げると、メセドスーラは彼女に背を向け、力強い足取りで歩きだす。

その顔には野心に満ちた笑みが浮かんでいた。

メセドスーラは、ついに気づかなかった。

アーケンにとって、もはやキュレネー軍の存在など地面を這いまわる虫も同然であるということに。セルケトが彼を総指揮官に任命したのは、せいぜい魔弾の王や戦姫たちの動きを鈍らせるのに役立てばよいと思ってのことだった。

彼が立ち去ると、セルケトもその場から姿を消す。王宮の最上階の近くへと戻った。

――魔弾の王は戦姫たちと合流して、アーケンに挑むつもりですね。

アーケンが竜の牙の『力』を完全に取りこむまで、あと三十日ほど。それまでに、彼らは必ずここにやってくるだろう。セルケトはそう確信していた。

「キュレネー軍だけでは面白味がない。もうひとつ手を打っておきましょうか」

右手を軽く振る。その手のまわりの空間が歪み、大鎌《おおがま》の竜具エザンディスが出現した。ティグルたちが神殿から逃げたあと、再び封じておいたのだが、手元に呼びよせたのだ。

アーケンが力を増すほどに、使徒であるセルケトの力も高まる。あと十日もたてば、王都の外どころか、より遠くへ送りだすことも可能になるだろう。

――私はここから動けませんが、力試しを兼ねて、これで戦姫を狙ってみるのは悪くない。

エザンディスを神殿へ送り返すと、セルケトは胸に手をあてる。いまの彼女の身体には異変が起きていた。アーケンも予測できず、それゆえに気づいていないことが。

「魔弾の王よ、懸命に、必死に足掻いてください。力を尽くし、知恵を絞り、仲間たちとともにここへ戻ってきて……すべてを失ってくださいませ」

ティグルが己を取り戻したのはティル＝ナ＝ファの助けがあったからだが、それだけではないと、セルケトは思っている。神に屈することをよしとせず、戦いを諦めない強靱な意志があったからこそ、魔弾の王はアーケンの支配を退けたのだ。

それを、跡形もなく消し去る必要がある。すべてを振りしぼって戦い、敗れ、心の中に何もなくなってしまったティグルの心を、セルケトで満たす。

「新たな時代を、私とともに迎えましょう」

詠うようにつぶやき、セルケトは微笑を浮かべて黒い光を見上げた。

3　待ち望んだもの

エレンたちが馬橇《うまぞり》を操って古い時代の神殿を発《た》ってから、八日が過ぎた。竜具《ヴィラルト》の力で馬橇を加速させるというリュドミラの案はうまくいき、あと三日ほどでヴァンペール山に到着する見込みだ。

「行きは十四日、帰りは十一日か。往復で四十日はかかると思っていたのだがな」

見覚えのある景色を眺めながら、エレンは感嘆《かんたん》の声を漏らしたものだ。

もっとも、順調な旅とは言い難かった。

野盗や獣の群れに遭遇したのではない。彼女たちを悩ませたのは、天候の急変だ。

霧が出たことなどない草原で濃霧に包まれ、一刻近く足止めさせられた。雹《ひょう》まじりの大雨に襲われ、放棄された集落に逃げこんでどうにかしのいだ。

立て続けに雷が近くに落ちたときは、リュドミラのラヴィアスの力で氷の柱と屋根をつくりあげ、その屋根の下に逃げこんだ。幸運にも自分たちは巻きこまれなかったが、はるか遠くに竜巻を見たこともある。

旅人の一団と遭遇して、休憩がてら話をしたことがあった。旅人といっても、キュレネー軍を恐れて村や集落を捨てたものの、逃げこむ場所を見つけられず、あてどもなく放浪している者たちだ。彼らは数日前に強烈な吹雪に遭遇して、数人の仲間を失ったという。

エレンたちが古い時代の神殿を訪れた日から、あきらかに天候がおかしくなっていた。

「アーケンの仕業《しわざ》だと思うか」

ある日の夜、エレンはアヴィンたちに尋ねたことがある。三人は一様にうなずいた。

「ヴァンペールを発ってからあの廃墟に着くまでは、このようなことはありませんでした。アーケンが何かをやったと考える方が、納得できます」

そのように言うリュドミラの隣で、ミルが首をかしげた。

「でも、目的がわからないわね。いまひとつ殺意に欠けるというか」

「意図があってやっているわけじゃないのかもしれない」

そう言ったのはアヴィンだ。

「俺の世界の話ですが、アーケンとの戦いでヴォージュ山脈が半分以上、崩れました」

この言葉にはエレンとリュドミラだけでなく、ミルまでが唖然とした顔になった。

「ヴォージュが……？」

「ええ。ブリューヌとジスタートを行き来できる道が何本もできるぐらい。だから、この世界に来て、はじめてヴォージュ山脈を見たとき、驚いたんですよ」

「そういえば、そんな顔をしてた気がするわ」

ミルが記憶をさぐりながら言った。ちなみに、彼女の世界のヴォージュ山脈はこちらと変わらないという。「ヴァンペールに拠点をつくることはなかったけど」と、ミルは笑った。

「話を戻しますが」と、アヴィンが三人を見回す。

「アーケンが何かをやっていて、その余波が天候の異変という形で現れているのかも」

「いったい何をやっているのやら。戦姫が三人になって、よほど焦ったかな。いや、それならセルケトたちを私たちに差し向けてくるか……」

腕組みをするエレンに、リュドミラが意見を述べる。

「考えるには材料が少なすぎます。いまは先を急ぎましょう」

そうやって、四人は旅を続けてきたのだった。

その日、暗くなってきたところでエレンたちは馬と橇を止め、野営の準備に入った。

橇から降りたミルが、大きく伸びをする。定期的に休憩はとっているのだが、橇の上ではろくに動けないので、どうしても身体が硬くなった。

エレンとリュドミラも軽く身体をほぐしてから馬の世話にとりかかる。

アヴィンが土を盛ってかまどをつくり、火を起こす。水を張った小さな鍋を置いた。鍋には干し魚の切り身と干し野菜、みじん切りにした薬草が入っている。薬草は、身体を内側から温めるものだ。このスープと固いパンが夕食だった。

スープをすする。薬草の香りが鼻から抜け、干し魚と干し野菜から溶けだした薄い塩味が口の中を満たす。スープが喉を通過すると、胃袋から熱がじわじわと身体中に広がっていく。

熱を帯びた息を吐きだし、パンをスープに浸してかじる。ゆっくりと味わった。

「あとは紅茶があれば言うことないのだけどね」

表情を緩めつつ、リュドミラが言う。最後に紅茶を飲んだのは王都にいたころだった。

「しかし、竜具というのはつくづく便利だな」

エレンが感心した顔で、手元に置いているアリファールを見る。彼女とリュドミラはそれぞれの竜具を使って、刻一刻《こくいっこく》と冷えこむ空気を寄せつけずにいた。リュドミラが同意する。

「以前、アレクサンドラ様が、竜具を持っていれば凍えることから無縁でいられるとおっしゃっていましたが、こうして戦姫になってみると、よくわかります。恐ろしい力ですね」

「サーシャの竜具は炎を操るから、なおさらだな。他の戦姫の方々もそうだったのかな。オクサーナさまの斧《おの》の竜具がどういう力を持っていたのかは知らんが……」

何気ないエレンの疑問に、リュドミラが記憶をさぐりながら応じる。

「たしか、大地そのものに干渉したり、斧の刃を変形させたりする力があると聞いたことがあります。とはいえ、戦姫の方々はあまりそうした話をなさらないので」

「ほう、なぜだ？　おたがいに知っていれば、今回の私とリュドミラ殿のように力を合わせることも楽にできるだろうに」

「エレオノーラ様」と、リュドミラはいつになく真面目な態度をつくった。

「戦姫とは本来、公国の主……公主です。そして、公主同士は利害の衝突などから戦うこともあります。そのときに、自らの手のうちをどれだけ隠しているか、逆に相手の手のうちをどれだけ知っているかが重要なのは、言うまでもないでしょう」

懇々と説かれて、エレンは腕組みをして唸った。

「いま、こうしていられるのは、それどころではないからということか」

エレンは公主としての経験こそないが、かつては傭兵団を率いていたのだ。リュドミラの説明の正しさは、すぐに理解できた。

不意に、ミルがおかしそうにくすりと笑った。不思議そうな顔をするエレンたちに、彼女は笑みをそのままに、小さく頭を下げる。

「ごめんなさい。二人がおかしいと思ったわけじゃないの。ただ、私には新鮮で……」

よくわからないというふうにリュドミラが首をかしげた。この旅はもちろん、ヴァンペール山での生活の中でも、彼女がエレンに何か意見を言ったり、戦姫らしい態度をとってほしいとたしなめたりすることはあった。新鮮なものではないと思う。

「ミル」と、エレンがいつになく厳しい口調で叱りつける。

「この世界の私たちは、あくまで私たちだ」

奇妙なもの言いだったが、それによってリュドミラは理解した。鼻を鳴らす。

「あなたたちの世界の私とエレオノーラ様は、仲が悪いということね」

「ええと、その、はい」

エレンに睨《にら》まれて首をすくめながら、ミルはうなずいた。

「私の世界だと、二人は同じ年に……十四のときに戦姫になったの。それで、いまリュドミラさんが言ったような利害の衝突とか、いろいろあって」

エレンはさりげなく、アヴィンに視線を向ける。彼は露骨に顔を背《そむ》けて、気づかなかったふりをした。どうやら彼の世界でも似たようなものらしい。エレンはため息をついた。

「聞かされた以上は、参考になる知識として覚えておくとしよう。私がアリファールに見放されずに戦姫であり続ければ、いずれリュドミラ殿ともサーシャとも、そういう話をすることになるのだからな」

「そうですね。ファイナ＝ルリエ様とラダ＝ヴィルターリア様も、それぞれのお人柄もあったでしょうが、親しいというほどの仲ではありませんでした。それでも、公国同士の揉めごとはなるべく避けようとしておいででした。私たちもその姿勢に倣うべきです」

リュドミラの言葉に、エレンは微笑を浮かべた。

「そう言ってくれると助かる。私はどうしてもリュドミラ殿に教えを請《こ》う立場だからな。ところで、ひとつ提案があるんだが」

パンをかじりながらのエレンの口調が、どこか遠慮がちなものになる。リュドミラはスープを一口飲むと、視線で続きを促した。

「ヴァンペールまであと少しだ。私はここで別行動をとりたい」

「何をするんですか？」

「偵察だ。王都の様子をさぐってくる」

そう答えてから、エレンはわずかに身を乗りだして言い募《つの》った。

「リュドミラ殿も、アーケンが何かをしようとしているとは思っているのだろう。考える材料が少ないなら集めればいい。一日も早く、やつの狙いをつかむべきだ。ヴァンペールに再び軍勢を差し向けてくることも考えられるしな」

リュドミラはすぐには言葉を返さず、エレンの顔をじっと見つめる。

「ヴォルン伯爵のことが気になるのですね」

容赦のない指摘に、エレンは動揺を見せた。小さく唸って、視線を足元に向ける。

「その気持ちもないとは言わない……」

彼女にとって、これが精一杯の返答だった。

「わかりました」

あっさりと、リュドミラは承諾する。これにはエレンだけでなく、ミルとアヴィンも目を丸くした。エレンが戸惑《とまど》いも露《あら》わに尋ねる。

「いいのか？」

「ここまで来れば、もう橇に頼らずともいいでしょう。それに、敵情をさぐる必要があるのはたしかです。エレオノーラ様がヴォルン伯爵に刃を向けることができるのは、ヴァンペールでわかっていますから」

リュドミラにとって重要なのは、その点だった。いま、エレンを失うわけにはいかない。

「恩に着る、リュドミラ殿」

エレンは姿勢を正して、深く頭を下げる。ミルが顔を輝かせて手を挙げた。

「私もエレンさんといっしょに行く」

「俺も行きます。もしもティグルさんがいたら、俺が相手をするので」

アヴィンも静かな口調で言った。リュドミラは肩をすくめてエレンに苦笑を向ける。

「あなたにお任せします。私はどちらでもかまいませんから」

顔をあげたエレンは、リュドミラと同じように苦笑を浮かべてミルたちを見た。

「リュドミラ殿とサーシャにおまえたちのお守りまで押しつけるのは無責任だろうな」

そういう言い方で、エレンは二人の同行を受けいれた。

「ただ、くれぐれも無理はしないでください」

リュドミラが真剣な表情でエレンに言う。

「エレオノーラ様にもしものことがあれば、兵たちの動揺と混乱は避けられません。それに、アレクサンドラ様が悲しみます」

「心しておく。サーシャにはうまく言っておいてくれ。私が帰ったときに、なるべく叱られずにすむようにな」

「それはご自分で努力してください」

リュドミラはそっけなく突き放す。ミルとアヴィンが同時に吹きだした。

翌朝、エレンとアヴィン、ミルはリュドミラと別れて、北東の方向へ馬を進めた。

†

リュドミラと別行動をとってから三日が過ぎた昼過ぎ、エレンたちはミルの提案で、森の中の開けたところで休憩をとった。馬から鞍と手綱《たづな》を外して身体を拭いてやり、休ませると、エレンたちは地面に腰を下ろしてくつろぐ。

この三日間、ミルはことあるごとに短い休憩を求めた。そして、休憩中はなるべくエレンのそばに座って身体を寄せあう。彼女の持つアリファールの力で、冬の冷たい風から守ってもらおうというわけだった。

——そういう建前だろうけどな。

アヴィンはそう思っている。

ミルの母親は、エレンだ。彼女の世界のエレンであって、この世界のエレンではないが、それとわかっていても甘えたくなってしまうのだろう。素性を明かして後ろめたさが消え、リュドミラの目もなくなったので、堂々と行動に移すようになったに違いない。

このことについて、アヴィンはあまり彼女に強く言える立場ではない。彼は彼で、この世界のリュドミラに過剰な期待をかけてしまったからだ。

彼の世界では、エレンもリュドミラもそれぞれ十四歳で戦姫になっていたのに、この世界ではそうではなかった。その上、戦姫の多くが命を失っていた。そのため、何としてでもリュドミラに戦姫になってもらわなければと、思いつめてしまったのである。

──それに、いまのところ大きな問題はない。

この三日間であったことといえば、地面がひどい泥濘《でいねい》になっているところにぶつかって大きな迂回《うかい》を強《し》いられたことと、砂嵐に遭遇したことぐらいだ。アーケンの使徒やキュレネー兵の襲撃はない。多少は気を緩《ゆる》めてもいいだろうと、アヴィンは思った。

アヴィンは黒弓の手入れをする。傍《かたわ》らに置いていた白い鏃《やじり》を手にとった。ヴォージュ山脈にあるティル＝ナ＝ファの神殿で、女神から授かったものだ。

──本来、これは他の世界から来た俺が受けとるべきものじゃない。

この鏃は、ティグルの手にあるべきものだ。彼はあのあと、どうなっただろうか。

──もし、ティグルさんが帰ってくることがなければ……。

彼に代わって、自分がティル＝ナ＝ファを降臨させなければならない。具体的なやり方はいまだにわかっていないが、この世界のティル＝ナ＝ファに自分の祈りは届いたのだ。あのときのようにできれば、おそらくうまくいくという思いがあった。

ふと顔をあげると、ミルが不思議そうな顔でエレンに聞いていた。

「エレンさんは、私やアヴィンの世界で何か気になることはないの？　私たちからはけっこう話してると思うんだけど、エレンさんから何か聞かれたことはない気がする」

「興味がないとは言わないが、こちらからあれこれ聞くべきではないと思っている」

いつになく真剣な表情をつくって、エレンが答える。

「話を聞いていったら、他の世界の自分のことが気になってしまうだろうからな。それで他人事と割り切って笑い飛ばせればいいが、何かが引っかかって自分とくらべてしまったら、よくない。幸せに暮らしていて、おまえのような娘がいるとわかれば充分だ」

「俺はその考えに賛成です」

アヴィンは大きくうなずいた。

「この世界に来る前に、師に言われました。この世界の人々と、自分の世界の人々を重ねてはならないと。わかっていたつもりだったのですが……」

「貴重な経験ができたと思っておけ。取り返しのつく失敗は得がたいものだ」

そう言ってから、エレンは難しい顔をつくって言葉を続ける。

「ただ、虫のいいことを言うようだが、おまえたちの世界では、それぞれアーケンの脅威にどう対抗したのか、知りたいと思っている」

アーケンと戦うための手段がひとつでもほしい現状を考えれば、当然の望みだ。しかし、ミルとアヴィンは困ったように顔を見合わせた。

「話せないなら無理はしなくていいぞ」

気にするなというふうに、エレンが表情をやわらげる。ミルが申し訳なさそうに言った。

「話せないわけじゃないんだけど……。私の世界には戦姫が七人そろっていたの。そのうち五人までは魔物と戦った経験があって、神についての知識や理解もあったのよ」

ようやく戦姫が三人になったこの世界とは、あまりに環境が違うのだ。これでは話しても参考にならないだろうとミルが考えるのも無理はない。

アヴィンも気まずそうに髪をかきまわす。

「俺の世界では父と母、リュドミラ様の三人が、ティル＝ナ＝ファを一柱ずつその身に降臨させて、アーケンを退《しりぞ》けたそうです」

エレンはおもわず額に手をやる。二人に聞いたことを後悔した。さらに戦姫を誕生させる余裕などないし、ティル＝ナ＝ファを降臨させることができる者のあてもない。

「わ、私たちも精一杯、がんばるから」

励ますように、ミルが言ったときだった。

不意に、エレンが視線を鋭いものに変える。手元に置いていたアリファールが、鍔の中央に埋めこまれている宝石を明滅させて警告を発したのだ。ほぼ同時に、きわめて危険な気配がすぐそばに現れたことを、彼女は感じとった。

　左手でミルを突き飛ばし、右手でアリファールをつかみながら、エレンは地面を転がる。その直後、二人が座っていた空間を、湾曲した巨大な刃が通り過ぎた。それは、禍々《まがまが》しい造形の大鎌《おおがま》だった。長い柄が、黒い霧のような何かに包まれている。

——これは……。

　正体不明の襲撃者を睨みつけながら、エレンは戸惑いを隠せなかった。相手の持っている大鎌から、アリファールと同じ雰囲気を感じるのだ。それに、どこかで見た覚えもあった。

「エザンディス……!?」

　アヴィンが驚きの叫びをあげる。それによって、エレンはようやく思いだした。この大鎌はアリファールと同じく竜具だ。アーケンの神殿で、琥珀《こはく》の柱に封じこめられていた。

「ふん、さしずめ手駒が足りなくなって、盗品を持ちだしてきたというところか」

　エレンはアリファールを振りあげて、人間の形をとった黒い瘴気《しょうき》に斬りかかる。火花が飛散した。大鎌使いが巧みに大鎌を操り、風をまとった斬撃を弾き返したのだ。

　エレンは相手に肉迫したまま、手首を返して第二撃を叩きこむ。しかし、刃が命中する寸前に大鎌使いの姿がかき消えた。刹那《せつな》、エレンは頭上に気配を感じる。

　ミルが青い刀身の長剣を肩に担いで斬りかかり、アヴィンが黒弓に矢をつがえて放った。空間を跳躍してエレンの頭上に現れた大鎌使いは、ミルの剣を竜具で弾き返しながら、首から上を霧散させることで、アヴィンの矢をかわしてみせる。

「その避け方は想像できなかったな」

一瞬、呆気《あっけ》にとられたアヴィンだが、すぐに気を取り直して新たな矢を三本、用意した。

しかし、黒弓に矢をまとめてつがえたところで、大鎌使いが空間を跳躍する。今度はミルの背後に現れた。ミルの背中を狙って繰りだされた大鎌の一撃を、体勢を立て直したエレンが受けとめる。大鎌使いは再び姿を消した。

エレンとミルは無言で視線をかわし、背中合わせに立って、それぞれ剣をかまえる。

「アヴィン、おまえもこちらへ来い」

エレンの呼びかけに、アヴィンは素直に従った。敵はどこから現れるのかわからない。まとまっておくべきだった。周囲に視線を走らせながら、エレンがアヴィンに尋ねる。

「エザンディス……あの竜具について、おまえは詳しいことを知っているのか」

「俺の世界にあったエザンディスには、一瞬で別の空間へ跳躍する力が備わっていました。体力を消耗するので、乱用はできないと聞いています」

「あの怪物、ああ見えて体力を消耗しているのかしら」

ミルの疑問に、エレンは皮肉っぽい笑みを浮かべた。

「期待しない方がいいだろうな。それから二人とも、おまえたちの世界のエザンディスについての知識は一度、捨てろ」

「どういうこと?」

ミルは眉をひそめたが、アヴィンはすぐにエレンの意図を悟る。

「この世界のエザンディスが、俺たちの知るそれとは違うかもしれないからですね」

「そうだ。何もかも異なるということはないだろうが、ひとつ大きな違いがあれば、思いこみで判断を誤るかもしれない。そんなことは避けたいからな」

言い終えないうちに、エレンの正面に大鎌使いが現れた。大鎌による一撃を、エレンはアリファールで弾き返す。だが、反撃する前に大鎌使いは姿を消した。かと思うと、今度はミルの頭上に現れて斬りつけてくる。そして、ミルがその攻撃をかわすと、やはりすぐにかき消えた。

「一撃離脱か」

エレンが苛立たしげに唸った。相手がどこから攻撃してくるのかわからない以上、こちらは常に周囲を警戒しなければならず、体力と精神力を消耗する。敵は、跳躍を繰り返して間断なく攻撃を続けるだけでいい。恐ろしく厄介な相手だった。

「しかも、敵は形を自在に変えられます。どこを狙えばいいのか……」

アヴィンもすぐには打つ手を見出せないようだ。ミルが言った。

「私の剣なら斬れるかも」

彼女の剣は、超常の『力』を消し去ることができる。アーケンの使徒ウヴァートと戦ったときは、その能力が勝利につながった。

「よし、私が敵の注意を引く」

エレンが言った。アーケンにとって、戦姫は優先的に倒すべき存在だろう。隙を見せれば、大鎌使いはエレンに襲いかかってくるはずだ。

アヴィンとミルは視線をかわしてうなずきあう。慎重な足取りでエレンから離れた。

エレンの背後に、大鎌使いが現れる。エレンは振り返りざま大鎌の刃を受け流して、横へ跳んだ。そこへ、ミルが長剣を振りかぶって大鎌使いに斬りかかる。

だが、そこで予期せぬ事態が起きた。ミルの斬撃を竜具で受けとめた大鎌使いの身体が、二本の腕だけを残して崩れ去る。崩れ去った瘴気は帯状になり、獲物を見つけた蛇を思わせるすばやい動きで彼女に巻きついた。

瘴気の蛇に身体を強く締めつけられ、ミルの口から苦痛の呻きが漏れる。剣を振るって瘴気の蛇を斬ろうにも、ほとんど身体を動かせないようだ。

「ミル！」

アヴィンが血相を変えた。黒弓に矢をつがえて弓弦を引き絞ったが、そこで動きを止める。矢を射放てば、その瞬間に瘴気の蛇は締めつける位置を変えるだろう。

エレンもためらったが、意を決してアリファールを握りしめる。ミルと大鎌使いへの距離を詰めようと、前に踏みだした。

空気がざわめいた。直感が、エレンに足を止めさせる。

立ち並ぶ木々の奥から、大気を貫《つらぬ》いて一条の黒い閃光が放たれた。

それは、矢だった。瘴気をまとった矢が黒い光の尾を引いて、ミルに向かってまっすぐ飛んでいく。いままさに彼女を斬り裂こうとしていた、大鎌の竜具を撃った。

閃光がほとばしり、空間が歪み、雷鳴にも似た轟音が周囲を圧する。エザンディスが回転しながら宙に飛んだ。ミルを締めつけていた瘴気の蛇が拘束を解き、逃れるように空中へと舞いあがってエザンディスにまとわりつく。解放されたミルが、ぐらりと傾いて地面に倒れた。

アヴィンは呼吸をすることも忘れて、その場に立ちつくす。いまの矢が、回避を許さない速度と竜具を吹き飛ばすほどの威力を備えた一撃であることを、彼は正確に理解していた。何よりも、一切迷いがなかったことが、矢の軌道からわかった。

矢を放ったのだろう誰かが、こちらへ走ってくる。

その人物を見て、エレンとアヴィンは息を呑んだ。矢を見たときに「まさか」という思いを抱きはしたが、それでも己の目を疑わずにはいられなかった。

ひどく薄汚れ、ところどころが擦りきれている服と革鎧。左手には黒い弓。乱れ放題のくすんだ赤い髪。その下の、強烈な怒りをにじませた左目。

ティグルヴルムド＝ヴォルンが、そこにいた。

反射的に武器をかまえたエレンだったが、すぐにあることに気がついた。

「黒弓……」

ティグルが握りしめているのは、自分たちと戦ったときに使っていた、骨を思わせる白い弓ではない。ヴォルン伯爵家の家宝で、ティル＝ナ＝ファの力を引きだせる黒弓だ。

ティグルはミルに駆け寄って、彼女を抱き起こす。

「だいじょうぶか、ミル」

小さく息を吐きだして、ミルが目を開けた。視界に映ったティグルの顔に、呆然とする。

「えっ、そんな……ティグル、さん？」

自分の見ているものが信じられないというふうに、彼女はおそるおそる問いかける。ティグルはわずかに表情を緩めた。

「目はしっかり見えているようだな」

彼女をそっと地面に横たえて、ティグルは立ちあがる。空中にいる大鎌使いを見据えた。


この場所にティグルが現れたのには、いくつかの事情があった。

メセドスーラに率いられた追っ手たちを退けたあと、ティグルとディエドは西を目指した。二人とも馬の扱いには慣れている。追っ手たちの馬を手に入れたことで、予定より早くヴァンペール山にたどりつけるはずだった。

もっとも、最初の数日は、あまり先へ進むことができなかった。

理由のひとつは、ディエドがあまり旅慣れていなかったことだ。

キュレネー本国からここまで遠征してきただけあって、火を起こしたり、馬の面倒を見たりすることはできるのだが、食糧の調達や薪拾《たきぎひろ》いなどはほとんどできなかった。キュレネー軍の食糧や燃料は、すべてアーケンが用意していたからだ。

ひとのいる村や集落を見つけて、食糧をわけてもらえないか頼みに行くときなどは、ティグルがひとりで向かい、ディエドは隠れていなければならなかった。もしも村人たちがキュレネー人である彼を見つけたら、大騒ぎになっただろう。

また、寒さに弱いディエドが、熱を出して丸一日寝こんだことがあった。

ティグルは近くの村へ行って、追っ手から奪った馬と、パンや干し野菜、不要になった布きれなどを交換した。そうして、湯を沸かし、ちぎったパンと干し野菜、少量の塩を入れて粥をつくると、それをディエドに与えて、彼の汗を拭いてやった。

「申し訳ありません」と、涙をにじませて謝るディエドに、ティグルは首を横に振った。

「俺だって熱を出すことはある。気にせず、しっかり休め」

急がなければならないことは、ティグル自身が誰よりもわかっている。それでも、若者はディエドを急かさなかったし、置いていこうとも考えなかった。

このことが、ディエドを奮起《ふんき》させたのだろう。風邪から回復した彼は、「先を急ぐことをお考えください」と言った。「遅れません」とも。

彼の決意と覚悟を尊重して、ティグルはそれまでより馬を長く走らせた。そして、ディエドは懸命についてきたのである。

旅の間、ティグルとディエドはさまざまな話をした。おたがい、どこでどのように生まれ育ったのか、家族はどのような人間だったのか、幼いころは何をしていたのかなど。

キュレネー軍の総指揮官とその従者という関係だったときは、したことのない話だ。そのころは、ディエドも気安い話をしようとは考えもしなかったし、アーケンに侵食されていたティグルもそうした話に興味を持っていなかったので無理もない。

このとき、ティグルは自分がいつのまにかキュレネー語を理解し、話せることに気づいた。アーケンに支配されていた影響かもしれない。ともかく、何の支障もなくディエドと言葉をかわせるのは嬉しいことだった。

あるとき、ディエドが「閣下」と、ティグルに呼びかけた。

「閣下はやめてくれ、ディエド」

ティグルは苦笑しつつ、彼をたしなめた。旅をはじめてからすぐに、そのことはディエドに言っていた。彼も承知して、「ティグル様」と呼ぶようにしたのだが、時々、つい以前の呼び方で話しかけてしまうのだった。

「ティグル様は、この戦いが終わったらどうなさるのですか」

ティグルは首をかしげ、それから質問を返した。

「おまえはどうなんだ？　いや、俺たちがアーケンと戦うこと自体、どう思っている」

「神に刃を向けることは恐ろしいです……」

ディエドの表情には恐怖だけでなく、神に対する純粋な畏《おそ》れも浮かんでいる。その感情をねじふせるのではなく、感情と向かいあうかのように、彼は続けた。

「ですが、隼《はやぶさ》の神ラーは守るための戦いを奨励《しょうれい》しています」

「ラーというのは、キュレネーの神々の一柱か」

アーケンの他にも神がいると知ってティグルは驚いたが、考えてみれば当然だ。アーケンは冥府《めいふ》を支配、管理している神である。それ以外のものは、他の神が司っているはずだ。

「そうです。ラーはこう言っています。己を守り、家族を守り、生まれ育った大地を守り、名誉を守るべしと。いまは、その言葉の大切さがわかるつもりです」

それから、ディエドはティグルの問いかけに答えた。

「この戦いがどうなるかは、まったく想像できません。ただ、戦いが終わったあとも生きていたら、故郷に帰ります。生き残ったキュレネー人がいたら、そのひとたちとともに」

「そうか」と、ティグルは穏やかな表情でうなずいたが、結局、ディエドの質問には最後まで答えなかった。

二人がこの森に入ったのは、昨日のことだ。

ヴァンペール山まであと二、三日ほどなのはわかっている。ここからは、不用意にジスタート兵に見つからないように気をつけなければならない。ディエドを見つけたら、彼らはキュレネー軍の偵察兵だと考えて、問答無用で襲いかかってくるだろう。

ティグルにしても、自分のことがジスタート兵たちにどのように伝わっているのか、わからない。裏切り者と思われていたら、やはり襲われるだろう。キュレネー軍の総指揮官として自分がやってきたことを考えると、そうなる可能性は充分にあった。

そのような考えから、二人は隠れるものの多い森の中を進んでいたのだが、ついさきほど、離れたところから複数の人間が争っているような音を聞きつけた。

ティグルはディエドに隠れているように言うと、馬から下りて様子を見に行った。そして、エレンたちと大鎌使いの姿を発見し、激昂して姿を見せたのである。

その怒りは、むろん大鎌使いに向けられたものだった。


空中に浮かんでいた大鎌使いの姿が、竜具ごと消える。ティグルの頭上に現れ、大鎌の刃を叩きつけてきた。

ティグルは危険な斬撃を黒弓で受けとめながら、手の中に瘴気の矢を生みだす。その矢を弓につがえることはせず、投げつけた。大鎌使いの首から上が吹き飛ぶ。たいした打撃にはならなかったが、ティグルを警戒したのか、大鎌使いは空間を跳躍して空中に移った。

だが、そのときにはティグルは新たな瘴気の矢を生みだしている。今度こそ黒弓につがえて射放った。大気を貫いて飛んだ矢は、大鎌使いではなく、その手にある竜具の柄に命中する。

閃光と轟音をまき散らしながら、大鎌使いは大きく後退した。手にしている竜具を瘴気で包みこむ。竜具を傷つけられることではなく、さきほどのように手元から吹き飛ばされるのを警戒したのだろう。

エレンが迷うような表情で、ティグルに声をかける。その顔は驚愕《きょうがく》と期待、不安の三つに彩られていた。

「ティグル、なのか……？」

「話はあとだ」

大鎌使いから目を離さず、ティグルは答える。どうやって撃退するか、考えを巡らせた。

――アーケンの神殿で戦ったときと同じだな。身体をいくら吹き飛ばしても意味はない。

あのときはガヌロンの助けがあった。

――ここにはエレンがいる。アヴィンとミルも。

まだミルは立ちあがれないようだが、エレンとアヴィンだけでも心強い。

大鎌使いの姿が消え、三人の頭上に現れる。瘴気に包まれた大鎌を振るった。エレンがもっとも速く反応し、敵の攻撃をアリファールで受けとめようとする。

だが、予想していた手応えはなく、瘴気が霧散する。敵が振るったのは、瘴気でつくりあげた形だけの大鎌だったのだ。

体勢を崩したエレンに、大鎌使いが今度こそ竜具を振るう。アヴィンが割って入り、きわどいところで大鎌を弾き返した。黒弓で殴りつけようとしたが、大鎌使いは姿を消す。

「助かった、アヴィン」

礼を言ってから、エレンは苛立たしげに吐き捨てた。

「瘴気で偽装とは小賢《こざか》しいやつだな。どうにかして先手をとりたいが……」

「手はある」と、ティグルが静かに言った。

「俺たちのまわりに風を起こしてくれ」

エレンは訝しげな目をティグルに向けたが、すぐにその意図を悟った。大鎌使いが空間を跳躍して自分たちの近くに現れたら、その周囲の大気の流れが変わる。アリファールの力でそれを読み取り、敵の動きをつかもうというのだ。

エレンが風を起こした。ティグルも黒弓をかまえる。

そのとき、アリファールの刀身が白い光をまとった。突然の出来事に驚くエレンとティグルの視線の先で、白い光は螺旋《らせん》を描きながら、ティグルが弓につがえている矢の鏃へと流れこんでいく。鏃が光をまとってまばゆく輝いた。

――そういえば、アーケンの神殿でも同じことが……。

アーケンに支配されていた四つの竜具が白い光を帯びたかと思うと、その光がティグルの持つ黒弓へ流れてきたのだ。ガヌロンは共鳴と呼んでいた。

「ティグル！」

大気の流れの変化を読みとったエレンが、気を取り直して叫ぶ。その瞬間、ティグルの正面に大鎌使いが出現した。ティグルはとっさに後ろへ飛び退りながら、光をまとった矢を放つ。

風が瞬時にふくれあがって、弾けとんだ。

姿勢を崩していたこともあってティグルは吹き飛ばされ、地面に転がる。放たれた矢は、大鎌使いの首から上を吹き飛ばし、その後ろにそびえていた木を半ばから打ち砕いた。それでも威力は衰えず、虚空《こくう》を貫いて遠くへ飛んでいく。すぐに見えなくなった。

身体を起こしながら、ティグルは黒弓に視線を落とす。

――今度はアリファールから『力』を借りたということか。

そのとき、アヴィンが大声でティグルに呼びかけた。顔をあげれば、首を失ったままの大鎌使いが迫ってくる。ティグルの反応は遅かったが、相手の動きも鈍い。そのことが、おもいきった行動を促した。

相手が大鎌を振るう。ティグルは果敢に前へ出た。無造作に右手を伸ばし、大鎌を包む瘴気の中へ突き入れる。エザンディスの柄をつかんだ。

「射放て、アヴィン！」

アヴィンに背中を向けたまま、叫ぶ。その言葉だけで、自分が何を望まれているのか、アヴィンは正確に理解した。白い鏃を用いた矢を己の黒弓につがえて、ティグルの背中に射放つ。

白い鏃の矢から、目を灼《や》くほどのまばゆい光が急激に広がる。暴風を巻き起こしながら、ティグルごと大鎌使いを呑みこんだ。

エレンが己の目を腕でかばいながら、暴風に耐えて踏みとどまる。ティグルの名を叫ぶ余裕はなかった。

二つか三つ数えるほどで光が霧散する。

そこに大鎌使いの姿はなく、傷だらけのティグルだけが立っていた。

ティグルは痛みをこらえて、大きく息を吐きだす。アヴィンの矢は、以前に正面から受けたことがあるので、どのていどの衝撃が自分を襲うのかは予想できていた。耐え抜くことができるという確信もあった。思った通りだったが、身体中が痛い。

それでもティグルは強がって胸を張り、アヴィンを振り返る。

「すまない。逃げられた」

竜具をつかめば相手は逃げられない、あるいは、竜具の力を使って逃げようとしても追うことができると、ティグルは考えた。

だが、大鎌使いは、膂力《りょりょく》ではティグルの手を引き剥がせないと悟ると、柄を変形させた。糸のように細くしたのだ。ティグルの手と竜具の柄の間に隙間が生じたのは一瞬だったが、その一瞬の隙に大鎌使いは竜具の力を使い、逃げ去ったのである。わずかとはいえ、アヴィンの放った白い鏃の力を浴びたので無傷ではないだろうが、消滅はしていない。

思えば、アーケンの神殿で四体の竜具使いと戦ったとき、鞭《むち》は恐ろしいほど伸び、斧は柄と刃を変形させていた。形を変える可能性について考えるべきだったのだ。

――だが、ミルを助けることはできた。

そして、誰よりも再会したかったひとたちと再会できた。そのことを素直に喜ぶとしよう。

それから、ティグルはエレンを見つめる。

こうして彼女と顔を合わせることができたら何を言うか、今日までの旅の間に考え続けて、決めていた。そのはずだった。

だというのに、彼女の顔を見た瞬間、その言葉はきれいに消え去って、思いだせなかった。アーケンに侵食されていない状態でエレンの前に立っている。そのことがただ嬉しくて、それだけで身体中が熱くなり、目の奥が潤んで、他の言葉を考えることもできなかった。

それでも、ティグルは何かを言おうと口を開きかける。

ところが、ようやく立ちあがったミルが、勢いよく飛びついてきた。不意を打たれたティグルは彼女とともに地面に転がる。

「ティグルさん！　ほんとにティグルさんだよね⁉」

ミルに上からのしかかられ、激しく首をゆすられて、ティグルの口から漏れたのは、苦しげな息だった。真っ青になったアヴィンが慌ててミルの肩をつかみ、力ずくで引き剥がす。

「馬鹿！　おまえというやつは、せっかくの……本当にもう！」

ミルはといえば、アヴィンに引きずられることなど気にならない様子で、ティグルに指をつきつけながら、紅の瞳を輝かせて笑った。

「帰ってきた！　ティグルさんが帰ってきたよ！」

そしてエレンは、白銀の髪をかきあげながら一度、横を向いた。ティグルの顔をじっと見つめていたら、涙がこみあげてきたので、ごまかす必要があったのだ。

いくばくかの落ち着きを取り戻すと、彼女はティグルに歩み寄る。手を差しのべた。

「おかえり」

ティグルはその手をとって、立ちあがる。

「ただいま」

再び飛びついてきたミルを、ティグルは今度は倒れずに抱きとめた。


ひとしきり再会を喜びあったあと、ティグルは「少し待っていてくれ」と言って、森の奥へと歩いていった。百を数えるほどの時間が過ぎて、エレンたちの前に戻ってきたとき、彼はキュレネー人の少年をひとり連れていた。少年は二頭の馬を引いている。

「ディエドという。俺の恩人だ」

ティグルに軽く肩を叩かれて、ディエドはキュレネー語で挨拶《あいさつ》を述べ、頭を下げた。エレンたちにはキュレネー語はわからなかったが、それでも彼に敵意がないことは理解した。

ティグルたちは火を起こし、焚き火を中心にして環をつくるように腰を下ろす。話さなければならないことはたくさんあった。

「私たちを襲ったあの怪物は何だ？アーケンの手先ではあるのだろうが」

まず、エレンが聞いたのはそのことだ。ティグルはうなずいた。

「やつの手元にある竜具を、ああやって無理矢理操っているんだ。俺が戦ったときは、竜具に意志が残っていて助けられたが……」

そう説明してから、ティグルはアヴィンに笑いかける。

「さっきは助かった。しかし、あれだけで、よく俺の考えがわかったな」

アヴィンが、白い鏃の矢でティグルもろとも大鎌使いを射たことだ。

「説明が難しいんですが、あなたの……ティグルさんの言葉の意味を考えて、動いたわけじゃないんです。あの状況で、ティグルさんが俺の名を呼んで、何を望まれているのかが直感的にわかったというか」

「うまくいったんだから、それでいい」

恐縮するアヴィンの肩を、ティグルは軽く叩いた。

「でも、あいつがアーケンの手先なら、また来るわけ？」

ミルが憮然《ぶぜん》とした顔をする。追い詰められたことに、かなり腹を立てているようだ。

「アーケンを倒すか、竜具を取り返すまではそうだろうな」

ティグルが冷静に答えると、彼女は気分を切り替えるように大きくうなずいた。

「いいわ。次は徹底的に叩きのめしてやるから」

「ティグルさんやエレンさんの手を煩わせるようなことはするなよ」

アヴィンが冷ややかに釘を刺す。ミルが不満そうな顔をして何かを言おうとしたが、ティグルがこれまでのことを話しはじめたので、気を取り直して耳を傾けた。

ティグルが語ったのは、アーケンに心身ともに侵食されてから今日までのことだ。侵食されていたときは、アーケンのために戦うのが当然だという意識になっていたと話し、王都シレジアを攻め落としたことや、エレンたちと戦ったこと、ヴァンペール山を攻めたことなど、すべて覚えていると言った。メルセゲルやセルケトのことも説明する。

また、ディエドとキュレネー軍についても触れた。とくにエレンたちを驚かせたのは、彼らが数を減らすたびに送りだされてくる援軍が、どのように用意されているかだ。

アーケンは生命を生みだす方法を持っていない。キュレネーに残っている女や子供、老人から魂を抜き取り、用意した肉体に移して兵士としている。

その話を聞いたエレンは愕然《がくぜん》とし、ミルも感情の整理が追いつかないという顔をした。

「本当に、キュレネー人のことを……人間のことを何とも思っていないのね」

ミルはおもわずディエドに視線を向けた。ブリューヌ語もジスタート語もわからないので、彼は不思議そうな顔で座っている。だから、ティグルもこの場で話したのだ。

「つまり、キュレネー軍の数は無限に近いということですね」

アヴィンはことさらに冷静な声で現実的なことを口にしたが、そうしなければアーケンに対する怒りと不快感をおさえるのが困難だからだった。

「そうなる。この先、キュレネー軍との戦いは避けられないが、打倒すべきはアーケンだ」

彼に答えてから、ティグルは穏やかな声でミルに言った。

「気にするなと言っても無理だろうが、アーケンのやったことだ。おまえは剣を振るって多くの味方を助けたはずだ。そのことを誇ってくれ」

「ティグルさん、こいつを甘やかさないでください」

アヴィンが厳しい声で言った。エレンも同意を示す。

「そうだ。ミルは危なっかしいからな。また調子に乗って敵陣に飛びこみかねん」

「誰かが飛びこまなければならないっていうときに、私がやってるだけよ」

ミルは胸を張ってそう応じたが、エレンとアヴィンから冷ややかな目を向けられ、ティグルに視線で助けを求める。

「話を続けようか」

肩をすくめながらそう言うことで、ティグルはエレンたちからミルを救った。シレジアの王宮にあるアーケンの神殿で、リュドミラとアヴィンを迎え撃ったこと、正気を取り戻し、ガヌロンとディエドの助けを得て脱出し、ここまで旅をしてきたことを語る。

「ディエド、水をくれないか」

話し続けてさすがに喉が渇いたので、ディエドに頼む。キュレネー人の少年はすぐに水の入った革袋を用意した。差しだしながら、「よかったです」とティグルに言う。

「何のことだ？」

革袋を受けとりながら、ティグルは怪訝そうな顔で尋ねた。

「いまのティグル様は、お優しい顔をしておいでですから」

おもわず自分の顔に手をあてる。彼にそう言われると、いくらか面映ゆいものがあった。革袋の水を少しだけ飲み、ディエドに返しながら、ティグルは言った。

「ここまで来ることができたのは、おまえのおかげだ。感謝している」

「なるほど」

ティグルとディエドの様子を見て、エレンが明るい笑みを浮かべた。

「ディエドだったか、おまえは本当にその子を信頼しているんだな。わかった、彼を軍で受けいれるように、私からもリュドミラ殿とサーシャに頼もう。私ではなく、二人に兵を説得してもらうのもいいかもしれないな」

ティグルがディエドを年少の友人として認めており、ディエドもティグルを心から慕《した》っていることを、エレンは感じとったのだ。

アヴィンとミルは、ティグルから聞いた話について、眉をひそめていた。

「竜の牙の力……？」

二人の反応に、エレンは不思議そうな顔で尋ねる。

「おまえたちも知らないのか？」

「はじめて聞いたわ、そんなもの」

驚きを隠せずにいるミルの隣で、アヴィンも愕然として答える。

「ジスタートの初代国王については、棺は空だという話しか……」

エレンは「なるほど」と、納得した。この世界のアーケンは、他の世界の自分がとらなかった手をとったのだ。ティグルに向き直る。

「私たちがあの神殿を発った日に、おまえが王都から逃げたとなると、十一日か。ならば、あと二十日足らずでアーケンは竜の牙の力を完全に取りこむわけか」

ティグルはうなずいた。

「アーケンに支配されていたからか、何となくだが、あとどれぐらいかかるのかわかる」

「いますぐヴァンペールに引き返し、サーシャに事情を話して軍を動かすとしても、よほどの強行軍でなければ間に合わないな……」

ティグルの知るかぎりでは、王都には約三万のキュレネー兵と三十頭の戦象がいる。アーケンは、彼らを使ってこちらの行動を阻むだろう。こちらも軍勢を用意する必要がある。

「いろいろと言いたいことはあるが……」

エレンはアヴィンとミルを見る。

「こちらの出来事を先に話すべきだな。二人とも、頼む」

彼女が二人に説明役を譲ったのは、二つ理由がある。他の世界のことについて、自分ではうまく話せる自信がないというのがひとつ。

もうひとつは、話している間に自分がティグルに何を言うか、想像できなかったからだ。彼の話を聞いている間でさえ、こみあげてきたさまざまな感情や言葉を押しこめて、聞くことに専念していたのだから。

「それじゃ、私が」

ミルが笑顔で身を乗りだす。アヴィンは呆れた顔をしつつも、止めなかった。ひとまず様子を見るつもりのようだ。

ミルの説明は、エレンやアヴィンが思っていたよりもしっかりしたものだった。

アルサスでティグルを失ってから王都シレジアにたどりつくまでの話からはじめて、シレジアが陥落してからヴァンペール山を目指したこと、ヴァンペール山での生活と、キュレネー軍との戦い、ティル＝ナ＝ファの力を求めての旅について語って聞かせる。

そして、エレンとミル、アヴィンの三人にリュドミラを加えた四人でヴォージュ山脈の南の廃墟へ行き、そこからリュドミラとアヴィンがアーケンの神殿に潜入し、目的を果たしたところで締めくくった。

聞いている間、ティグルはずっと複雑な表情をしていた。

ミルの話はつまるところ、エレンたちとティグルの戦いの話であって、彼女たちにとってティグルがどれほど恐ろしく危険であったのか、またアーケンに支配されたティグルが何をやってきたのかを突きつけるものだったからだ。これはミルに問題があるわけではなく、アヴィンでも同じ話しかできなかっただろう。

「分かたれた枝の先、他の世界か……」

ティグルは深いため息をついた。

「思ってたより、ちゃんと信じてくれるのね」

納得しているティグルの表情を見て、ミルは安堵《あんど》しつつも、拍子抜けしたような顔をした。もっと詳しい説明が必要だと考えていたらしい。ティグルはアヴィンに、より正確にいえば彼の持つ黒弓に視線を向けた。

「いろいろと腑に落ちたからな。こうして見ると、やはり俺の黒弓と同じだ。他の世界のものといわれると、うなずける。――ところで」

ティグルはミルの顔を見つめた。

「二人の素性については、まだ教えてもらえないのか」

ミルは、自分とアヴィンが他の世界から来たことは話したものの、自分たちの正体についてはあえて話さなかった。

「そこは話しあったんだけど、言わない方がいいかなって」

ミルがごまかすような笑みを浮かべる。それは、彼女とエレンとアヴィンの三人で話しあって決めたことだった。二人の素性について知ることは、ティグルがこれからのことを考えるときによくない影響を与えるのではないかと、エレンが懸念したのだ。

「私はもう知ってしまったから仕方がないが……。私と結ばれたり、結ばれなかったり、王になったり、ならなかったり。絶対にあいつのためにならん」

そう言われると、アヴィンもミルも一言もなかったのである。

ティグルはじっとミルの顔を観察したあと、エレンに視線を移した。

「君は、二人の素性を知っているのか？」

エレンは真剣な表情でうなずいた。

「知っている。その上で、少なくともいまは、おまえは知らなくていいと判断した」

ティグルは穏やかな笑みを浮かべた。

「君が知っているなら、いいか」

風が吹き抜けて、焚き火をゆらめかせる。ディエドが小さくくしゃみをした。

日がだいぶ傾いている。風も冷たさを増して、焚き火だけでは耐えられなくなってきた。

五人はそのまま野営に移った。水汲《みずく》みと薪拾いなどに役割をわけ、手持ちの食糧を出しあって簡単なスープをつくる。ディエドはティグルに話しかけられれば喋《しゃべ》ったし、ティグルを介すればエレンたちとも話した。エレンが最初に聞いたのは、食事についてだった。

「キュレネーではいつも何を食べているんだ？」

「パンや、小麦と豆の粥です。卵や魚、鳩が安く売っているときは、母が買ってきました。蜂蜜酒《メドウーハ》や葡萄酒《ヴィノー》もあります。麦酒《ドゥミ》は、私はまだ飲んだことがありませんが……」

エレンは感心したような顔になった。

「ほう。食べているものは、私たちとあまり変わらないのだな」

エレンなりにディエドを信用して打ち解けてみようと考えた上での質問だと、ティグルにはすぐにわかった。自分への気遣いと、これまで敵としか見做していなかった相手への興味だ。

これがきっかけになって、アヴィンとミルもいくつかディエドに質問をぶつけた。先に、家族については聞かないようにとティグルが言ったため、神征をはじめる前のキュレネーはどのような国だったのかという話が中心になる。ディエドもそういう話ならと、口を開いた。

「キュレネーは、このジスタートよりずっと暖かいよ。夏は暑い。いや、暑いなんてものじゃない。誰もがほとんど裸で歩きまわるんだ。生活の仕方も変わる。夜明けに目を覚まして、いちばん暑くなる昼までにその日の仕事をかたづける。そうしたら、皆で川へ走るんだ」

ディエドがキュレネー語で話し、隣のティグルがジスタート語に翻訳して伝える形だが、アヴィンやミルが見ても微笑ましく思えるほど、彼の顔は輝きに満ちていた。

「朝のうちに川に浸けて冷やしていた水瓜《すいか》を食べて、泳いだり、魚を獲ったり……。でも、昼までの仕事でへまをすると悲惨だ。白く輝く太陽の下で、畑の雑草むしりや神殿の掃除なんかをやらされる。あのときばかりはラーの神が恨めしくなるよ」

興味津々でディエドの話に耳を傾ける二人を見て、ティグルは気になったことを尋ねる。

「二人は、自分の世界のキュレネーに行ったことはないのか？」

ミルは首を横に振った。

「私はないわ。何をするにしても、ジスタートとブリューヌのどちらかでやってたし、キュレネーに行く用事はなかったから。でも、話を聞いて行ってみたくなってきたわ」

「俺はあります」と、アヴィンは答えた。

「俺の世界のブリューヌは、南の大陸にあるキュレネーやイフリキアといった諸国と交流があるんです。使節団に加えてもらって、義姉《あね》とともに二、三日ほど港町を見て回りました。たしかにブリューヌやジスタートより暑くて、薄着や裸で歩いている者が多かったですね。靴を履くときは、蛇や蠍が中に潜りこんでいないか確認しろと言われたのを覚えています」

「アーケンについては何か聞かなかったの？」

ミルに聞かれて、アヴィンは首をすくめる。

「父にアーケンの話は聞いていたから、調べはした。冥府を支配し、死者をよみがえらせる力を持ち、死後の安寧をもたらす神だといわれていてな、意外だったよ。彼らにとって、冥府というのは安らぎの中で永遠の眠りにつける場所という感じらしい」

ティグルもまた軽い驚きに襲われたが、納得もしていた。アーケンに対するキュレネー人の認識が、神征を受けいれさせた可能性はある。彼らが死を恐れないのは、神の酒《アグバ》や大太鼓の力だけでなく、古くから培われてきた考え方もあったのかもしれない。

二人の話が一段落すると、再びエレンが質問した。

「キュレネーも王国なのだろう。王族は何をしている。皆、アーケンに従ったのか？」

ディエドは首をかしげながらではあったが、知っているかぎりのことを答える。

「神官としての知識や素養がある者は神官になりました。それ以外の男はすべて兵になり、女は王宮で留守を預かっていると、他の兵から聞きました」

「生きている王族は？」

ディエドは首を横に振った。知らないらしい。

エレンの表情が硬くなる。彼女の考えを、ティグルは正確に察した。

――キュレネーの未来は、よくないな……。

自分たちが首尾よくアーケンを地上から退けることができたとする。そうなったとき、キュレネー軍とキュレネー王国はどうなるだろうか。神に従って戦を起こしたなどと言っても、信じる者などいるはずがない。

文字通り神の加護を受けたキュレネー軍の神征はすさまじいの一言に尽きる。だが、彼らの進軍速度を考えると、その破壊力と完璧な兵站《へいたん》をもってしても、滅ぼしてきた諸国の人間を残らず殺し尽くしてきたとは考えにくい。

キュレネー軍から逃れて身を隠し、息を潜めているひとたちが少なからずいるはずだ。彼らは決してキュレネーを許さないだろうし、何割かは復讐のときを待ち望んでいるに違いない。

その人々の怒りと殺意を引き受けるのは、王族や諸侯などではなく、いまキュレネーで暮らす人々や、ディエドのような人間になるのだ。

「──ティグル」

エレンに静かな声で呼ばれて、ティグルは我に返る。いつのまにか、自分の考えに沈みこんでいたらしい。

「まずは、アーケンだ。それにジルニトラのこともある」

「そうだな……」

首を左右に振って、ティグルは気分を切り替えた。いま、キュレネーの未来を心配している余裕はない。考えなくていいということはないが、深く思いわずらうべきではなかった。

「ジルニトラについて、二人は何か知らないか？」

ティグルがミルとアヴィンに尋ねる。まず、アヴィンが答えた。

「かつて、ジルニトラは竜ではなく星だったと、両親や師から聞いたことがあります。最初の魔弾の王の矢を受けて竜になり、ティル＝ナ＝ファに従うようになったと」

ティグルは小さくうなずく。ガヌロンもそのような話をしていた。

「ただ、ジルニトラの力はティル＝ナ＝ファよりはるかに強大で、女神は力ずくで竜を従えたわけではないらしいと、師は言っていました。アーケンがジルニトラの力を取りこんだら、ティル＝ナ＝ファを降臨させても、どうにもならないかもしれません」

「それはわからないんじゃない？」

ミルが真面目くさった顔で異を唱える。

「私の世界では、ジルニトラは神殺しの三つ首竜として伝わっているわ。ただし、常にティル＝ナ＝ファのお尻に敷かれてるとも言われてるの。そういう像もいくつかあるわよ」

「緊張感を削ぐ説明だな」

眉をひそめるアヴィンに、ミルは得意そうな顔で話を続けた。

「どの世界でも、ティル＝ナ＝ファがジルニトラをおさえたという話は同じなわけでしょ。だったら、最悪の場合はそれを期待できるじゃない。もちろん理想は、アーケンがジルニトラの力を取りこむ前にティル＝ナ＝ファを降臨させて、ぶん殴ってもらうことだけど」

ぶん殴るという表現に、ティグルは口元をほころばせた。

一度はアーケンに呑みこまれ、その恐ろしさを知っている身としては、神の相手は女神に任せたいという気持ちはある。神とは、人間ごときでは何もできぬから神なのだと、ガヌロンも言っていた。だが、アーケンは自分が倒すべき敵だという思いもある。

──もしも理想通りにいかなかった場合は……。

自分が何とかしてみせる。

皆に助けられて、己を取り戻すことができた。アルサスと大切なひとたちを、アーケンから守り抜かなければならない。心の中で、ティグルはあらためて決意を固めた。

ふと、エレンを見る。彼女も何気なくこちらへ視線を動かして、目が合った。

ティグルは一瞬だけ微笑を浮かべる。もうひとつ、決意していることがあった。

夜の見張りは、ディエドを除いた四人で行った。まずアヴィンとミル、次にティグルとエレンという形だ。月がもっとも高い位置に達して、アヴィンたちはティグルたちに交代した。

しばらくの間は、ティグルもエレンも一言も発さなかった。三人の寝息と風の音、焚き火の燃える音が大気を揺らしていた。

「ありがとう、ディエドのこと」

ディエドの穏やかな寝顔を見ながら、ティグルが言った。

もしもエレンたちがディエドに対して敵意や警戒心を剥きだしにしていたら、彼の落胆と失望は大きかっただろうし、ティグルも困り果てただろう。キュレネー軍のこれまでの行動を思えば、そうなってもおかしくはなかった。

「おまえが信用していたからな。それに、話してみればいい子じゃないか」

エレンの言葉に、ティグルは「ああ」と、小さくうなずいた。

沈黙が舞いおりる。三百を数えるほどの間、続いたそれを破ったのは、ティグルだった。さきほどよりも小さな、しかし想い人には聞こえる声で、「エレン」と呼びかける。

「話がある」

木々の奥の暗がりを指で示した。万が一にでもアヴィンたちに聞かれたくない話ということらしい。エレンはわずかに眉を動かしたが、黙ってうなずいた。

二人は音をたてないように立ちあがる。焚き火から十数歩ばかり離れたところまで歩いていった。ここなら、アヴィンたちに何かがあれば、すぐに気づくことができる。

二人は正面から見つめあう。ティグルの表情は硬く、どこか苦しそうにも見えた。

「アーケンとの戦いが終わったら……」

そこまで言って、ティグルは表情を歪める。ひとつだけの目の奥に、懊悩《おうのう》が揺れていた。

何ごとかを自分に言い聞かせて決意を固め、言葉を続ける。

「戦いが終わったら、アルサスのことを君に頼みたい」

エレンは難解な文章を突きつけられたかのように、憮然とした顔をつくった。視線をティグルから外して右から左へ泳がせたのは、いまの言葉の意味を理解しようとしてのことだ。

「詳しく言え。それだけじゃ何もわからない」

そう言ってから、エレンは目を細めてティグルを鋭く睨みつける。

「まさか、アーケンと刺し違えるとかぬかすんじゃないだろうな」

彼女の声が明確な怒りを帯びた。ティグルはたじろぐこともなく、首を横に振る。

「そうなる可能性はあるかもしれないが、自発的にするつもりはない」

「それじゃ、何だ」

「戦いが終わったあと、俺は消える。いや、消えなければならない」

ティグルの声は、かすかに震えている。両手を強く握りしめているのは、少しでも自制心を働かせようとしてのことだった。

「俺はキュレネー軍を指揮して皆に弓矢を向け、王都の城門を破壊した。それで、何万もの人々が命を落とした。アーケンに支配されていたといっても、許されることじゃない」

エレンは何かを言いかけたが、ティグルの言葉に続きがあることを察して口をつぐむ。ティグルの顔は強すぎる自責《じせき》の念によってひどく歪んでいた。

「しかも、俺は完全に支配されていたわけじゃない。自分の意志は残っていた。右目の奥の黒弓の破片が、俺が完全に支配されないよう、アーケンから守ってくれたんだ。だから、意識はずっとあった。自分が何をやったのか、何を見たのか、すべて覚えている」

シレジアを攻め落としたときの光景が、ティグルの脳裏をすさまじい速さで何十回も、何百回も駆け巡っている。阿鼻叫喚《あびきょうかん》に包まれた路地を歩きながら、キュレネー兵たちが住人たちを次々に惨殺していくさまを、何でもないことのように見ていた。

「あのとき、俺は自分の身体に干渉することができた。五十まで数えられるかどうかというぐらいの短い時間だが、城門を破壊する前に身体を取り戻して死を選んでいれば、あんなことにはならなかった。俺が、自分の意志で引き起こした。俺が殺したも同然なんだ」

感情が昂《たか》ぶるあまり声を荒らげかけたり、早口になったりしながらも、ティグルは最後まで言葉を紡いだ。エレンはわずかに目を見開いたが、それ以上の反応を顔には出さず、冷静な態度で想い人の告白を聞いていた。

「それで……戦いが終わったら消えると」

エレンが静かな口調で問いかける。

「死ぬのか？」

ティグルは疲労をにじませた顔でうなずいた。

「それ以外の道が浮かばないんだ」

亡き両親、ティッタをはじめとするアルサスの領民たち、尊敬できるひとたち、大切なひとたち……。彼らに顔向けができないような生き方はしてこなかった。そのつもりだった。

しかし、自分はその生き方を己の足で踏みにじった。アーケンに勝つために。

「アーケンとは戦う。そして、戦いが終わったら、命を絶つ」

エレンは戦姫になった。戦いが終われば、彼女には新しい人生が待っている。王国の復興からはじめなければならない苦難の道だが、エレンならまっすぐ進んでいけるだろう。

心残りは領民たちだ。いま、ブリューヌがどうなっているのかはわからない。食事の前にミルから聞けた話も、かなり前のものだ。戦いが終わったあとのことなど想像もつかない。

信頼できるひとに、彼らのことを託したかった。

「ひとつ聞きたい」

紅の瞳がティグルを見据える。純粋な疑問をにじませて。

「なぜ、私にアルサスを頼むと言った？」

風が吹き抜けて、白銀の髪をなびかせる。エレンは落ち着いた口調で続けた。

「おまえがアルサスを何より大切に思っていることは、わかっているつもりだ。いい加減な人選はできないだろう。私を選んだ理由は何だ。私がおまえの恋人だからか？」

「それだけじゃない」

エレンの視線を受けとめて、ティグルは真剣に言った。

「俺にとって、君は想い人というだけじゃない。何度も肩を並べて戦ってきた戦友で、領地や俺自身だけじゃなく、黒弓のことだって相談できる相棒だ。それに――」

ティグルの左目を、ほんの一瞬だけ優しさと哀しみの入りまじった色がよぎる。

「アルサスには、『風の剣《ストリボグ》』の団員たちが眠っている」

エレンは驚かなかった。ただ、そっと目を伏せた。

風の剣は、エレンがかつて率いていた傭兵団だ。数多の戦場をくぐりぬけた強者ぞろいの戦士たちと、熟練の雑用係たちで構成されていた。

エレンにとって彼らは頼もしい団員であり、誇りであり、夢の中核だった。また、ティグルにとってもブリューヌの内乱をともに戦った仲間だった。

だが、アルサスを襲った怪物レネートによって、風の剣は四十人を超える犠牲者を出した。生き残ったのは戦士が四人と、雑用係が八人だけで、誰もが心身ともに深い傷を負っていた。

死者の埋葬をすませたあと、エレンは傭兵団を解散した。傭兵も雑用係も傷が癒えると去っていき、エレンのそばには副団長で、小さなころからの親友のリムことリムアリーシャだけが残った。

秋にアルサスを訪れたとき、エレンはかつての団員たちの墓に足を運ばなかった。キュレネー軍との戦いや、アーケンの神殿への潜入などで忙しかったからだが、最大の理由は心に余裕がなかったことだ。墓前に立っても、深刻な話しかできそうになかった。

ティグルはそのことを覚えている。そして、自分が最後に、最愛のひとにできることはこれしかないと思ったのだ。

二人は無言で見つめあう。夜風の冷たさも、木々の揺れる音もまるで気にならなかった。どれぐらいの時間が過ぎただろうか。やがて、エレンが口を開いた。

「どうしても死ぬのか？」

その声音《こわね》は翻意を促すものではなく、約束ごとを確認するような響きだった。ティグルは、決意を示すように、短くうなずく。

するとエレンは微笑を浮かべて言った。

「では、私を殺せ」

奇妙な沈黙が二人を包む。ティグルは呆然とし、次いで困惑も露わに彼女を見つめた。

エレンは胸を張り、堂々たる態度で想い人の視線を受けとめている。

「どういう意味だ……？」

「私を想い人だと言っただろう。想い人は支えあうだけでなく、分かちあうものだ」

涼しげな微笑をそのままに、エレンは言葉を返した。

「私は戦姫になって、サーシャが背負っていた重荷を分かちあった。負担を考えると、いくらか分けてもらったと言う方が正しいだろうがな。それと同じだ。死をもって償うしかない、他の方法がないというなら、おまえの罪を分かちあってやる。だから、殺せ」

無茶苦茶だ。そう思ったが、衝撃のあまり言葉が出てこない。

エレンは悠然と立っている。その表情と態度から、彼女が本気で言っていることをティグルは悟った。思いとどまらせるために極端なことを口にしているのではない。自分のために命を投げだそうとしている。

「そんな……そんなこと、できるわけがないだろう」

ティグルがどうにかというふうに口から絞りだしたのは、そんな呻き声だった。反論の言葉など他にいくらでもあるはずなのに、このていどのことしか言えなかった。

「それなら他の方法を考えろ」

簡単なことを命じるような軽やかな口調で、想い人が言った。

「昔、勝ち目はつくるものだと言っただろう。新たな道をつくれ。分かちあってやる。何十年かかけて、いろいろなことをやってみて、それでもどうしても他に見つからなかったら、そのときはいっしょに死んでやる」

エレンが静かに歩みを進める。右手を伸ばして、ティグルの頬に触れた。乾いていて、剣を振るい続けてきたためにやや硬さがあって、けれどてのひらはなめらかで、温かい手だった。

ひとつだけの目から涙があふれて、エレンの指を濡らす。流れだした涙は止まらず、ティグルは彼女の顔をまともに見ることができなかった。

嗚咽《おえつ》を漏らす若者の頭部を、エレンは優しく抱えこむ。いまだけはそうしていいのだと、白銀の髪の感触と、肌のぬくもりが教えてくれる。

ひとつになった二人の影は、しばらくの間、動かなかった。

夜が明けた。ティグルとエレンは普段通りの態度で、目を覚ましたアヴィンたちと顔を合わせる。気づかれないようにと近くの川でしっかり顔を洗っていたのだが、ミルに、「何かあったの？」と聞かれてしまった。

「昨日のティグルさんはどこかつらそうで、傷が痛むのかなって思ってたんだけど」

「そうだな。疲れもあったし、エレンたちに会えて、気が抜けたからな」

当たり障りのない言葉を選んでごまかす。ミルはなおも疑わしげな目を向けてきたが、アヴィンに「変な詮索をするな」と軽く頭を叩かれた。

ちなみにディエドも、「ティグル様がお元気になってよかったです」と嬉しそうに言った。どうも隠しているつもりで、ほとんど隠せていなかったらしい。「心配をかけたが、もうだいじょうぶだ」と、彼の肩を叩いた。

朝食はパンと炒り豆、それから水を沸かした湯だ。火傷《やけど》しないように息を吹きかけながら湯を飲んでいたミルが、思いだしたようにエレンに聞いた。

「これからどうするの？」

「もちろんヴァンペール山に戻る」

エレンの声には迷いがない。

「ティグルのおかげで知りたいことはだいたいわかった。時間がないこともな。一刻も早く、サーシャとリュドミラ殿にこのことを伝えるべきだ」

「ここで皆に会えたことは最大の幸運だ。俺たちには、まだ望みがある」

ティグルの言葉に、アヴィンたちはうなずいた。もしも自分たちがすれ違っていたら、ティグルはサーシャたちに事情を説明するのに苦慮しただろうし、エレンたちは無策で敵地に飛びこみかねないところだった。

五人はすばやく準備を整え、馬首を西に向ける。今日も空には雲が広がっているが、東に細い切れ目があり、そこから弱々しい陽光が覗いていた。

太陽を背に、ティグルたちは馬を走らせた。

†

ヴァンペール山を拠点としているジスタート軍は、約一万九千の兵で構成されている。彼らは冬の厳しい寒さと天候の異変に耐えながら、未来に希望を抱いて日を送っていた。

兵たちを喜ばせ、元気づけたのは、三日前に帰還したリュドミラの存在だ。彼女の手には竜具ラヴィアスがあった。リュドミラは、エレンに続いて戦姫になったのだ。

このことが彼らの士気を高めないはずがない。

一度はたったひとりになってしまった戦姫が二人になり、ついに三人になった、王都を取り戻し、キュレネー軍をこの地から追い払う日も遠くないぞと、明るい顔で談笑する兵たちの数が増え、ヴァンペール山は冷たい空気を熱気に変えるほどの戦意に包まれていたのである。

翌日の朝、総指揮官であるサーシャの命令によって、兵たちはひとり残らず山のふもとに集められた。よほど大がかりな訓練でも、すべての兵が一ヵ所に集まったことはない。しかも朝食の前である。いったい何がはじまるのかと、彼らは隣に立つ戦友と顔を見合わせた。

兵のひとりが声をあげる。彼の視線を皆が追い、ざわめきが大気を揺らした。

白銀の髪を風になびかせながら、ひとりの戦姫が歩いてくる。エレンだ。

兵たちを見下ろせる位置に置かれた台の上に、エレンが立つ。驚きから回復した兵たちは、歓声をあげて彼女の帰還を喜んだ。

エレンが軽く手を挙げる。兵たちの声が止んだ。

「十数日ぶりだな。皆、元気そうで何よりだ。さっそくだが、ここに集まってもらったのは、私の帰還を知ってもらうためではない。話さなければならないことがあるからだ」

エレンの隣に、ひとりの若者が現れる。新たな、そしてさきほどとは異なる感情を含んだざわめきが起こった。驚きや戸惑い、敵意など、さまざまな視線が若者に浴びせかけられる。

若者は、ティグルヴルムド＝ヴォルンだった。

ざわめきはすぐにおさまり、沈黙が兵たちを包む。

それは決して好意的なものではなく、説明を求める無言の重圧だった。王都を攻め落とした裏切り者が、なぜここにいるのか。どうして戦姫の隣に立っているのか。

「まず、私の話を聞いてくれ。キュレネー軍について、いくつかの情報が手に入った」

小さく息を吸って、エレンが声を張りあげる。

「彼らがある種の薬草、毒草、香料を組みあわせて、痛みを感じない恐るべき戦士をつくりだしていることは、おまえたちも知っているだろう」

ジスタート軍が大敗を喫《きっ》したヴァルティスの戦いのあと、エレンたちはキュレネー兵の異常さについて、そのように説明していた。超常の力であると言っても兵たちを混乱させてしまうだけなので、納得しやすさを優先したのだ。

「キュレネーは本国に残っている民にもそれらを用いて、強制的に兵士にしていた。彼らはどれほど兵を失ってもすぐに援軍を送ってくるが、こういう仕組みだったわけだ」

一度、言葉を切って、エレンは兵たちを睥睨《へいげい》する。兵たちが自分の説明を理解したころを見計らって、声に怒りを乗せた。

「まったくもって腹の立つ話だ」

紅の瞳が強烈な戦意を帯びて輝く。エレンは声を高めた。

「私も今日までさまざまな戦場に身を置いてきた。さまざまな敵と戦ってきた。だが、キュレネーのやりくちには虫唾が走る。いま、彼の国を動かしている者は、自国の民をことごとくすり潰すつもりでいるのだ。そのような者が、ジスタートの民をどのように扱うと思う。私たちはそういう敵に王都を奪われたのだ。これほど悔しい話があるか！」

大気が震えるほどの怒声が、兵たちを戦慄《わなな》かせる。

言葉を紡ぎながら、エレンは心の底からアーケンに腹を立てていた。

戦いなのだから、敵について細かい注文をつけようとは思わない。あらゆる手段を使って大軍を仕立ててくる敵もいれば、悪辣《あくらつ》な詐術《さじゅつ》を使ってくる敵もいるだろう。

だが、アーケンはキュレネーを丸ごと使い捨てようとしている。それが許せない。

エレンの怒りが伝播《でんぱ》して、兵たちが徐々に感情を昂ぶらせていく。自分たちがこれまで戦ってきた相手について、戦姫が激しい怒りを露わにするほどのおぞましい敵であるという認識をあらたにした。

エレンは呼吸を整え、落ち着いた口調で言葉を続ける。

「この情報をもたらしてくれたのは、ティグルヴルムド＝ヴォルンだ。彼は、他にも多くのことを知らせてくれた。王都にいる敵の数、奪われた竜具の在処《ありか》、討つべき敵将の名、彼らが王都でやろうとしていることなど……。我々が求めてやまなかったものばかりだ」

ティグルに向けられている兵たちの視線に、驚きを含むものが多くなる。その変化を感じながら、エレンは彼らに訴えかけた。

「彼はキュレネー軍に捕らえられ、いくつもの薬草を使われて、心を奪われていた。だが、幸運にも己を取り戻し、隙を突いて脱出してきた。――おまえたちに頼みがある」

エレンの額に汗がにじんでいる。ティグルのこととなると、やはり必要以上に声が大きくなってしまう。一呼吸分の間を置いて感情をおさえ、彼らに聞く姿勢を持たせた。

「貴重な情報を持ってきたことで、この男の罪を許してやってほしいとは言わない。ただ、この男の怒りをわかってほしい。キュレネーに操られ、決してやってはならないことを強いられたことへの怒りを。彼らと戦う強い意志を」

兵たちの何割かが、意表を突かれた顔をする。彼らにとって、エレンの言葉はあまりに意外なものだった。ティグルの罪を許すようにと、戦姫は言わなかったのだ。

そして、それまで黙っていたティグルが、兵たちを見回して口を開いた。

「エレオノーラ殿の言った通り、俺は長くキュレネー軍に操られていた。だが、そのことが、王都やこのヴァンペール山を攻めたことの許しにはならないと思っている」

そこまで言ってから、深く頭を下げる。

「その上で、頼む。おまえたちとともに戦わせてほしい」

風が吹き抜ける。しかし、緊迫した空気は消え去らなかった。

兵たちが無言で怒気を叩きつけてくる。彼らの視線は見えざる槍となってティグルの全身を貫き、裏切り者、味方殺しと罵倒《ばとう》し、責めたてた。

ティグルはじっと耐える。耐えることができた。

エレンがいるから。

「私を殺せ」と、彼女は言ってくれた。「分かちあってやる」と。

彼女の微笑が、自分の抱えていたものを軽くしてくれた。自分を立たせてくれた。前を向かせてくれた。彼女とともに歩いていきたいという想いを、あらたにさせてくれた。

――俺は、これからも生きる。生き続ける。得られるすべてのものを、エレンと分かちあう。

それがティグルの決意であり、選んだ道だ。だから、耐えた。

空気がかきまわされる。兵たちがティグルに浴びせる視線の束が、揺れた。

隊列から抜けて、ひとりの男が前に進みでる。四十代の痩せた兵士だ。彼は台の前まで歩いてくると、兵たちを振り返った。静かな決意が、厳つい顔ににじんでいる。

「俺は、ヴォルン伯爵とともに戦いたい」

ティグルに向けられていた攻撃的な視線の何割かが、彼に向けられる。しかし、その兵士はひるむ様子もなく、言葉を続けた。

「俺は、ヴァルティスで伯爵に助けられた。この方は指揮官なのに殿《しんがり》を務めて、必死に矢を射放って敵兵を食いとめていた。いま、俺がこうして生きているのは、この方のおかげだ」

何人かが息を呑む気配がした。複数の足音とともに、幾人かの兵士が前に出る。彼らは、ティグルを支持すると言った兵士の横に並んで、兵たちに向き直った。

「私は四年前、ティグルヴルムド卿とともにアスヴァールの軍勢と戦った」

初老の兵士が、灰色の髭を震わせながら言った。大きな声ではなかったので、前にいる兵にしか届かなかったが、聞こえた者たちの何人かは表情を変えた。

四年前、ティグルは客将としてジスタートに滞在した。内乱で傷ついたブリューヌが、友好的な隣国を必要としたからだ。このころのジスタートはアスヴァールやムオジネルとの小競り合いが絶えず、ティグルはイルダー王の要請で何度か戦に参加していた。

「亡きイルダー陛下は、ティグルヴルムド卿を高く評価されていた。もしも陛下が生きておられたとして、卿の罪を許すとはおおせにならぬだろう。だが、これまでの卿の武勲《ぶくん》を思い、ともに戦うことは許してくださると思う」

他の兵たちも、口々にティグルを擁護《ようご》する。弁舌の巧みな者はひとりもいなかった。ティグルや彼らを非難する視線の多さに、勇気を振り絞るだけでも精一杯だったのだ。

だが、最後のひとりがティグルの指揮下で戦ったときの話を終えたとき、彼らに浴びせかけられる視線から、怒りはいくらか薄れていた。

サーシャとリュドミラが兵たちの前に姿を現したのは、このときだ。二人とも軍衣をまとっており、サーシャの腰にはバルグレンが、リュドミラの手にはラヴィアスがあった。

二人の戦姫の放つ威厳《いげん》に、兵たちはいっせいに気を引き締める。ティグルを擁護していた兵たちも、彼女たちに向き直って姿勢を正した。

ティグルとエレンが台から下りる。そして、サーシャとリュドミラが台に上がった。

兵たちを見回し、サーシャが落ち着いた声音で告げる。

「ヴォルン伯爵のやったことは、とうてい許されるものではない。だが、ジスタートの戦士ならば、彼がジスタートのために戦ってきたこと、ジスタートに勝利をもたらしてきたことも忘れてはならない。それが僕の考えだ」

続いて、リュドミラが毅然《きぜん》とした態度で発言した。

「私は、ヴォルン伯爵に機会を与えたいと思っています。我々の敵と戦う機会を。いつか、キュレネー軍がジスタートの地よりいなくなったとき、彼の罪と、過去の武勲と未来の戦功を並べて判断を下します」

二人の戦姫は、兵たちに問いかけたのだ。ティグルを許すかどうかではなく、ジスタートの戦士としてどうありたいのかを。

十を数えるほどの時間が過ぎて、幾人かの兵がその場に膝をつき、戦姫たちに賛同を示す。短い間を置いて、さらに何人かが膝をついて、頭を垂れた。

そうしてすべての兵が膝をつくのに、さほどの時間はかからなかった。

エレンに、サーシャとリュドミラに、そして兵たちに深く感謝しながら、ティグルは昨日、自分たちがヴァンペールについてからのことを思いだしていた。


ティグルとエレン、アヴィン、ミル、ディエドがヴァンペールに到着したのは、昨日の昼過ぎだ。五人で助けあい、先を急いで、三日はかかる距離を二日で駆け抜けた。

だが、ティグルたちはすぐに山に入らず、暗くなるのを待った。兵士たちがティグルとディエドを見れば、大騒ぎになるのは間違いないからだ。

日が暮れると、五人は山に入った。途中で出会った見張りの兵士たちにはアヴィンかミルが対応してごまかし、中腹にある洞窟にたどりついたのである。

サーシャとリュドミラはエレンたち三人を温かな笑顔で迎えたが、ティグルとディエドを見てさすがに驚いた。

ティグルがこれまでのことを説明すると、リュドミラはもちろん、たいていのことでは動じないサーシャでさえ衝撃を隠せなかった。もっとも、若さに似合わぬ経歴と実績の持ち主である二人だから、そのていどの反応ですんだといえる。

「今日まで生きてきて、火酒《ウォトカ》がほしい心境になったのは何年ぶりだろうね」

サーシャは深いため息とともに、そんな言葉をこぼした。リュドミラも天井をあおいで、おおげさなほどに肩をすくめた。

「まさかとは思っていたけど、本当にアーケンに操られていたなんて……」

それから、気を取り直したサーシャが深刻な表情でティグルに聞いたのだ。

「君はこれからどうする？」

ティグルの意志は定まっている。即答した。

「もちろんアーケンと戦う」

「でも、兵たちがあなたを受けいれるかどうかはわからないわ」

リュドミラが渋面《じゅうめん》をつくった。

「神に操られていたなんて説明するわけにはいかないから、薬を使われていたことにするとしても、彼らの心情を考えると、復帰を認めるかどうか。最悪の可能性も……」

「ティグルを私刑にかけるというのか」

壁に寄りかかっていたエレンが、憮然とした顔で口を挟んだ。彼女だけでなく、アヴィンとミル、ディエドも壁際に立っている。リュドミラは顔をしかめて反論した。

「私だってそんな事態を招きたくはありません。ですが、もしも数百、数千の兵がヴォルン伯爵の死を望んだら、止めるのは非常に難しいでしょう。軍全体の士気にも関わります」

もっともな意見だった。そうなる可能性は決して小さくないとわかるだけに、エレンも口をつぐむしかない。リュドミラが遠慮がちに言葉を続けた。

「たとえば、正体を隠すという手はどうでしょうか。首から上を完全に覆う兜をさがし、服装もできるだけ変えて……」

「それではだめだ」

ティグルが首を横に振る。顔をしかめるリュドミラに、穏やかな表情で頭を下げた。

「まずは礼を言う。ありがとう、リュドミラ殿。君はなるべくして戦姫になったんだと、あらためて思った」

「こんな話をしているときに言われても、嫌味にしか聞こえないわ」

苛立ちを露わにして睨みつけてくるリュドミラに、ティグルは再び首を横に振る。

「そんなつもりはない。俺が君の立場でも同じことを言ったか、もっと厳しい意見を述べたと思う。戦いに参加させるかどうかはあとで決めるとしても、この山にいる間は牢屋に放りこんで見張りをつけるとか」

エレンやサーシャでは、そういった処置を考えたとしても、なかなか言えないだろう。

「いいから、私の意見がだめだと言うなら、あなたの考えを聞かせてちょうだい」

リュドミラに聞かれて、ティグルは彼女とサーシャをまっすぐ見つめる。

「俺の姿を兵たちに見せて、俺の口から話せることを話す」

二人の戦姫の反応は対照的だった。サーシャは黒い瞳に興味深そうな輝きを湛えたが、リュドミラは呆れてものも言えないという顔になる。

「しばらく見ないうちに馬鹿に磨きがかかったわね。あなたが何を言ったとしても、兵たちが冷静に聞いてくれるわけないでしょう」

「わかっている。わかってもらえずともいいなどと、偉そうなことを言う気もない。ただ、兵たちに向きあわないと、俺は先に進めないんだ」

これは意地だ。矢を理想の軌道で飛ばそうと思ったら、決して崩してはいけないものがあるように、これだけは曲げてはいけない。これだけは貫かなければならない。

「それでは、私がまず兵たちに話そう」

　そうすることが当然のような口調で言ったのは、エレンだ。

「必要な説明は私がする。できるかぎり、彼らがティグルの言葉を聞く姿勢に持っていく。ティグルは、これだけはどうしても言いたいということだけを言え。一言、二言にしろとは言わないが、なるべく短くだ。これならどうだ？」

「僕はいいと思うよ」

　リュドミラが答える前に、サーシャが言った。リュドミラは目を大きく見開く。

「無茶です、アレクサンドラ様。伯爵を許す者と許さない者とで、軍が真っ二つに割れてしまうかもしれないんですよ。明後日にはここを発つというのに」

「春を待って王都を目指す予定じゃなかった？」

　不思議そうな顔をするミルに、サーシャが答えた。

「リュドミラが帰ってくるまでは、そのつもりだったよ。でも、彼女から事情を聞いて考えを変えた。戦姫が三人になったいまこそが最後の好機、動きだすべきときだろうとね。結果として正しかったみたいだ」

　ここにいる者たちを見回して、サーシャは言葉を続ける。

「アーケンを倒すには、ティル＝ナ＝ファを降臨させるしかない。だけど、アーケンが竜の牙の力を取りこんだら、ティル＝ナ＝ファでも対抗できないかもしれない。そうなる前に、僕たちは王都にたどりつかなければならない」

「苛烈な強行軍になりますね……」と、リュドミラが渋面をつくった。

「ここから王都までは、通常の速度の行軍で二十日かかります。それを十五日で行けというんですから、かなりの数の脱落者が出るのを覚悟しなければなりません」

十五日というのは、一日休むことを計算に入れた日数だ。ただ急いで王都に向かうというわけではない。アーケンとキュレネー軍が待ち受けているところへ飛びこむのだ。休息は絶対に必要だった。リュドミラとしては、十五日も強行軍を行って戦う以上、少なくとも三日は休息がほしい。だが、どう考えても時間が足りず、無理を強いるしかなかった。

「覚悟の上だよ」と、サーシャはうなずいた。

「この上なく事態は切迫している。けれど、絶望的じゃない。ティグルが帰ってきたことで、ティル＝ナ＝ファを降臨させる目処《めど》はたった」

「アーケンの使徒も、残っているのはセルケトだけということだからな」

エレンが言った。

「アーケンに操られた竜具という脅威はあるが、私たち戦姫を狙ってくるなら対処はできる」

「だからこそ、兵たちの間に亀裂を生じさせるようなことは……」

「君の心配はわかるけどね」

リュドミラの言葉を穏やかに押しとどめて、サーシャは言葉を続けた。

「こういう話をするのは早い方がいいと思うんだ。戦いが終わったあとで事情を明かすと、どうしていままで隠していたのかと、兵たちが不信感を抱く。大半の兵にとって、ティグルは裏切り者のままになってしまうかもしれない」

　気勢を削がれて、リュドミラが言葉を詰まらせる。サーシャの言葉には説得力があった。

「それに、兵たちがティグルのことを認めてくれたら、彼についても説明しやすくなる」

　サーシャがディエドに視線を向ける。キュレネー人の少年は緊張にびくりと肩を震わせて、ティグルを見た。ティグルはうなずくことで、彼を安心させる。

「アレクサンドラ様のお考えはわかりましたが……」

　リュドミラは仏頂面《ぶっちょうづら》をつくって、やや意地の悪い問いかけをした。

「失礼なことを訊きますが、私情が入っていませんか？」

「入ってるよ」と、サーシャはあっさりと肯定した。

「僕にとってもティグルは大切な戦友だ。エレンを悲しませたくもない。何より、王都をキュレネー軍に奪われ、多くの兵と住人が命を落としたことについて、本来責められるべきは軍の指揮をとっていた僕だ」

「それは……」

　リュドミラと、そしてティグルが異口同音《いくどうおん》に声をあげる。しかし、二人ともサーシャの黒い瞳に見つめられると、違うと言うことはできなかった。

「たしかに、おっしゃる通りかもしれません。敗北の責任を負うのは指揮官の役目ですから」

渋々といった表情で、リュドミラはサーシャの言葉を認めた。

「ですが、あのとき、アレクサンドラ様は恐ろしいほどの混乱の中で、やるべきことをやりました。責めることなど、誰にもできるはずがありません」

「それは私情だね」

サーシャに諭《さと》すような口調で言われて、リュドミラは唸る。青い髪をかきまわし、苛立ちをため息に変えて吐きだすと、ティグルを睨みつけた。

「わかったわ。あなたの意地につきあってあげる。ブリューヌとの交渉についてもそろそろ考えておかなければいけないところだったし、あなたが堂々と復帰できるなら、それがいちばん苦労しないもの。ただし、何を言うべきかは徹底的に突き詰めること」

まくしたてるような言い方に、ティグルはうなずくのがやっとだ。壁によりかかっていたアヴィンが吹きだしたが、リュドミラに冷たい視線を向けられて、慌てて顔をそらす。

「ディエドのことは、僕とリュドミラに任せてくれ」

サーシャがそう言ったのは、ティグルの抱える不安を少しでも軽くするためだ。これについてはリュドミラも小さくうなずく。ティグルはあらためて、二人に頭を下げ、エレンに説明してもらうことと、自分が言うべきことを皆と話しあった。

サーシャとリュドミラは、まだ台の上にいる。

「すまないが、もう少しだけつきあってくれ。紹介したい者がいる」

サーシャがそう言ったので、兵たちは立ちあがった。

台の上にひとりの少年が現れる。ディエドだ。厚地の服こそ着ているが、顔も手も隠していない。その褐色の肌を見て、兵たちは驚きの声をあげた。

「キュレネー人のディエドだ。ヴォルン伯爵の脱走を助けた」

兵たちの間に緊張が走る。彼らの目に敵意の光が灯った。

台の後ろにいるティグルは、ディエドの背中を見つめて、がんばれと心の中でつぶやく。彼は勇気のある人間だ。ジスタート兵たちに彼を認めて、受けいれてほしかった。

「彼は、危険な薬草を使って兵ではない者たちまで戦わせ、さらにヴォルン伯爵から正気を奪って裏切りを強いたキュレネー軍に疑問を抱いている」

今度はリュドミラが口を開いた。

「だから、伯爵とともにここまで逃げてきて、私たちに多くのことを教えてくれた。その勇敢さを認めて、私たちはディエドを客人として軍に迎えいれる」

ディエドは顔をこわばらせながらも、懸命に背筋を伸ばして、前を見つめている。脚は震えていたが、それに気づいたのはティグルとエレンだけだった。

反対の声はあがらなかった。戦姫がすでに決定したことだからというのもあるが、兵たちはディエドに対して、わずかながら同情の念を抱いたようだった。

リュドミラがディエドの肩を軽く叩き、ともに台から下りる。

台の上に立っているのは、サーシャだけになった。

「すでに伝えたように、明日、ここを発って王都奪還に向かう」

兵たちの顔つきが変わる。それを確認して、彼女は続けた。

「キュレネー軍は、王都をつくりかえようとしている。彼らが神殿をつくりかえたという話を耳にした者はいるだろうが、王都までそうしてしまおうというわけだ。その一環として、彼らは王宮で怪しげな儀式を行っている」

これは、王宮の最上階から黒い光が噴きあがっているとティグルから聞いて、サーシャが考えだした嘘だった。いまのうちからこう言っておけば、黒い光を実際に見たときに兵たちは納得するだろうし、何かあったときに、彼らを王都から遠ざける理由にもできる。

兵たちの全身から怒気が立ちのぼる。自分たちが暮らしていた王都を奪うだけでなく、つくりかえるというのは、とうてい許し難いことだった。

彼らの怒気が伝わってきて、サーシャの声は自然と熱を帯びた。

「僕も同じ気持ちだ。彼らのくわだてを阻止するためにも、我々は急がなければならない。十五日で王都に到着するように動く。王都にいるキュレネー兵の数は、約三万。さらに戦象が三十頭。兵の数だけでも、我々より多く、厳しい戦いになるだろう」

小さく息を吸って、サーシャは声を張りあげる。

「我々は勝つ！　たしかに我々はヴァルティスで負けた。王都を奪われた。だが、このヴァンペールで勝った。リュドミラが戦姫となり、敵の情報も手に入って、機は熟した。勝って、王都を、誇りを、かつての生活を取り戻そう！」

兵たちも気合いの叫びで応えて、大気を震わせる。腕をまっすぐ突きあげる者もいた。

戦姫たちは、それぞれの表情で満足そうにうなずく。

戦いのための準備が整ったという、たしかな手応えを彼女たちはつかんでいた。


兵たちを解散させると、サーシャは軽やかに台から飛び降りた。すぐそばで待っていたティグルたちに誇らしげな微笑を向ける。

「おめでとう」

「エレンの、それに皆のおかげだ」

ティグルは首を横に振った。リュドミラの言葉は正しかったと思う。エレンに任せず、自分だけですべてを話していたら、兵たちは耳を傾けてくれなかっただろう。

「そんなことはない」と、エレンが真面目な顔で言った。

「何人もの兵が、おまえのために勇気を出して、言葉を尽くしてくれただろう。あれは大きかった。おまえを救ったのは、おまえが今日まで積み重ねてきたことだ」

ティグルは照れくさくなって横を向く。ミルとアヴィンがこちらへ歩いてくるのが見えた。

二人は離れたところから、ティグルたちの言葉を聞いていたのだ。

「お疲れさま」と言ってから、ミルはさっそくとばかりにティグルに注文をつける。

「悪くなかったけど、皆に対する誓いの言葉なんかがあってもよかったかな。『彼らの神が襲いかかってきたとしても、恐れずに戦い抜いてみせる』とか」

「あの場でおおげさなことを言っても、しらけるだけだろう」

アヴィンが冷ややかな言葉を投げつける。それから、彼はティグルに向き直った。

「よかったです」

短い一言から、安堵と喜びが伝わってくる。

そのとき、ひとりの兵士がこちらへ歩いてくるのが見えた。その人物を見て、ティグルは嬉しさと申し訳なさの入りまじった笑みを浮かべる。

整った顔だちよりも、風に煽られたかのように逆立っている黒髪が印象に残る男だった。ルーリックといい、ティグルより五つ年長で、長いつきあいのある戦士だ。彼は歩調こそゆっくりとしていたが、その顔は涙を懸命にこらえているものだった。

二人は間近で笑顔をかわし、おたがいに肩や背中を叩いて無事を喜びあった。

4　反撃の狼煙《のろし》

朝食のあと、兵たちは拠点の解体作業に取りかかった。

もうここへは戻らず、王都を必ず奪還するという決意を固めるためだけではない。リュドミラが知恵を絞り、二万の兵がつくりあげたこの拠点はきわめて堅固《けんご》だ。自分たちがここからいなくなったあとで、野盗などに利用させてはならなかった。

ティグルとディエドは、ルーリックの指揮の下、アヴィンの部下たちとともに作業を行っている。土を盛った壁を崩し、穴を埋め、防壁として使っていた板を壊してふもとまで運んだ。

かなりの重労働で、ディエドなどはすぐに息があがってしまったので、アヴィンの部下で最年少のレヴが付き添って休憩をとった。

ディエドはたどたどしいジスタート語で「ありがとう」と、礼を述べる。彼にとって、現在の環境は決して心安まるものではない。いまだにジスタート人の表情は読めず、言葉もわからないからだ。ティグルの立場がよいとはいえないことも、漠然とだがわかっている。

加えて、自分に向けられる数々の視線と、投げかけられる陰口らしい言葉や舌打ちが、精神的な消耗を強いていた。作業よりもこちらの方がよほどこたえる。

だが、ずっとティグルのそばにいるわけにもいかない。そんなことをしたら、彼に迷惑がかかってしまう。とにかく、いまは与えられた仕事をやるしかない。

「おまえも大変だよな」と、レヴが同情するような口調で言った。

「俺も本音をいえばキュレネー人は嫌いだよ。ただ、俺の家は王都で商売やっててさ、ブリューヌ人とかアスヴァール人、ムオジネル人なんかもけっこう来てたんだ。だから、暇なときは面倒見てやる。隊長の命令もあるし、おまえが休憩をとるときは俺も休めるからな」

レヴの台詞は、ディエドにはわからない。せいぜい、キュレネー人やムオジネル人という単語が聞きとれたぐらいだ。ただ、彼が自分に向けているのは敵意ではなく興味であったし、作業のやり方も身振り手振りで教えてくれる。ありがたい相手だった。

ティグルは作業をしながら、そんなディエドの様子を見て胸を撫でおろす。自分が常に見ていなくてもだいじょうぶのように思えた。

ティグル自身は一兵士として、率先して重労働に参加している。「熱心に働いていると見せつけたいのか」と、皮肉に満ちた目を向ける者ももちろんいたが、しばらく様子を見ようという者も現れはじめていた。

昼を過ぎて、食事を兼ねた休憩に入ったときだった。

地面に腰を下ろし、ソバの実と豆を煮こんだ粥を食べているティグルの耳に、ぱたたたと翼を羽ばたかせる音が聞こえた。見れば、緑青色の鱗が特徴的な幼竜のルーニエが、こちらへ飛んでくる。ティグルは笑顔をつくって、粥の入っている器を地面に置いた。

「ルーニエじゃないか」

手を伸ばすと、ルーニエはゆっくりと下降してティグルのそばに降りたった。鱗に覆われた背中をそっと撫でる。ざらざらとした岩肌のような感触だ。ルーニエは目を細めたが、逃げる様子もなくじっとしていた。

「無事でよかった。俺のせいで苦労をかけてしまったな」

ティグルがキュレネー軍を率いて王都を攻め落としたとき、ルーニエはいつのまにか戦場から逃れて、サーシャのそばにいたという。

ティグルがルーニエとはじめて会ったのは、約四年前だ。客将としてジスタートに滞在したときにサーシャと知りあい、彼女の公宮で飼われているルーニエを見せてもらったのである。

ルーニエは放し飼いにされており、飛んで廊下を横切っていったり、かと思えば中庭でひなたぼっこをしていたりと自由に過ごしていた。

ティグルははじめて見る幼竜が珍しくて興味を持ったものの、むやみにかまっては嫌われるだろうとも思った。そこで、少量の干し肉を持ち歩き、遭遇したときにあげるようにしたのである。何度目かでルーニエは警戒心を解いた。

警戒心を解いたといっても、懐いたわけではない。だいぶ後になってわかったことだが、ルーニエは気を許した相手にしか抱きあげることを許さないのだ。もしもティグルがこの幼竜を抱きあげようとしたら、翼を羽ばたかせて逃げるだろう。

「いつか、おまえを連れて狩りに行きたいな。そうすればいい肉を食わせてやれるんだが」

口に出すと、ティグルは急に狩りに行きたくなった。最後に狩りに行ったのはヴァルティスの戦よりも前だったはずだ。もう何ヵ月も行っていない。

「アーケンとの戦いが終わったら、おまえを借りていいか、サーシャに聞いてみようか」

笑ってそう言ってから、ティグルはふと顔をしかめる。ルーニエから、どこか奇妙な雰囲気を感じたのだ。なぜか、自分の言葉を幼竜が理解しているような気がした。

何度か瞬きをして、まじまじとルーニエを見つめる。ところが、ルーニエは不躾《ぶしつけ》な視線を避けるかのように、するりとティグルの手から抜けた。若者に背を向けて歩きだす。その動きを目で追ったティグルは、三つの人影がこちらへ歩いてくるのに気づいた。

誰なのかわかった瞬間、ティグルは勢いよく立ちあがっていた。

ひとりはリュドミラだ。

もうひとりは艶のない金髪を頭の左側で結んだ美女で、服の上に革鎧をつけ、ティッタと同じように外套を羽織っている。腰には細身の剣を吊していた。エレンの親友のリムことリムアリーシャだ。

三人目は白と青を基調とした巫女の衣に身を包み、その上に厚手の外套を羽織った、栗色の髪の女性だった。かつては侍女としてティグルに仕え、いまは巫女として日々を過ごしているティッタだ。

ティグルは小走りに彼女たちのもとへ駆けていった。ティッタは笑顔でティグルに手を振っている。リムは無愛想な表情で会釈《えしゃく》をしたが、ティグルを嫌っているわけではなく、意識的に感情を表に出さないようにしているのだった。

「二人とも、元気そうだな」

ティッタとリムに、ティグルは笑いかける。二人と最後に顔を合わせたのは、アルサスにあったアーケンの神殿へ向かうときだ。自分がアーケンに捕らえられたことで、二人をどれほど悲しませてしまったかと思うと、申し訳なさしかない。

ティッタは何かを言おうとしたが、目から涙をあふれさせ、鼻を詰まらせて、言葉が出てこないようだった。ティグルの胸に飛びこみ、若者の名を繰り返して泣きだす。ティグルは彼女を優しく抱きしめて、背中を撫でた。

「少し前に、ここにたどりついたのよ」

ティッタを見ながら、リュドミラが微笑を浮かべて言った。

「よかったわ。明日の昼過ぎに来ていたら、ここは空っぽになっていたもの」

「着いてみて驚きました。冬のうちにここを引き払うとは思っていなかったので」

リュドミラにそう言葉を返したあと、リムはあらためてティグルを見つめる。いつもよりわずかに表情を緩《ゆる》めて、微笑を浮かべた。

「リュドミラ様から、ティグルヴルムド卿がいると聞いたときは、それ以上に驚きましたが。

よくご無事で帰ってきてくださいました」

「ありがとう」

万感の想いをこめて、ティグルは感謝の言葉を述べる。気になったことを尋ねた。

「ここには二人だけで来たのか？　もしかして、アルサスに何かあったのか……？」

恐ろしい想像が浮かんで、つい深刻な表情になったが、リムは首を横に振る。

「ご安心ください。地震が起きたり、雹《ひょう》まじりの雪が降ったりしたことはありましたが、大きな問題と呼べるようなことは起きていません」

ティッタが顔をあげる。目は涙に濡れていたが、そこに輝く光は真摯《しんし》なものだった。

「私、夢を見たんです。女神の……ティル＝ナ＝ファの夢を」

ティグルは目を瞠《みは》って、まじまじとティッタを見つめた。巫女である彼女が見たのだから、ただの夢であるはずがない。だが、それより先に確認すべきことがあった。

「身体は何ともないか？　いつもより疲れを感じるとか、頭が痛いとか……」

ティッタは呆気《あっけ》にとられた顔でティグルを見つめたあと、やわらかな微笑を浮かべた。

「安心してください。そういうことは全然ありませんよ」

ティグルを安心させようとして強がっているふうはない。ティグルは安堵《あんど》の息をつくと、リュドミラに言った。

「俺はエレンとアヴィン、ミルをさがしてくる」

ティル＝ナ＝ファの話となれば、自分たちだけが聞くというわけにはいかない。エレンとサーシャ、アヴィン、ミルも呼ぶべきだ。

「私はアレクサンドラ様を呼んでくればいいのね。もう中腹の洞窟は埋めはじめているから、ここに集まりましょう」

中腹の洞窟については、出入り口に石を積み重ね、土で塗り固めてふさいだ。ふもとの幕営は明日の朝に引き払うため、まだ残している。

ティグルとリュドミラがティッタたちをその場に残して駆けだしたあと、ルーニエが翼を羽ばたかせて、ティッタに飛びついた。ティッタは驚きながらもルーニエを抱きとめ、リムと二人で子供をあやすように幼竜を愛でた。

四半刻後、幕舎のひとつを総指揮官用のものにして、そこにティグルたちは集まった。

エレンとリムはおたがいの無事を喜びあい、強く抱きしめあう。ティッタはエレンに深く頭を下げて、ティグルが無事だったことへの礼を述べた。

「ティグルは自力で脱出して帰ってきたのであって、私は何もしていないのだがな」

困ったような笑みを浮かべるエレンに、ミルとアヴィンがそれぞれ力説する。

「そんなことはないわ。エレンさんがいなかったら、ティグルさんはアーケンの神殿へ行くための鍵を誰にも渡せなかったかもしれないんだから」

「俺も同じ考えです。エレンさんの存在なしに、今日を迎えられたとは思えません」

ティグルも大きくうなずく。エレンはことさらに表情を引き締めて想い人を視界から外し、ティッタに声をかけた。

「さっそくだが、話を聞かせてくれ。ティル＝ナ＝ファの夢を見たということだが」

やや早口だったのは、夢の内容が気になっているというだけでなく、気恥ずかしさをごまかすためでもあったのだろう。

「はい。お話しできることは、それほどありませんが」

申し訳なさそうな表情を浮かべながらも、ティッタは話しはじめた。

「夢の中の私は、明かりのまったくない、何も見えない暗闇の中に立っていました。怖くて動けなくなってしまうということもなく、私は何かを求めるように前へ、前へとまっすぐ歩いていきます。ずいぶん歩いたなと思ったとき、私は急にその場に膝をついて祈りはじめました。するとどこからか声が聞こえてきたんです」

愛し子よ、私を呼べ、太陽のない刻《とき》の中で。

忌み子よ、私を呼べ、光の射さぬ空の下で。

強き子よ、私を呼べ、朽ち果てた骸《むくろ》の上で。

「その三つの声が繰り返し、ときには重なって聞こえて、どんどん大きくなっていきました。

なぜか、その声の正体がティル＝ナ＝ファだとわかって、私は祈りながら、どうやって呼べばいいのですかと何度も叫びました。でも、『呼べ』という答えしか返ってこなくて……。そのうちに気が遠くなっていって、目が覚めたんです」

ティグルはアヴィンを見る。このことについて聞くのであれば、黒弓と、ティル＝ナ＝ファから与えられたという白い鏃《やじり》を持っている彼しかいないだろう。

「どう思う？」

「神託《しんたく》、啓示《けいじ》と呼ばれる類《たぐい》のものかと」

アヴィンの口調は慎重ではあるものの、迷う様子はない。

「ティル＝ナ＝ファが、夢を見せるという形でティッタさんに干渉し、自分の降臨に適した場所を伝えたのではないでしょうか」

「私には怪しげな呪文にしか思えなかったのですが、どうしてティル＝ナ＝ファだと？」

リムが聞いた。たしかに、ティル＝ナ＝ファについて詳しくなければ、すぐにはわからないだろう。ティグルが説明した。

「ティル＝ナ＝ファは、三柱の女神がひとつになったものらしい。夜、闇、死と三つのものを司っているのは、そのためなんだそうだ」

だが、神話におけるティル＝ナ＝ファの立場は四つある。神々の王ペルクナスの妻であり、姉であり、妹であり、生涯の宿敵であるというものだ。ティグルは、三柱の女神がひとつになたことで、宿敵になってしまったのではないかと思っているが、これについては根拠はない。

ひとまずリムが納得したようなので、アヴィンが再び口を開いた。

「太陽のない刻、光の射さぬ空、朽ち果てた骸《むくろ》、この三つはティル＝ナ＝ファを降臨させることのできる条件を示していると思います。つまり……」

「夜と闇と死というわけね」

ミルがさらりと口を挟む。アヴィンは憮然《ぶぜん》としたが、うなずいた。

「女神を降臨させるのですから、その三つの要素をただ満たしているというだけでは難しいと思います。それらの要素が充分にあるところでなければ」

「夜と闇はともかく、死という要素が充分にある場所となると、かぎられるだろうな」

エレンが腕組みをして、想い人を見る。ティグルは言った。

「俺が思いつく場所は三つだな。ひとつはこのヴァンペール山。それから、オクサーナさまが戦死したヴァルティスの野。最後に王都シレジアだ」

ヴァンペールには、先の戦で命を落としたジスタート兵とキュレネー兵の死体が埋められている。ジスタート兵の死体は一千に満たないが、キュレネー兵の死体は三万近くあった。

ヴァルティスの野では、最終的に約三万のジスタート兵と、一万七千を超えるキュレネー兵が命を落とした。もっとも、ここからヴァルティスは遠すぎる。除外すべきだろう。

王都シレジアは言わずもがなだ。市街になだれこんだキュレネー兵によって、数万のジスファ人が死んだ。

エレンとリュドミラ、サーシャが視線をかわす。黒髪の戦姫が言った。

「その中から選ぶとすれば、王都だろうね。他に条件を満たしている場所はある？」

「私には思いつきません。王国を守る戦姫としては、よりにもよって王都にティル＝ナ＝ファを降臨させるなんて……という気持ちはありますが、王都しかないとも思います」

リュドミラが不満の残る顔で答える。

敵の拠点となっている王都で女神の降臨を行えば、アーケンはキュレネー兵を差し向けてくるに違いない。このヴァンペールならば、少なくともその心配は取り除くことができる。

ヴァンペールから王都は遠いが、神と神の戦いを人間の尺度で考えるべきではない。ティル＝ナ＝ファがアーケンと戦うのに、とくに支障はないだろう。

しかし、アーケンがただの神ではないことを、リュドミラは知っている。アヴィンとミルの話によれば、この世界を含む三つの世界に干渉している存在なのだ。ティル＝ナ＝ファとの戦いを想定して、奥の手を用意していることは充分に考えられる。

自分たちで対処できそうな事態が起きたときに備えて、王都にいるべきだ。それがリュドミラの考えだった。さらにいえば、自分たちでできることまで神に任せることはせず、自分たちでやるべきだとも、彼女は思っている。それが彼女の矜持《きょうじ》だった。

「私も王都で行うことに異存はない。しかし……」

　エレンが不安と緊張の入りまじった顔で、壁に立てかけてある三つの竜具《ヴィラルト》を見る。

「ガヌロンの話では、神への呼びかけを助け、神のもとに祈りを強く届かせる力がある……だったか。私たちにその力を引きだせるかな」

「できるだろう」と、ティグルはこともなげに言った。

「君のアリファールは、大鎌《おおがま》使いとの戦いで俺の黒弓に『力』を与えてくれたじゃないか」

「俺のときもそうでした」

　アヴィンが自信に満ちた表情でエレンを見る。

「ティル＝ナ＝ファの神殿で、アーケンに侵食されていたティグルさんと戦ったとき、エレンさんの竜具から俺の弓に『力』が流れこんできた。そのおかげで俺は勝てたんです」

「エレンは問題ないと。僕とリュドミラはこのあと試してみるとしようか」

　サーシャが何でもないことのように言った。リュドミラはというと、あからさまな警戒の眼差しをティグルに向ける。

「私のラヴィアスに何かあったら、ただじゃすまないわよ」

　エレンやサーシャにとっての竜具は、己を戦姫たらしめる武器というだけでなく、心を許した戦友であり、命を預けられる頼もしい相棒だが、リュドミラはそれ以上に、ラヴィアスを特別な存在だと思っている。彼女の母と祖母、曾祖母も戦姫として振るっていたのだから。

――アリファールがだいじょうぶだったんだから、ラヴィアスもいけると思うが。

ティグルはそう思うのだが、それを言ったらリュドミラを怒らせることはあきらかだ。それに彼女の気持ちもわかる。神妙な顔でうなずいた。

ティッタの話が終わると、次はリムがブリューヌの状況について話しはじめた。

「アルサスは、すでに申しあげた通り平穏な状態です。キュレネー軍が現れることもなく、冬になったこともあってか、野盗の類も姿を見せません。自警団が領内の巡回を兼ねて村々の様子を見ていますが、それでこと足りています。私がティッタから夢の話を聞いて、おもいきってここまで来たのも、そのためです」

「そうか」

ティグルの言葉は短かったが、晴れやかな笑顔を見れば、どれほど安心しているかわかる。リムとティッタ、エレンはもちろん、他の者たちもつられて微笑を浮かべた。

だが、リムはすぐに生真面目な表情に戻る。よくない話もあるということだ。

「私が集めた情報によれば、王都ニースは健在です。ですが、それは西方をおさえたキュレネー軍が動かないからというだけのようです」

「ブリューヌ軍はどうしているんだ。ずっと手をこまねいているのか?」

エレンの質問に、リムは首を横に振った。

「一度、キュレネー軍に挑んで、敗れたという話があります。私はアルサスから動いていないのでたしかな情報とは言えませんが、おそらく事実です」

ティグルは苦い顔になる。本来、彼はブリューヌ貴族であって、ブリューヌを守るために戦う立場であるはずだった。弓の技量を嘲笑《あざわら》われ、蔑《さげす》まれている身ではあるが、五年前の内乱では協力してくれた騎士や諸侯もいた。彼らは無事でいてほしい。

だが、どれほどブリューヌが心配でも、ここから離れるわけにはいかない。それに、アーケンを退《しりぞ》けることこそが、キュレネー軍に勝つ唯一の方法なのだ。

「ブリューヌも己のことで手一杯で、こちらへの支援や相互協力は無理ということか？」

エレンが落ち着いた口調で聞いた。リムがうなずく。

「そうですね。それに、ブリューヌ軍はニースを中心に動いているので、こちらと連絡をとりあうことはかなり難しいと思います。使者が往復する間に、どちらの陣営の状況も変わってしまうでしょう」

距離がありすぎるということだ。それに、安全といえる街道もない。

「それなら仕方ないな。他に何かおもしろそうな話はあるか？」

そのような聞き方をしたのは、深刻な空気を少しでも消し去ろうと考えてのことであり、何かを期待していたわけではなかったのだが、意外にもリムはうなずいた。

「では、アスヴァールの王女軍についてはご存じでしょうか」

エレンだけでなく、他の者たちも未知の言葉を聞かされたという顔になる。

アスヴァールは、ジスタートの西にある王国だ。アスヴァール島と呼ばれる大きな島から興《おこ》った国で、大陸にも領土を広げていた。

両国の間を隔《へだ》てているのは北の海域と呼ばれる海で、春から秋の間は十数日ほど船を進ませればたどりつくことができる。冬は海が荒れているので、船を出せない。

アスヴァールは昨年、キュレネー軍に攻められて滅んだ。国王や若い王子たち、多くの将軍や諸侯が戦場で討ちとられ、幼い王族たちも次々に殺害されたという。

「王族はことごとくキュレネー軍によって命を落としたといわれていましたが、生き延びていた王女がいたのです。その方が生き残った兵士や騎士を集めて反キュレネー軍を編成し、キュレネー軍や海賊を相手に転戦を重ねていると」

「まるで武勲詩《ぶくんし》や英雄譚だな。たしかな話なのか？」

エレンの顔には、おおげさな噂話を聞いたときのような苦笑が浮かんでいる。このような状況で、キュレネー軍に立ち向かう英雄や勇者の噂が流れるのは、珍しいことではない。

実際は十数人の騎士のささやかな抵抗でしかないのに、尾ひれがいくつもついて、いつしか数千の軍勢が勇ましく戦っていることになってしまう。傭兵団を率いていたころのエレンは、そのように誇張された噂話をたびたび耳にしたものだった。

しかし、リムは真面目な表情と態度を崩さずにエレンに答える。

「私も最初はそういう類のものだろうと思っていました。ですが、この王女軍がブリューヌ軍と接触したという話があるのです」

「詳しく聞かせてくれないか」

サーシャが黒い瞳に強い興味の色をにじませた。自分たちとブリューヌ以外にキュレネー軍と戦う勢力が存在するのなら、できれば連絡をとりあい、協力しあう関係を築きたい。

「アスヴァールの王女軍がブリューヌ領で、ブリューヌ軍がアスヴァール領で、それぞれ廃墟あさりをしたそうです。おたがい相手に見つかってしまって、険悪な状況にあると」

廃墟あさりとは、キュレネー軍を恐れて逃げたか、あるいはキュレネー軍にひとり残らず殺されて無人となった村や町をさがして、残された食糧や財宝をかき集めることである。

王都を守っていたころのサーシャは、廃墟あさりをした海賊たちを討伐して、北の海域の平和を守りつつ、彼らが手に入れたものを奪っていた。そうして食糧を手に入れていたのだ。

「それは、ひどい話だね……」

たいていのことでは動じないサーシャが、呆れるしかないというふうに首を横に振る。一国の軍が他国の領内に入りこんで食糧なり財貨なりを奪ったら、それは侵攻と略奪だ。

リュドミラもため息をついて、ティグルに尋ねた。

「ブリューヌにはそこまで素行の悪い軍がいるの？」

「俺は諸侯の軍や騎士団にあまり詳しくないが、手柄を求める諸侯は少なくないと思う。五年前の内乱で武勲をたてられなかった者や、内乱のときにテナルディエ公爵に従い、そのあとで殿下に忠誠を誓って許された者などは、とくにそうだろうな」

「ああ、そういう連中はたくさんいたな」

嘆息するティグルに、エレンが意地の悪い笑みを浮かべる。彼女は内乱のはじめからティグルとともにレギン王女を守って戦ってきたのだ。テナルディエ公爵に従っていた者に対して辛辣になるのは当然のことだった。

「それから、『黒騎士』の異名を持つロラン卿が、王女軍に保護されたという噂があります」

この言葉に、一同は呆然とした。ロランは豪勇を謳われる騎士で、先の内乱ではティグルたちとともに、レギン王女を守って剣を振るった。彼の強さと剛直な人柄には、ティグルもエレンもずいぶん助けられたものだった。

夏の終わりごろ、彼はブリューヌ軍を率いて、侵攻してきたキュレネー軍を西方国境で迎え撃った。正確な数字はわかっていないが、ブリューヌ軍の数は七万から十万、キュレネー軍の数は三万から五万だったという。その戦にロランは敗れ、行方不明になっていたのだ。

「その話が事実なら嬉しいが、西方国境で戦ったロラン卿を、どうしてアスヴァールの王女軍が……」

疑問をそこまで口にして、ティグルは直前の話を思いだした。アスヴァールの王女軍がブリューヌ領で廃墟あさりをしたというものだ。彼らが傷ついたロランを発見して助けだしたという可能性は、ないとはいえない。

「そんな話まで出るのなら、王女軍は実在するのだろうな。どうする？」

エレンの問いかけはサーシャに向けたものだ。ここからアスヴァールへ使者を出すなら、ブリューヌを横断させるしかない。だが、いまのブリューヌは平和からほど遠く、旅をするのはきわめて危険だ。しかも、西部はキュレネー軍におさえられている。

サーシャが悩んだとしても、それは一呼吸分ほどの短い時間だった。彼女はリュドミラに視線を向けて、静かな口調で告げる。

「アスヴァール語を話せる者を何人か選んでくれ。使者になってもらう」

「ともに手を携えてキュレネー軍と戦おうと、そう呼びかけるのですか？」

リュドミラが眉をひそめた。自分たちは明日、王都に向けて出発する。使者が王女軍から何らかの返事を受けとって帰ってくるころには、勝つにせよ負けるにせよ、アーケンとの戦いは終わっているだろう。あまり意味のあることとは思えなかった。

「戦いのあとについて考えておくのも大事だよ」

サーシャは諭《さと》すように言った。

「アーケンを退け、キュレネー軍を撃退したとする。そのあとで僕たちがやらなければならないのは、復興と再建だ。ブリューヌや他の国々もそうだろう。王女軍がそのときまで生き延びていたら、アスヴァールの代表になるかもしれない」

ようやく彼女の意図を理解して、リュドミラがうなずく。

「いまのうちから私たちの存在を知らせ、いままでやってきたことと、これからやろうとすることを伝えて、戦いのあとで交渉できる状況をつくっておくということですね」

たしかにその点について、リュドミラは後回しにしていた。軍の編成について今朝まで知恵を絞っていたので、時間的にも精神的にも余裕がなかったということもある。しかし、サーシャの言う通り、いまから目を向けておくべきだった。

「それにしても、ジスタートの外ではアーケンの動きが鈍いですね」

リュドミラが憮然とした表情で言った。

「ブリューヌを攻めた軍を動かさず、アスヴァールでは反キュレネー軍の台頭を許すなんて。アーケンにとって、神征《アテン》は本当にどうでもいいものだったとわかります」

「ひとつは、竜の牙という自分の目的を隠すための目くらまし」

サーシャが指を折って数える。

「もうひとつは、大がかりな戦を起こすことで諸国を混乱させること。ひとの行き来も、ものの流通も途絶えたし、情報の入手も難しくなった」

「最後に、邪魔になりそうな者を、真の狙いを悟らせずに葬り去ることか」

そう言ったのはエレンだ。戦姫たち、魔物たち、他にも戦姫たちを指揮する立場にあったイルダーなど、アーケンの計画を阻みそうな者は少なくなかった。

ティッタは夢という形でティル＝ナ＝ファから啓示を受けたが、おそらく他の国にも、こうしたことに詳しかったり、何らかの力を持っていたりしたひとがいただろう。

アーケンは戦と、それが呼び起こす混乱によって、彼らを消し去っていったのだ。

——もしかしたら、もっと前の段階から……。

アヴィンもミルも、竜の牙の存在について知らなかった。推測の域を出ないが、アーケンが融合する自分を選んだ基準には、その点も含まれていた可能性がある。

サーシャが珍しく顔をしかめた。

「厄介な相手はほぼ討ちとった、目くらましは必要なくなったというわけか」

「そうだ」と、ティグルはうなずき、怒りを含んだ声で続けた。

「だが、まだ勝負は終わっていない。可能性は残っている」

「ほんとに小さな可能性だけどね」

ミルが笑って肩をすくめる。強行軍で王都を目指し、自分たちの前に立ちはだかるだろうキュレネー軍や竜具使いたち、セルケトをすべて退け、ティル＝ナ＝ファを降臨させる。アーケンが竜の牙の『力』を完全に取りこむ前に。

間に合わなければ、地上はアーケンのものとなり、冥府《めいふ》の一部に加えられる。

まともな発想ではできないことだ。だが、やらなければならなかった。そして、ここにいる者で、諦めている者はひとりもいなかった。誰もが最後まで足掻くと決意を固めている。

皆がおもわず笑う。ちょうど兵士が報告に来て、作業がすべて終わったことを告げた。

その日の夜、山のふもとにあるジスタート軍の幕営は、陽気な喧噪に包まれた。

持っていけない食糧は今夜中に食べ、不要なものは燃やすようサーシャが命じたため、兵たちがいつもより多く火を起こしたのだ。火にかけられた鍋からは、いずれも白い湯気が立ちのぼっている。

鍋の中身はソバの実と黄花《ロクラ》、丸蕪《ラジース》ばかりで肉や魚はない。味つけも薄い。しかし、兵たちは文句も言わず、それどころか嬉しそうにそれらを食べていた。ヴァンペールの山に敬礼をして別れを告げる者もいれば、祭りを楽しむかのように踊りだす者もいる。

明日、ついに王都を取り戻しに行くのだという思いが、彼らを熱くさせていた。

エレン、リュドミラ、サーシャは個別に動いて、兵たちを激励してまわる。たまに酒杯をかわしても、一ヵ所にはとどまらない。なるべく多くの兵と触れあうのが目的だった。

「こういうときは、傭兵だったころが懐かしく思えるな」

サーシャと偶然会ったとき、エレンは苦笑まじりに言った。傭兵のころの彼女は、好んで兵たちの中に飛びこみ、冗談をかわし、酒を飲み、彼らと肩を組んで歌っていた。打ち解けるにはそれがもっとも手っ取り早かったのだ。

いま、そのような真似《まね》はできない。彼らの畏敬《いけい》を集める存在でなくてはならないからだ。

「平和になったら、多少は羽目を外してもよくなるよ」

サーシャはそう言ってエレンをなぐさめた。彼女は病で動けなかった時期が長かったため、自分の存在が兵たちを元気づけることを喜び、楽しんですらいる。

リュドミラは時折、兵たちに手を振って応えながら、悩んでいた。戦姫だった彼女の母は、積極的に兵と打ち解けようとするひとだったからだ。母を模倣《もほう》する必要はないとわかっているのだが、母の行動と、現在の自分と、どちらがよりよいのか答えを出せなかった。

ティグルはディエドとともに一ヵ所にとどまり、自分を慕《した》う兵たちと談笑していた。アヴィンとミルには、他の兵たちと楽しむように言ってある。

アーケンに支配される前のティグルは、積極的に兵たちの間を歩きまわっていた。貴族といっても、小さなころから領民たちと気さくに言葉をかわしていた身であり、諸侯より平民と話している方が楽しめると思う男である。

だが、さすがにいまの立場でそのような行動をとるのは危険だとわかっていた。そこで、自分は動かず、会いに来た者たちの相手をすることに努めたのだ。

ティグルを慕う者も来れば、敵意を抱いている者も来た。わざわざティグルのそばを通り過ぎて、聞こえよがしに罵倒《ばとう》する者もいた。そのすべてを、ティグルは受けとめた。幸いにも、口論や喧嘩に発展することはなかった。

「いいですね」と、不意にディエドがつぶやいた。

「皆、生き延びたあとのことや未来について話している……」

一方、他の兵と楽しむようにと言われたアヴィンは、部下たちと輪をつくって、今日までのさまざまな出来事をしみじみと語りあっている。もっとも、アヴィンは不在だったことが多いので、もっぱら聞き役にまわっていた。

四半刻ほどが過ぎたころ、ミルが姿を見せた。

「私もまぜてもらっていい？」

そう言うなり、アヴィンの返事を待たずに隣に腰を下ろす。ため息をついた。

アヴィンはあからさまに面倒くさそうな顔をしたが、彼女の世話を部下たちに押しつけるのも気が引けたので、仕方なく尋ねる。

「何かあったのか？」

「それがあったのよ」と、ミルは白銀の髪を揺らして首を横に振る。

「告白されたの。それも四人から」

「男ばかりの生活だから、おまえが美人に見えるようになってしまったんだろうな」

言い終えるかどうかというところで、アヴィンは肩に肘を叩きこまれた。

「それで、ここに避難してきたの。しばらくかくまって」

「美人は大変だな」

楽しそうに笑いながらそう言ったのは、中年の部下だ。他の部下がミルに尋ねる。

「ミルディーヌさんは、ここでの暮らしはどうでしたか」

「これまで体験したことのない出来事の連続で楽しかったわ」

満面の笑みを浮かべて、ミルは答えた。

「遠出することが多かったけど、この山での生活は忘れない」

「はじめてこの山を見たときは、えらいところに来たって思ったけどね」

アヴィンの部下のレヴが、おどけた調子で言った。何人かが同意する。

「夏ならともかく、山の中やふもとで冬を越すなんて勘弁してくれと、俺も思ったな。暮らしてみたら慣れたが」

「俺がつらいと思ったのは酒と食いものだな。もうしばらくはこのままだとしても、王都を取り戻して再建もすんだら、浴びるほど火酒《ウォトカ》を飲んでやると決めた」

「一杯か二杯でつぶれるだろう、おまえは」

部下のひとりの力強い宣言を、別の部下がからかう。

そうした光景を、アヴィンは微笑を浮かべて眺めている。この世界に来たときは、もっと要領よく、無駄なことをせずに目的を果たすつもりだった。父から弓を教わり、師からそれ以外の武芸を広く教わった自分なら、それができると思っていた。

——うぬぼれだったな。

ティグルになかなか会えず、ようやく会えたと思えばアーケンに奪われた。あのとき、ミルの制止を振り切って矢を射放っていたら、まったく違う今日を迎えていただろう。

王都を陥とされ、およそ二十日も歩き続けて、ここにたどりついた。

――皆、ありがとう。

楽しく談笑しているところへ、急に礼を言うのはさすがに恥ずかしいので、心の中でつぶやくにとどめる。皆の話は、尽きる気配を見せなかった。


夜が深まり、明日からの行軍に備えて兵の大半が眠りについたころ、ティグルとエレン、リュドミラ、サーシャ、そしてアヴィンとミルの六人は、兵たちから離れたところにいた。三万近くのキュレネー兵の死体を埋葬した場所だ。ここに近づくジスタート兵は、まずいない。

ティグルとアヴィンはそれぞれ黒弓を握りしめており、三人の戦姫は竜具を持っている。サーシャがバルグレンの刀身に炎をまとわせて、松明代《たいまつが》わりにしていた。

――墓碑はないという話だったな。

暗闇に包まれた大地を、ティグルは複雑な表情で見つめる。

ジスタート兵にとって、キュレネー兵は忌むべき恐ろしい敵だった。埋葬したのも敬意からではなく、疫病のもとになるのを防ぐためだ。それに、三万近くの死体を埋めるのは大変な作業だった。墓碑をつくろうなどと思うはずもない。

ティグルは目を閉じて、彼らのためにブリューヌとジスタートの神々に祈った。彼らの指揮官を務めた者として、せめてこれぐらいはやるべきだと思ったのだ。キュレネーの神々に祈るのは、明日にでもディエドにやってもらえばいい。

短い祈りをすませると、ティグルは腰に吊している矢筒から矢を一本引き抜いて、黒弓につがえた。顔には緊張がにじんでいる。夜気の冷たさはほとんど気にならない。

「まず、俺からはじめる」

ティグルの言葉に、サーシャがバルグレンの炎を消す。暗闇が六人を包んだ。

かつて、ガヌロンは言っていた。「竜具には、それぞれに備わった力に加えて、神への呼びかけを助け、神のもとに祈りを強く届かせる力がある」と。

ティグルはこれまでに二度、竜具から力を引きだしているが、そうしてほしいと願ったわけではない。竜具が自らの意志で、力を与えてくれたのだ。

これからやろうとしているのは、黒弓の使い手から竜具に呼びかけて力を引きだし、女神に祈るという試みだった。この場所を選んだのは、女神に呼びかけるのだから、夜と闇と死という条件をそろえておいた方がいいと考えてのことだ。ティグルの次はアヴィンが行う。

黒弓をかまえて、矢をつがえた。いまさら緊張と不安が胸の奥底から湧きあがってきたが、五人の顔を順番に眺めていくと、解けて消え去っていく。

エレンとアヴィン、ミルは信頼の眼差しをまっすぐ向けてくれた。サーシャとリュドミラはやや身がまえているふうだが、自分を気遣ってくれているのがわかる。

弓弦を引き絞り、女神に呼びかけた。

──ティル＝ナ＝ファよ。俺の声が届いていたら、応えてくれ。

変化はすぐに訪れる。エレンの持つアリファールの刀身が白い光を帯びた。その光は刀身から離れ、螺旋《らせん》を描きながら虚空《こくう》を進み、ティグルの持つ矢の鏃に吸いこまれていく。リュドミラとサーシャが目を瞠った。エレンが身を乗りだして尋ねる。

「どうだ？」

「かなりの熱というか、力を感じるな」

矢から伝わってくる、磁力に似た奇妙な感覚に耐えながら、ティグルは答えた。未知の力に触れ、自分がそれを操っているという事実が気分を昂揚《こうよう》させている。

「次はリュドミラ殿だ」

リュドミラは顔をしかめたものの、ラヴィアスを両手で握りしめて、ティグルに向けた。

女神に祈ると、竜具の穂先が白く光る。さきほどのアリファールと同じように、光は虚空を泳いでティグルの矢に吸いこまれた。

直後、ティグルの全身に強烈な重圧がのしかかる。気を抜けば体勢を崩して膝をついてしまいそうなほどのすさまじさだった。

矢から不思議な波動が伝わってきて、きわめて強大な力だとわかる。背筋に寒気を覚えた。

かつて、自分はアーケンから白い弓を与えられていた。その弓を通じてアーケンの力を引きだし、シレジアを攻めたときにエレンの竜技《ヴェーダ》を相殺《そうさい》したり、一矢で城門を破壊したりした。

――いま、俺の矢から感じるのは、あれを上回るものだ。

これほどの『力』なら、たとえばセルケトとも互角以上に戦えるだろう。ガヌロンが言っていたように、ティル＝ナ＝ファを地上に降臨させることもできるに違いない。こうして立っているだけでも、息苦しさと疲労を感じる。まるで矢に体力を吸われているかのように。

――アーケンの神殿で四つの竜具から力を借りたときは、これほどではなかったが……。

アーケンに支配されていたために、充分な力を与えられたなかったのかもしれない。

矢に集束している『力』が揺らぐ。ティグルは矢に意識を集中させた。気を抜けば霧散してしまうとわかる。女神を降臨させるときは、気をつけなければならない。

「続ける？」

サーシャが聞いてきた。彼女を見る余裕はなく、「やる」とだけ答える。

ティル＝ナ＝ファの名を、心の中でゆっくりとつぶやいた。バルグレンの二本の刃が、それぞれ白い光をまとう。それは新鮮な光景として、ティグルの目に映った。サーシャが双剣の竜具を振るうとき、その刃は金色と朱色の炎をまとっていたからだ。

二つの光は刀身から離れて絡みあい、ひとつになって、他の二つの竜具と同じようにティグルの矢へと流れこんだ。

刹那《せつな》、周囲の闇を払うほどの強烈な閃光が弾け、大気が破裂したような音が響く。

ティグルの周囲に暴風が巻き起こった。視界を灼《や》かれ、風に煽られて、よろめく。エレンがすばやく駆け寄ってきて、想い人の背中を支えた。

「だいじょうぶか。何が起こった？」

不安も露《あら》わに呼びかけてくるエレンに、ティグルは「ありがとう」と礼を述べた。彼女の手を借りて、地面に座りこむ。深呼吸をすると落ち着いてきた。

黒弓を地面に置いて、左手で右手を軽くさする。指に痺れはあるが、それだけだ。

——流れてきた『力』に耐えられなかった。

バルグレンから流れてきた『力』が矢に集束した瞬間、ティグルの身体に無形の衝撃が襲いかかった。一瞬にすら満たない時間だったが、肉も骨もまとめて押し潰されてしまうのではないかと思ったほどだ。

次いで、閃光が視界に飛びこんできたと思ったときには、『力』は霧散していた。

何度か瞬きをすると、徐々に視界が戻ってくる。

アヴィンたちが心配そうな顔で駆け寄ってきた。サーシャの持つバルグレンの刀身が、炎をまとう。ティグルはその明かりを頼りに、手に持っていた矢を見た。

半ばから吹き飛んで、断面が黒く焦げている。『力』に耐えられなかったのだ。

「想像以上に危険ね……」

リュドミラの顔を戦慄《せんりつ》と恐怖が彩っている。矢だけですまずにティグルが重傷を負っていたらと、考えずにはいられなかったようだ。ミルが顔をしかめてアヴィンに尋ねる。

「やるの……？」

「やるに決まっているだろう」

アヴィンの表情は緊張のために硬かったが、声はいつも通りだった。「無理はするな」と言って、ティグルは彼と場所を代わる。あまり危険な真似をさせたくはないが、アヴィンにも女神の降臨が行えるのであれば、ティグルたちにとっては選択肢が増える。

アヴィンは黒弓をかまえ、矢をつがえて、両目を閉じた。

まず、エレンのアリファールから、次いでリュドミラのラヴィアスから、それぞれ光がこぼれて、アヴィンのつがえている矢に流れこんでいく。彼は重圧に耐えるように口を引き結んだものの、その表情には余裕があり、矢に集束している『力』にも揺らぎはない。

ティグルは感嘆《かんたん》の声を漏らし、ミルも意外だという顔をする。アヴィンは冷静さを保って、『力』を制御しているように見えた。

「どうする？」

サーシャが聞いた。続けるのではないかとティグルは思ったが、アヴィンは首を横に振る。

「やめておきます……」

彼が言い終えると同時に、矢に集束していた光が音もなく霧散した。

「すごいじゃないか。俺よりもうまくできているように見えたぞ」

ティグルが歩み寄って率直に賞賛すると、アヴィンは照れたような笑みを浮かべた。

「実は、以前に一度、やったことがあるんです。俺の世界で」

「そうだったのか？　だが、女神を降臨させる方法は知らないと言っていただろう」

不思議そうな顔をするティグルに、アヴィンはおおげさに肩をすくめる。

「知らなかったのは本当です。黒弓を使って、竜具から『力』をもらうことができるというのを知っていたのは義姉で、俺がこの世界に来る直前に、試してほしいとせがまれたんですよ」

いっしょに来たがったという義姉か、とティグルは以前に聞いた話を思いだした。

「君の義姉上は、どこでそれを知ったんだ？」

「昔、父と師がやっていたのを見たそうです。義姉も、俺も、これは黒弓に不思議な力を与えたり、威力を増大させたりするものとしか思っていませんでした」

「ともかく、これでアヴィンもティル＝ナ＝ファを降臨させることができるとわかったわね」

ミルが笑顔で言った。エレンたちも満足そうだ。

「それじゃ、お開きにしようか」

そう言ったサーシャに、ティグルは意を決した顔で声をかける。

「すまないが、もう一回だけ、三つの竜具で試させてくれないか」

「ふつうの矢では耐えられないとわかっただろう。なぜ、危険を冒そうとする」

エレンが眉をひそめて叱りつけた。さすがに許容できないらしい。

だが、ティグルも引き下がらず、彼女をまっすぐ見つめる。

「ふつうじゃない矢もあるんだ」

そう言って、腰に下げた矢筒から新たな矢を取りだした。

エレンが目を丸くする。その矢は、三つの突起を持つ白い鏃をつけたものだったのだ。

「アヴィンがティル＝ナ＝ファから授かったものか」

エレンの剣呑な視線が、アヴィンに向けられる。彼は白銀の髪をかきまわして、逃げるように横を向いた。ティグルがここで白い鏃を取りだすとは思っていなかったのだろう。

「アヴィンを責めないでやってくれ。この世界のティル＝ナ＝ファが与えてくれたから、この世界の人間である俺が持っておくべきだと言って、譲ってくれたんだ」

彼をかばうように立って、ティグルはできるだけ穏やかな口調で言った。

エレンは困った顔になり、リュドミラとサーシャに視線で助けを求める。もしもここでティグルが重傷を負ったら、アーケンとの戦いに不安が生じ、苦しいものとなるだろう。だが、この鏃を使ってティグルが三つの竜具の『力』を操ることができたら、貴重な武器となる。

「決して無理はしないこと」

ティグルを見据えて、厳しい口調で言ったのはリュドミラだ。

「まずいと思ったら、すぐに弓を投げ捨てると約束なさい。できなかったら、鏃は取りあげてアヴィンに返すわ」

サーシャは何も言わないので、リュドミラの言葉に賛成らしい。エレンも彼女たちに助けを求めた手前、その言葉を受けいれた。ミルとアヴィンは黙ってティグルを見守っている。

「ありがとう」と、ティグルは言って、白い鏃の矢を黒弓につがえた。

女神に祈る。再び、アリファールとラヴィアス、バルグレンから光がこぼれて、螺旋状の軌跡を輝かせながらティグルの矢へ流れこんでいった。

白い鏃にまとわりついた三つの光が絡みあい、入りまじって、白い光へと変わる。その光景に驚く間もなく、ティグルは全身が粟立《あわだ》つのを覚えた。

空気の流れが変わった。いや、空気そのものが変わった。何気なく歩いていて、まったく違う世界に足を踏みいれてしまったかのように。

見ることはできないが、自分のすぐそばに途方もない威圧感を備えた何かがいる。荘厳であると同時に恐ろしく、気まぐれに吐息をこぼすだけで、たやすく空を裂き、海を割り、地を砕けそうな何かが。

離れなければとわかっているのに、地面に縫《ぬ》い留められたかのように足が動かない。ティグルは腹に力を入れて精一杯、己を鼓舞《こぶ》した。動けないのなら、向きあうしかない。

呼吸を整え、落ち着けと自身に言い聞かせる。感じられる気配は、いままでに何度も力を借りてきたティル＝ナ＝ファのそれと同じだ。

相手は神であり、まして目の前にいる。声を張りあげる必要はない。

だが、ティグルはあえて大声で呼びかけた。

言葉は返ってこない。だが、ティグルは頭を激しく揺さぶられたような衝撃を受けた。女神がこちらの呼びかけに応じたのだと理解する。人間の言葉にするならば、『何か？』と問うてきたというあたりか。

「ティル＝ナ＝ファよ」

──あの神殿で、アーケンと遭遇したときとはまるで違うが……。

アーケンはすでに地上に降臨しているが、ティル＝ナ＝ファはそうではない。その違いは、ティグルが考えるよりよほど大きいのだろう。

──俺たちはアーケンと戦う。力を貸してくれ。

また、頭を揺さぶられる。ティル＝ナ＝ファが何かを伝えてきたようだが、理解するのもひと苦労だ。『引き離せ』といったように思えた。

──何を引き離すんだ？　何を伝えようとしている？

三度目の衝撃がくる。ようやく、ティグルは女神の意志を感じとった。

しかし、ここまでで限界だった。身体中の感覚が薄れ、意識が急速に遠のいていく。足が地面から離れて、身体が宙に浮いたような気がした。

ティグルは背中から地面に倒れて、気を失った。

目を開けると、視界の端に小さな紅蓮《ぐれん》の炎がゆらめいている。バルグレンの刀身から発せられているものだと気づくのに、いくばくかの時間が必要だった。

「気がついたか、ティグル」

鮮明になっていく視界に、安心した様子のエレンの顔が映る。空は暗い。

彼女の顔をぼんやりと見つめていたティグルだったが、自分がどうして倒れたのかを思いだすと、勢いよく身体を起こした。驚く彼女に顔を近づけて尋ねる。

「ティル＝ナ＝ファは？」

エレンは怪訝そうな顔になり、両手でティグルの頬を挟んだ。

「落ち着け」

彼女のてのひらは冷たく乾いていて、やや硬い。戦士の手だ。ティグルはぎこちなくうなずいた。エレンが手を離す。紅の瞳には真剣な輝きがあった。

「おまえは気絶していたんだ。一千を数えるぐらいな。呼吸がまともだったからだいじょうぶだろうとは思ったが、焦ったぞ」

そう言われて、気を失う直前の出来事を思いだす。「すまない」と謝った。

「おまえが無事ならいい。ところで、ティル＝ナ＝ファと言ったが、まさか……」

「俺の前に、それらしいものが現れた。呼びかけたら返事が来た」

サーシャたちがティグルのそばに立つ。サーシャが言った。

「君の前に現れたのは、黒い霧の塊のようなものだったよ。僕たちにはそう見えた」

ティグルは自分が体験したことについて説明する。リュドミラが憤然として叱りつけた。

「相手がティル＝ナ＝ファかどうかもはっきりしないのに呼びかけたの？　まずいと思ったら弓を投げ捨てろと言ったでしょう！」

「いや、そのときはまずいとは思わなくて……」

「気を失ったじゃない」

いつになくそっけない口調で、ミルが言った。ティグルは反論できず、皆に平謝りするしかない。アヴィンなどは、安堵と後悔が複雑に入りまじった表情をしている。

リュドミラの説教は二百を数えるほどの時間、続き、それが終わったとき、他の者たちの顔からは怒りや呆れがいくらか薄れていた。

「リュドミラ殿が私の分も怒ってくれたので、話を進めようか」

エレンが苦笑まじりに言った。とにかく、収穫らしきものはあったのだ。

「力を貸してくれと言ったおまえに、ティル＝ナ＝ファは何と答えたんだ？」

「言葉じゃなくて、思っていることをぶつけてきたという感じだったな。だから、ずれがあるかもしれないが……『ジルニトラを引き離せ、そうすれば自分がジルニトラをおさえる』と、こんなことを言ったように思えた」

エレンの質問に、ティグルは首をひねりつつ答える。自分が気を失うきっかけになった、三度目の意志。そこで、女神はジルニトラに触れたのだ。

「それがたしかなら、ティル＝ナ＝ファはアーケンの動きを正確につかんでいるわけか。少なくとも、ジルニトラの『力』を得ようとしていることは知っている」

サーシャが感心したように言った。その隣で、エレンが顔をしかめる。

「ジルニトラをおさえるということは、アーケンは私たちで何とかしろということか」

アルサスにあったアーケンの神殿で容赦なく打ちのめされた記憶がよみがえったのだろう、彼女の声にはかすかな不安がにじんでいた。

「俺たちの手でやつに勝つ機会をもらったと考えよう」

励ますようにティグルが言ったが、リュドミラが鋭く釘を刺す。

「威勢がいいのはけっこうだけど、あなたこそ気をつけなさい。また身体を乗っ取られたら、私は容赦なく討ちとるわよ」

一言もなく黙りこむティグルの肩を、エレンが軽く叩いた。

「安心しろ、今度こそ私がやってやる。リュドミラ殿の手は借りん」

ティグルは苦笑を浮かべて頭をかきまわす。エレンはもちろん、リュドミラも彼女なりに励ましてくれている。そのことがわからないわけではない。

サーシャがまとめるように言った。

「ティグルも、アヴィンも、二つの竜具の力を引きだすことはできた。それから、予想外のことだったけど、ティル＝ナ＝ファに呼びかけて、答えをもらえた。これなら女神の降臨もうまくいってくれるだろう。幕営に戻ろうか」

誰にも異論はなかった。サーシャが先頭に立ち、六人は幕営に向かって歩きだす。

「それにしても、すごかったね」

感心したという口調で、サーシャが言った。「何がですか」と尋ねたリュドミラに、「黒弓だよ」と答える。

「竜具二つだけでも、充分な力が集まっているのが見ていてわかった。魔物やアーケンの使徒と戦ったとき、あれがあったら楽だったろうな」

「そうだな」と、エレンが同意する。リュドミラも小さくうなずいた。

「どうしてその弓が、ジスタートではなくブリューヌの、それもヴォルン伯爵家の家宝になっていたのかしら」

「そういえば、リュドミラ殿には話したことがなかったか。この弓は、狩人だった俺のご先祖様が持っていたものなんだ」

ティグルの説明に、エレンが付け加える。

「当時のブリューヌ国王を助けて伯爵位とアルサスの地を与えられたという話だったな」

「ただ、ご先祖様が魔弾の王だったかどうかはわからない。この弓について、とくに書き残してはいないんだ。父は何かを知っていたみたいだが、『どうしても必要なときに使え』としか言わなかった」

「正しいと思うわ」

リュドミラがいつになく生真面目な顔で応じる。

「ティル＝ナ＝ファの力を借りることができるなんて、うかつに書けることじゃないもの。誤解されて捨てられたら大変よ」

「そうだな」と、ティグルも真剣な表情でうなずいた。この弓の力でたびたび命を救われたことを思えば、歴代の伯爵家の当主の誰かがこの力に気づき、ティル＝ナ＝ファを恐れて捨てていたら、自分はどこかで命を落としていたかもしれないのだ。

――父上、母上……。俺は、俺の務めを必ず果たします。

黒弓を握りしめて、ティグルは亡き両親に誓った。

翌日の朝、ジスタート軍は幕営を引き払い、東へ進軍をはじめた。

「王都が見えるまでは、速さをすべてに優先させる。脱落者にかまうな。前だけを見ろ」

サーシャの言葉に、兵たちは気を引き締める。この時点では、弱音を吐く者はいない。

こうして、ジスタート軍は王都奪還のための一歩を踏みだしたのである。

5　誰がために

ジスタート軍がヴァンペール山を発《た》ったころ、約三万の兵と三十頭の戦象からなるキュレネー軍は、ヴァンペール山を目指して進軍していた。

現在は行程の三割ほどを消化したところである。

メセドスーラが総指揮官に任じられたのは十数日前のことであり、シレジアを発ったのはその数日後だ。それなのに、これだけしか進んでいないのは、さすがに遅すぎると言わざるを得ない。通常の行軍速度で進んでいれば、行程の半分に達してもいいぐらいなのだ。

これには二つばかり事情があった。

最初の数日間、メセドスーラは慎重だった。指揮に慣れるため、脱落者を出さないことを重視して行軍速度を犠牲にしたのだ。

もうひとつの理由は皮肉なもので、さまざまな天候の急変が彼らを襲ったからだ。

これはむろん、アーケンが竜の牙の力を取りこもうとすることの余波である。不意の落雷や濃霧などで、キュレネー軍はたびたび行軍を中断した。

だが、メセドスーラの表情は明るく、不敵でさえあった。時間をかけたことと、天候の急変にその都度、対応してきたことで、彼は自分の指揮ぶりに自信を持ちつつある。

メセドスーラは左右に角のついた兜をかぶり、金糸で装飾をほどこした緋色の外套を羽織っている。いずれも王宮で手に入れたものだ。

キュレネー軍において、兵士は頭に布を巻き、一軍の将は鉄の兜をかぶり、王族は冠を模した兜をかぶる。鉄鰐《メセフ》兵のような例外を除いて、そのように決まっていた。

そこで、メセドスーラは己のための兜と外套を用意したのだ。背負っている武器もただの剣ではなく、湾曲した厚刃を持つ曲剣《ケペシュ》である。二度とこのような機会はないとわかっているだけに、見栄を張りたかった。

「誰よりも勇敢に戦い、誰よりも勇敢に死ね。アーケンは貴様たちを讃え、永遠にその魂を祝福してくださるだろう」

兵たちにそう訴えるメセドスーラの言葉は、多くのキュレネー兵の意志でもあった。

だが、釈然としない顔をする者もいる。神の酒《アグバ》の効き目が薄かった兵たちで、彼らはメセドスーラがにわかに総指揮官になったことに不満を抱いていた。

ティグルとディエドがともにアーケンを裏切って脱走したと、メセドスーラから聞かされたとき、彼らは驚きを禁じ得なかった。異国人のティグルはともかく、ディエドはそんな人間ではないと知っていたからだ。

だが、アーケンの使徒セルケトはメセドスーラの主張を認めており、彼を総指揮官に任命したこともあきらかにした。そうなると、キュレネー人としては従うよりなかった。

セルケトは、シレジアの王宮にあるアーケンの神殿にいた。ひとりではなく、彼女が招きいれた数十人の神官もいる。いま、シレジアにいる神官のすべてだ。

神殿の中央には、円環の装飾と、大きな単眼の刻まれた方形の祭壇がある。

セルケトは一糸まとわぬ姿で、その上にいた。艶やかな黒髪が褐色の裸身を覆っている。彼女は両膝をつき、両腕を胸の前で交差させて、祈るように天井を見上げていた。

神官たちは、セルケトと祭壇を囲んでいる。床に平伏して、一心不乱にアーケンに祈りを捧げていた。神殿に入る前に神の酒を飲んだ彼らの目は虚ろで、正気を失っている。

セルケトが行っているのは、自身をより完全な器にするための儀式だった。

アーケンが竜の牙の力を取りこみはじめてから十数日が過ぎている。神の力は恐ろしいほどに強まっており、使徒であるセルケトの力も高まっていた。

そして、彼女は、現在のアーケンとジルニトラの状態がわかるようになっていた。

自分の身体は、器としてすでに完成している。だが、十数日後には違う結論を出すことになるかもしれない。セルケトはそう考えるようになっていた。

──偉大なるアーケンよ。

セルケトの呼びかけに対して、反応はない。ジルニトラを取りこむことに集中している。他の世界の自分たちと融合し、三位一体の神となったアーケンでも、そこまでしなければならぬ相手なのだ、ジルニトラは。

　セルケトも、やるべきと判断したことをやらなければならない。

　閉ざされた空間であるにもかかわらず、祭壇を中心に風が吹き荒れる。儀式によって大気が歪み、『力』の奔流《ほんりゅう》が渦を巻いていた。神官たちのまとう衣が激しく揺れる。

　祈りの声が止んだ。神官たちの口から血がこぼれ落ちる。口だけではない、目や鼻、耳からも赤い液体が流れだした。

　一瞬ごとに強まっていく『力』に押し潰され、床を血で染めながら、彼らは最期の言葉を発することもできず、次々に命を失っていく。そのことを嘆《なげ》く者は、ここにはいなかった。命はことごとくアーケンに捧げられなければならないと、彼らは信じているからだ。

　そうしてすべての神官がもの言わぬ骸《むくろ》になった瞬間、セルケトは両腕を高く掲げる。天井がまばゆく輝き、無数の光の粒子が彼女に降り注いだ。王都に飛散している、神と竜のせめぎあいの余波を集めたものだ。

——私の身体を、さらにつくりかえていく。

　光の粒子がセルケトの身体にまとわりついて、彼女を包みこんでいく。

　何気なく、腹部に手をあてた。そこには、ティグルをアーケンの器にする過程で削りとったティル＝ナ＝ファの残滓《ざんし》が、いまなお消えずにある。使徒であるセルケトにとって、それは間違いなく異物であったが、彼女は残滓の存在を心地よいものと感じるようになっていた。

いま、セルケトを包みこんでいる光の粒子の中にも、異物がある。

ジルニトラの意志の断片とでも呼ぶべきものが、アーケンの力の中に含まれている。

セルケトの口元に、妖艶《ようえん》な微笑が浮かんだ。

これまでに得られなかったものを、彼女は手に入れつつあった。

†

ジスタート軍が王都を目指して進軍をはじめてから、四日が過ぎた。

総指揮官であるサーシャと、副官を務めるリュドミラは予定通り、強行軍を敢行した。ほぼすべての騎兵に前方を偵察させながら、歩兵を通常の倍近い速さで進ませたのだ。

すべての兵が遅れまいとして必死に歩き続けたのは、二日目までだった。三日目から今日までの間に、六百を超える兵が脱落している。その報告を受けとったサーシャは、「思ったより少ないね」とリュドミラに言った。

「皆、この戦いのためにという思いがありますから。とはいえ、脱落者はこれから増えていくと思います。王都に着くまでに、やはり全体の二割は脱落するかと」

リュドミラは強張《こわば》った顔でそう返した。ジスタート軍の数は、約一万九千。二割いなくなったら一万五千余りになってしまう。敵のほぼ半分だ。

強行軍で進むと決めた時点で、予想していたことだ。だが、こうして脱落者の数字を突きつけられると、不安が重圧となってのしかかってくる。

「それはわからないよ。各部隊の隊長から少しおもしろい話を聞いてね」

口元に微笑をにじませて、サーシャは続けた。

「ディエドだったね、ティグルが連れてきたキュレネー人の少年は。彼に負けたくないからがんばっているという兵が、意外に多いそうだ」

この強行軍には、ディエドも歩兵として参加している。彼は一言も弱音を吐かず、黙々と足を動かしていた。むろん、幕営の設置や食事の準備といった作業も手伝っている。

彼に対して怒りを抱いているジスタート兵は、依然《いぜん》として多い。しかし、そのうちの何割かは怒りを対抗心に置き換えて、己を突き動かしているということだった。

「そんなことが……」

驚きのあまり、リュドミラは目を丸くする。まったく予想しなかった出来事だ。

笑みを消し、いくらか真面目な表情になって、サーシャは言った。

「もちろん、これで脱落者が大きく減るとは思わない。僕や君が予想しているより、ひとりか二人減るていどかもしれない。でも、戦というものは最後まで何が起きるかわからないし、小さなことの積み重ねがどこかで響いてくるものだ」

「それは、わかります」

自分が指揮をとったヴァンペールの戦いを思いだして、リュドミラはうなずいた。

「いまぐらいは、もう少し楽観的にかまえていよう。兵が減った分は、僕や君で埋めるという決意だけ固めておけばいい」

ちなみに、サーシャはヴァンペールを発った日から大きな都市や町に使者を放って、リュドミラが戦姫になったことと、自分たちが王都奪還に動きだしたことを伝え、キュレネー軍の動向について何か知らないか尋ねている。

前者については、ジスタートの民に希望を持たせるのが狙いだ。自分たちがヴァンペール山でキュレネー軍を撃退したことは、すでに広めてある。その軍が新たな戦姫を迎え、いよいよ動きだしたとなれば、人々の心を支え、士気を高めることができるだろう。

後者については、どんな些細《ささい》な情報でもいいからほしいというところだった。

アーケンは、すべてのキュレネー兵と戦象をこちらに叩きつけてくるだろう。その動きを、可能なかぎり正確につかみたかった。それがわかれば自分たちに有利な戦場をさがすことができるし、場合によっては奇襲をかけるという選択肢も生まれる。

「君が敵の指揮官なら、軍をどう動かす?」

サーシャに聞かれて、リュドミラは当然のように答えた。

「王都のすぐ手前に布陣して、相手を待ち受けます。そうして少しでも相手を疲労させて、防戦に徹します」

彼女の声には静かな自信がある。先の戦いで身についたものだった。

「敵はそうしてくると思う？」

「王都の手前でこちらを待ち受ける可能性はありますが、戦いになれば積極的に攻めてくるでしょう。彼らにはそれしかできませんから」

答えてから、キュレネー兵に憐れみを覚えて、リュドミラは不機嫌そうに顔をしかめる。あらためて、アーケンに怒りを抱いた。

その日の夕方、ジスタート軍が幕営を築いたとき、ある町の使者が現れて貴重な情報をもたらした。キュレネー軍が約三万の歩兵と三十頭の戦象を率いて、こちらへ向かっているというのだ。自分たちがこのまま東へ進めば、二、三日後には彼らと遭遇するだろうと思われた。

サーシャはすぐに主だった者を自分の幕舎に集めて、軍議を開いた。集まったのはティグルとエレン、リュドミラ、アヴィンとミルの五人だ。

六人で輪になって座ると、サーシャは地図を広げた。簡潔に状況を説明する。

「敵は、王都の近くで我々を待ちかまえるつもりはなさそうだ」

「脱落者が少ないうちに、やつらと戦うか……」

エレンが難しい顔で唸った。ここでどうにか戦いを避け、王都まで近づけたとする。そのときには、脱落者はさらに増えているだろうし、兵の疲労もたまっているだろう。その状態で、ジスタート軍はキュレネー軍と戦うことになる。

だが、このまま進軍して敵と戦うことにも不安はあった。こちらが勝っても、アーケンは新たに兵を用意して、王都の前に布陣させるだけだろう。

「敵を避けて迂回《うかい》するとして、間に合うかな」

ティグルがリュドミラに尋ねる。その疑問には、サーシャが答えた。

「北側に迂回《うかい》するなら、いくつか道があるよ」

ジスタート軍が進んでいる街道の北には、サーシャの治めるレグニーツァ公国がある。それゆえに、彼女は街道の北側の地形についてあるていど知っていた。

「ただ、通れるかどうかは、実際に見てみないとわからない」

不安定な天候は、いまだに続いている。一昨日などは、半刻という短い時間ながらすさまじい豪雨に見舞われた。その日の脱落者には、熱を出して動けなくなった者が少なくなかった。

「私は迂回に賛成」

ミルが戦士らしい不敵な笑みを浮かべて言った。アヴィンもうなずく。

「俺も迂回するべきだと思います。皆の様子を見ていると、戦意が高い」

戦意が高いのは、状況によってはいいこととはいえない。指揮官の想定以上に前に出すぎてしまったり、後退の際に動きが鈍くなったりするからだ。

サーシャはティグルを見る。ティグルは左目だけで彼女の視線を受けとめて、答えた。

「迂回すれば、それだけ疲労し、脱落者も増え、時間もかかる。だが、相手をこちらの望む場所に誘いこめるかもしれない」

　迂回しつつ、自分たちの存在を敵にちらつかせれば、キュレネー軍は自分たちを追うか、動きを止めてこちらの動きを見極めようとするだろう。追ってくるなら誘導できるし、動かないのであれば、行軍を妨害されないわけで、王都に近づくことができる。

「わかった。勝つために多少の冒険は必要だ。兵たちは不満を抱くだろうが、それについては僕が何とかしよう」

　そう言って、サーシャは地図の一点を指で軽く叩いた。

「さっきも言った通り、問題は道だ」

　草原や荒野など歩きにくい場所を進めば、当然ながら進軍の速度が落ちる。それに、目印のないところを歩けば、方角を間違えて目的地から遠ざかってしまう恐れがあるし、通過する予定だった道がふさがっていて立ち往生することもありえる。

「複数の偵察隊を放って、大軍でも通れる道をさがす。ティグルにも偵察隊を任せたい」

「アヴィン、ミル。ティグルについていってやれ」

　エレンが言った。驚くティグルに、彼女は想い人を見つめて笑いかける。

「ここ数日でわかっただろうが、この二人はおまえと違って兵たちからの信頼が厚くてな」

　なるほどと、ティグルは納得した。エレンは、自分に対する兵たちの不信感を少しでも払拭しようと考えて、こう言ってくれたのだ。

アヴィンとミルは一も二もなくうなずく。断るわけがないという意欲的な表情だ。ミルなどは紅の瞳を強く輝かせており、いますぐ発とうと言いだしかねない。

こうして、ティグルは偵察に出ることになった。

†

翌日、夜が明ける前にティグルとアヴィン、ミルは軍から離れて馬を走らせた。

街道から外れて北東へ十ベルスタ（約十キロメートル）進んだところにある山のふもとへ向かう。昨夜、サーシャに地図を見せてもらって考えたかぎりでは、ここを通過できれば行軍がだいぶ楽になるはずだった。

ティグルたちは山のふもとに沿って馬を走らせていたのだが、昼になる少し前、小さな集落を見つけて立ち寄った。何か有益な情報を聞ければと思ったのだが、聞かされたのは予想外の話だった。山から猪《いのしし》が下りてきて畑を荒らし、困っているのだという。

「騎士様がた、どうか猪を仕留めてくださらんかね」

集落の長だという老婆にせがまれて、アヴィンとミルは顔を見合わせた。できれば引き受けてやりたいが、いまはそれどころではない。ティグルも断るだろうと思った。

ところが、ティグルは猪が出るという山をしばらく見上げたあと、老婆にこう言った。

「わかった。半日しか時間を割けないが、山に入ってみよう」

アヴィンとミルは再び顔を見合わせた。エレンたちにどう言おうと悩みながら。


ところどころに雪の残る山の中を、ティグルは黒弓を手に、慎重な足取りで歩いている。

アヴィンとミルは、その十歩ほど後ろにいた。アヴィンは黒弓を持つだけでなく、槍を背負っている。ミルは剣を肩に担いでいた。

山に漂う空気は冷たく、三人の吐く息は白い。

「ティグルさん、そんなに狩りがしたかったのかな」

そばのアヴィンにだけ聞こえるような声で、ミルが聞いた。声をおさえているのは、ティグルに聞かれないようにという考え以外に、山の中ではなるべく喋《しゃべ》らないようアヴィンに言い含められたからだった。彼女の声はよく通る。

「何か理由があるはずだ」

アヴィンは無表情で答えた。ミルの疑問を否定しない。ただし、彼の胸中には、ついにティグルの狩りの技量を見ることができるという昂揚感《こうようかん》もあった。

「おもいきって、ティグルさんに聞いてみようかな？」

ミルの顔には願望と不安がまだら模様を描いて浮かんでいる。ティグルを信じたいが、信じきれないという顔だ。ティグルがどれほど狩りを好きなのかは、よくわかっている。

「聞いてどうする。それらしい理由を聞けたら、納得するのか？」

アヴィンに問いかけられて、ミルは答えに詰まった。

二人の視線の先で、ティグルは道などない、土と石ころだらけのなだらかな傾斜をゆっくりと下りていく。軽快な動きは、心が弾んでいることを表しているかのようだ。

ふと、彼は足を止め、アヴィンたちを振り返って手招きをした。二人がそばまで行くと、地面を指で示す。

そこには獣の足跡があった。猪のもので、先へと続いている。

「俺たちがさがしているやつだ」

声を潜めて言うと、ティグルは周囲を見回した。少し離れている、木々がまばらにそびえたっている場所に向かって歩きだす。

「あそこで待ち伏せをしよう。俺は木の上で待つが、二人は任せる。風下だが、音を立てないよう気をつけてくれ」

「わかったわ」

ミルの声音《こわね》には、かすかな安堵《あんど》の響きがある。これなら、すぐに猪を仕留めて偵察に戻れるのではないかと思ったのだ。アヴィンは黙ってうなずいたが、こちらはティグルに対する期待が顔に出ている。芸の準備をしている手品師を見つめる子供のようだった。

ティグルは木々の間に踏みこむと、左手に弓を持ったまま、てきとうな木を選んでするすると登っていく。その速さにミルは驚きを隠せなかった。

「いま、どうやって登ったの？　ううん、弓を持った手で木につかまれるの……？」

「声が大きいぞ、ミル」

ミルをたしなめながら、アヴィンは木の陰に座りこみ、槍を地面に置く。ミルは、「あとで教えてもらわないと」とつぶやきながら、アヴィンのそばに腰を下ろした。

百を数えるていどの時間では、さすがに猪も現れないだろう。ミルはそう考えて、心の中でゆっくり一千まで数える。その間、何度かティグルやアヴィンの様子をうかがったが、ティグルはまるで木と一体化したかのように動かなかった。アヴィンは首を回したり、わずかに姿勢を変えたりしたが、音はたてない。二人とも熟練の狩人ぶりだった。

一千を数え終えても、視界に映る風景に変化はない。ミルは不安になってきたが、自分にだいじょうぶと言い聞かせて、もう一度、一千まで数えた。

——これは諦めるべきじゃないの。

その思いが言葉となって口をつきかけたときだった。視界の端で何かが動く。

離れたところに、猪が姿を見せた。

アヴィンとミルは息を殺して、猪の動きを観察する。そのとき、アヴィンの頭に小さな木の実が当たった。ティグルが落としたのだ。

見上げると、ティグルが矢を持った手ですばやく指示を出す。それから猪に視線を戻した。

次の瞬間、猪が何かに驚いたかのように動きを止める。それを確認してから、ティグルは流れるような動作で黒弓に矢をつがえ、射放った。

矢は曲線を描いて飛び、猪の牙に命中してはね返される。

アヴィンもミルも、ティグルが矢を外したとは思わなかった。逃げられぬように、わざと牙を狙って挑発したのだ。計算通り、猪は鼻息も荒く、まっすぐ突進してくる。

アヴィンは弓を地面に置いて、槍を拾いあげた。ミルも剣を肩に担ぐ。さきほどのティグルの指示だった。

猪の突進を、二人は左右に跳んでかわす。それぞれ槍と剣を同時に突きだした。アヴィンの槍は猪の顎に深く突き立ち、ミルの剣は鼻面を斬り裂く。

そこへ、ティグルがとどめの矢を射放った。


仕留めた猪は、ティグルが手際よくさばいた。

そのあと、アヴィンに手伝わせて、ここまで来る途中で見かけた川へ運んで水に浸けた。狐などに食われないよう、上から外套をかぶせておく。集落の老婆にこの場所を教えれば、取りに来るだろう。この時期の猪の肉は貴重だ。

そうした作業をすませたあと、ティグルは二人をともなって山の上へ向かった。頂上までは行かない。猪をさがす間に、見晴らしのいいところをいくつか確認していたのだ。

地上を見下ろせる場所に立って、ティグルは二人を振り返る。

「ここからなら、大軍がこの先まで行けるかどうかわかるだろう」

アヴィンとミルは、おもわずその場に立ちつくしていた。

灰色の空の下、枯れ草に覆われた大地が広がっている。起伏はゆるやかで、街道と呼べるほどしっかりしたつくりではないが、道らしきものは確認できた。遠くを見れば、小さな山や森が点在しているが、ジスタート軍が進むのに支障はなさそうだ。

「つきあわせてすまなかったな」

ふもとの草原から視線を外して、ティグルが二人に謝る。

「それはいいんだけど、ひとつだけ教えて」

ミルがいつになく真面目な顔で、質問を投げかけた。

「ティグルさんは、ひさしぶりに狩りをしたかったの？」

彼女の隣でアヴィンが顔を強張らせる。ティグルは表情を緩《ゆる》めた。

「その気持ちがなかったとは言わないが……気になるのか？」

ミルは力強くうなずく。アヴィンも気を取り直して口を開いた。

「山から見下ろせば、このあたりの地形をつかめるという考えがあったのはわかりました。それ以外に理由があるなら、それがどんなものでも聞かせてほしいです」

ティグルはくすんだ赤い髪をかきまわす。

「どう言えばいいかな……。正直に言うと、俺も最初は断ろうと思ったんだ。いまは狩りをやっている場合じゃない、猪なら俺じゃなくてもいいと。でも、山を見たら、少しの間だけならやるかという気になった」

アヴィンは困惑した表情を浮かべた。これでは、狩りがしたかったとしか聞こえない。しかし、ミルはいまの言葉から違う感想を抱いたようだった。新たな質問を投げかける。

「お願いしてきたのがお婆さんじゃなくても、やる気になった？」

アヴィンはおもわずミルの横顔を見つめた。

この山を見たとき、ティグルは何を考えたのか。地形のことや狩りのことなど、いろいろとあっただろうが、その中に、老人が山に入るのは厳しいだろうという判断がなかったか。

「年寄りは見かけによらず、山歩きに慣れてるぞ。アルサスの民なんてとくにそうだ」

そう言って笑うティグルに、ミルは不安の消え去った明るい笑顔を返す。

「アルサスのひとたちはけっこう変わり者だと思うよ。ティグルさんみたいなもの好きに喜んで従うんだもの」

「変わり者といったら、ミルもそうとうなものだろう」

そう言葉を返してから、ティグルは彼女を見つめる。

「だが、そうだな。俺がやる気になったのは、君の思った通りなんだろう」

アヴィンは、ティグルが見せた表情に古い記憶を刺激されていた。

『私たちは、いざというときのためにいる。領民が平和な日々を送ることができるよう努め、彼らが対処できないようなことが起きたとき、力を尽くすのが私たちの仕事だ』

それは、ティグルヴルムド＝ヴォルンの父だったウルス＝ヴォルンの言葉だ。アヴィンは父から聞かされた。「アルサスを継ぐつもりなら覚えておいてくれ」と言われて。

いま、アヴィンの目の前にいるティグルは、ブリューヌの英雄と呼ばれているが、王国の平和のために戦おうなどとは考えていなかっただろう。父の教え通り、領民が平和な日々を送ることができるよう、力を尽くしただけだったに違いない。

今回、山に入ったのも、その考えが無意識のうちに出たのではないか。あるいは、自分が何のために戦っているのかを、漠然と再確認しようと思ったのではないか。

アーケンが竜の牙の『力』を取りこんだら、アルサスどころか世界そのものが滅びる。ティグルはそのことをわかった上で、世界のためでなく、アルサスの民や、猪狩りを頼んできた老婆のようなひとのために戦うのだろう。

「行くぞ」

アヴィンたちを促すように、ティグルが歩きだす。山を下りるのだ。

彼の背中を追いかけるように、アヴィンとミルは並んで歩く。

「ティグルさんらしいわ。ちょっと怖かったけど、聞いてよかった」

ミルが満面の笑みでつぶやく。アヴィンもうなずいた。

「俺も同じ気持ちだ」

自分が守りたいのは、家族や大切なひとたち、この世界で知りあったひとたちだ。

ふと、あることを思いだして、アヴィンはティグルの背中に呼びかける。

「そういえば、ティグルさんが矢を射放つ前に猪が一瞬、動きを止めたでしょう。あれは何かやったんですか」

「あれか」と、ティグルはこともなげに答える。

「以前、君が話してくれたことがあっただろう。お父上が弓を使わずに睨《にら》むだけで野鳥を仕留めたと。いい機会だと思って試してみた」

アヴィンもミルもぽかんとしてティグルを見つめた。

一瞬の間を置いて、アヴィンは感嘆《かんたん》の声を漏らし、ミルは顔を引きつらせる。

「ふつう、こんな状況で試してみようなんて思う？」

「猪は基本的に警戒心が強いし、こちらには何の準備もなかったからな」

「やっぱり、狩りを楽しみたかっただけなんじゃないかしら……」

ミルが苦笑をにじませて、ぼそりとつぶやいた。

「そういえば、ミルのお父上はどういうひとなんだ？」

ティグルが何気ない口調で言った。アヴィンの父の話をしたついでに、何となく思いついただけだったのだが、ミルは顔を強張らせて足を止める。その反応に、素性を聞いたら笑ってごまかされたときのことをティグルは思いだしたようだった。

「ああ、話せないなら……」

「いや、待って」

ティグルの言葉を遮《さえぎ》って、ミルは頭に手をあてる。何を話せばいいのか考えているらしい。真剣に悩んでいるので、ティグルだけでなくアヴィンも止める機会を逸《いっ》してしまった。

二十近くを数えるほどの時間、待たせたあと、ミルは笑顔で胸を張る。

「王様よ。まだ四十にはなってないわ」

彼女にとっては年齢も重要な要素らしい。ティグルは感心した声を出した。

「君は王女だったのか」

その言葉に、アヴィンが吹きだす。ミルは彼の背中を勢いよく叩いたあと、不思議そうな顔をしているティグルに楽しそうな笑みを見せた。

「事情があって、残念ながら違うの。でも、人柄と能力と雰囲気は王女らしいでしょ」

「俺は王女と呼ばれる方をひとりしか知らないから何とも言えないが……君のような王女がいたら、毎日が退屈しないだろうな」

「お父様もお母様もお兄様もそう言ってるわ」

「ご家族の苦労がしのばれるな」

ため息まじりにつぶやいたアヴィンの背中を、ミルはもう一度、叩いた。そのやりとりに小さく笑って、ティグルは二人に背を向け、歩みを再開する。

三人は談笑しながら山を下りていった。


その日の夜遅く、ティグルたちは軍の本隊に帰還した。

総指揮官であるサーシャのもとには、すでにいくつもの報告がもたらされており、彼女は地図を見つめて思案を巡らせていた。ティグルの報告を聞いた彼女は口の端を吊りあげて軽く睨んできたものの、成果については率直に認めた。

「いいね。その道を行こう」

翌朝、ジスタート軍はティグルたちが立ち寄った集落のそばを通過し、山のふもとに沿って進んでいった。

†

ジスタート軍が王都シレジアから北に延びている街道にたどりついたのは、迂回路に入って六日後のことだった。この街道をまっすぐ南下すれば、王都までは二、三日だ。ティグルが感じとれるかぎりでも、まだアーケンは竜の牙の『力』を完全に取りこんでいない。

だが、安心できる状況ではまったくない。

現在、ジスタート軍の脱落者は二割を超え、兵の数は一万五千足らずとなっている。騎兵が約二千、歩兵が一万三千以下というところだ。

そして、ジスタート軍と王都の間には、約三万の歩兵と三十頭の戦象で構成されたキュレネー軍がいる。西へ進んでいたのが、こちらの動きに気づいて急いで引き返し、王都の北側に布陣したのだ。

偵察隊の報告を聞いたエレンは、「意外にいい動きをする」と多少の忌々しさを含んだ不敵な笑みを浮かべたものだった。

加えて、昨夜、ティグルは奇妙な夢を見た。

闇が落ちてくる。押し潰されそうなほどの圧倒的な質量を持って。

すさまじい風が吹き荒れ、大地が激しく揺れる中、巨大な漆黒の何かがゆっくりと空から舞いおりてくる。それは途方もなく大きく、全体を見ることなどできない。

暴風と地鳴りが鼓膜《こまく》を激しく叩いて、他の音は何も聞こえない。それが地上に近づくほど周囲が暗くなり、世界が端から音もなく崩れていって、闇に呑まれていく。

目を覚ましたとき、ティグルの心臓は激しく脈打ち、大量の汗が服を濡らしていた。

現実とは思えない光景だったのに、奇妙な現実感があった。耳の奥に、地鳴りと暴風の音が残っていた。最悪の未来を見たのではないかという不吉な予感を、捨てられなかった。

朝になってエレンたちにそのことを話すと、ティッタも同じ夢を見たと言った。彼女は「急ぎなさい」という、ティル＝ナ＝ファのものらしき声も聞いたという。

二人とも、いままでこのような夢を見たことはない。事態は切迫していた。

その日、サーシャは幕営を設置すると、すべての兵に休息をとらせた。猶予《ゆうよ》がないのはわかっていたが、十日以上の強行軍で兵たちは疲れ果てている。このままでは戦えない。

休息を告げられても、兵たちは歓声をあげなかった。最低限の食事をとり、水を飲むと、次々に眠りについた。

「いま奇襲を受けたら、私たちは為す術なく敗れますね」

静けさに包まれた幕舎の群れを見て、リュドミラが苦笑を浮かべた。むろんサーシャは周辺に敵がいないことを確認してから兵たちを休ませたのだが、何しろ相手は神である。完全に不安を打ち消すことはできなかった。

昼になる少し前、サーシャがティグルたちを呼び集めて軍議を開いた。彼らも兵たちに劣らず疲れがたまっていたが、兵たちのように休む贅沢は許されない立場にある。

ティグルと三人の戦姫、アヴィンとミルがいつものように輪になって座った。ヴァンペール山を発ってから、この形式は完全に定着している。

最初に発言したのは、サーシャだった。

「ティグルとティッタが見た夢については、ここにいる者たちは聞いているだろう。ただの夢だと笑いとばすことはできない。王都まであと一歩だけど、僕たちの置かれた状況は薄氷の上に立っているようなものだ」

ティル＝ナ＝ファを降臨させる前に、アーケンが竜の牙の『力』を完全に取りこんでしまえばすべてが水泡に帰す。

「しかも、僕たちの行く手にはキュレネー軍が待ちかまえていて、戦いは避けられない。そこで君たちの意見を聞きたい」

珍しく迷いのある表情で、彼女は一同を見回した。

「僕たちは、キュレネー軍との戦いに参加するべきかどうか」

緊迫した空気が六人を包みこむ。誰も、すぐには言葉を返せなかった。

一日も早くティル＝ナ＝ファを降臨させなければならない以上、少なくともティグルと三人の戦姫は王都へ向かうことを優先するべきだ。

だが、相手より数が少ない上に、戦姫たちまで離脱してしまっては、ジスタート軍に勝ち目などほとんどない。ヴァルティスの戦いのように、キュレネー軍に蹂躙《じゅうりん》されるだろう。

サーシャの言葉は、兵たちを犠牲にするかどうかという問いかけだ。彼女でなければ言えないことであり、そうした場合の責任はすべて自分が負うという意思表示でもあった。

「戦いにならないようにずっと一定の距離をとりながら敵を挑発して、いまより王都から遠ざけて、その隙にティグルさんたちが王都を目指すという手はとれないかな……？」

重苦しい空気を払うように、ミルが尋ねる。リュドミラが首を横に振った。

「最初から全力で突撃してくる相手と距離をとり続けるなんて、まず無理ね。それに、我が軍の兵たちがつらい強行軍に従ってくれたのは、戦い、勝って、王都を取り戻すためよ。敵が向かってくるのに、いつまでも戦意をおさえて後退し続けるなんて耐えられないわ」

サーシャが視線でティグルに意見を求める。

ティグルは短い沈黙を先立たせたが、それは答えをさがすためではなく、言葉を整理するためだった。結論はとうに出している。

「俺たちもキュレネー軍と戦おう」

「アーケンの狙いは時間稼ぎだろう。その思惑に乗ることになるが、いいのか？」

エレンの質問に、ティグルはうなずいた。

「アーケンがどう考えていようと、知ったことじゃない。この戦いは、ジスタートがキュレネーに奪われたものを取り戻すための戦なんだ。そこには戦姫がいるべきだ」

「それで間に合わなくなるとしても？」

サーシャの視線が鋭さを増す。ティグルは動じることなく彼女の視線を受けとめた。

「サーシャ、いまさらこんなことを言われても困るだろうが、俺は意志の弱い人間だ。兵たちを死地に置き去りにしたあと、いつもと変わらぬ力を発揮して、ティル＝ナ＝ファの降臨を行うことができるか自信がない」

「嘘だね」と、サーシャは即座に否定する。

「君はできるよ。冷酷だからじゃない。その逆だ。せめて女神を降臨させなければ、兵たちに対して顔向けできないと考える。君はそういう人間、いや、そういう領主だ」

これにはティグルも反論できず、まじまじとサーシャを見つめた。

「俺のことをそんなふうに見ていたのか？」

「好ましいと思ってるよ。男の子には、それぐらいの意地は見せてほしいからね」

微笑を浮かべてそう言ったサーシャだが、すぐに笑みを消した。真剣な眼差しがティグルを射抜く。彼女の投げかけた問いに、あらためて答えるよう要求する。

「俺の答えは変わらないよ。もしもキュレネー軍と戦うことで、王都を目指す余裕がなくなったときは――」

まったく気負いのない、いつもと変わらない態度で、ティグルは告げた。

「夜になるのを待って、戦場にティル＝ナ＝ファを降臨させる」

自分たちが勝利する前提ではあるが、死ぬまで戦い続けるキュレネー兵の性質を考えれば、戦場は三万を超える骸で埋まることになる。女神を降臨させる条件は満たすだろう。

サーシャが目を見開く。リュドミラはおもわず腰を浮かせ、アヴィンとミルはとっさに言葉が出てこないようで、口を開いたり閉じたりした。

そして、エレンは頬を紅潮させてティグルを怒鳴りつけた。

「馬鹿！　おまえ、そんなことをしたら……」

ティル＝ナ＝ファはジスタートとブリューヌにおいて、人々から忌み嫌われている女神だ。むろん、女神が地上に降臨するなどという話を真に受ける者は、少数であろう。だが、いったいどのような形で降臨するのか、エレンたちには想像もつかない。

兵士たちが見て、それとはっきりわかるものであった場合、ティグルがこれまでに積み重ねてきた武勲《ぶくん》、名声のすべてを、人格とともに否定される恐れがある。いまでさえ、キュレネー軍に操られていたティグルに、怒りや憎しみを抱いている者は多い。未来は確実に閉ざされ、ティグルに近しい者たちもその余波を受けずにはすまないだろう。

それをわかった上で、ティグルは言ったのだ。

「エレンさん」と、ミルがエレンの腕を軽く叩いてなだめる。エレンは言葉の続きをどうにか呑みこんで、熱を帯びた息を吐きだした。紅の瞳を輝かせてティグルを睨みつける。

「すまない」

いくらか申し訳なさそうに、ティグルは笑ってみせた。

「だが、俺は見捨てたくないんだ」

その言葉にこめられた思いの強さを正しく感じとることができたのは、エレンだけだった。再会を果たした日の夜に、想い人の抱える悲嘆と後悔と絶望を受けとめた彼女だけが、悲壮なまでのティグルの決意を理解できた。

サーシャたちが見守る中、エレンは大きく息を吐きだす。それは満足感と諦念が絶妙な割合で入りまじったものだった。

このような男だからこそ、エレンは自分の命を差しだしてもかまわないと思える。一方で、このような男だからこそ、気苦労が絶えないとも思う。この二つは決して切り離せないものだとわかっていた。

首を左右に振ると、エレンはサーシャを見た。紅の瞳には覇気が満ちている。

「サーシャ、私はキュレネー軍との戦いに参加する。たった一日、たった一戦でキュレネー軍を打ち破り、あとの処理は各部隊の指揮官たちに任せて、私たちはそのまま王都を目指す。これならきっと間に合うはずだ」

「無茶苦茶だね」と、黒髪の戦姫は苦笑を浮かべた。

「でも、とても君らしい」

そう言って、サーシャは親友の意見を認めた。それから、リュドミラに視線を転じる。

「私もエレオノーラ様の意見に賛成です」

まず、そう答えてから、彼女は地図を見つめた。

「ヴァンペールを発つ前から、幾度となく地震が起きました。それだけでなく、私たちはさまざまな天候の急変に苦しめられました。王都の周辺の地形が、大きく変わっている可能性があります。キュレネー軍がいるため、偵察隊を派遣することもできません」

「だから、まっすぐ街道を南下した方が確実だと」

確認するように問いかけるサーシャに、リュドミラはうなずいた。

「わかった。それじゃ、彼らと一戦まじえようか」

あっさりと、サーシャは決定する。アヴィンとミルに意見を求めなかったのは、二人がティグルとエレンに全面的に賛成していることを、その表情で察したからだ。

「リュドミラ、どこで戦うことになると思う？」

「オストルフになると思います」

リュドミラが地図の一点を指で示した。

ここから一日ほど南下したところにある、小さな丘と細い川の多い地だ。王都の北に流れているヴァルタ大河の支流が、東から西にかけて何本も流れている。

これらの川は、一本一本は細く、底も浅い。加えて、この季節はほとんどの川が涸《か》れるか、水量を大きく減らしているので、場所を選べば歩いて渡ることもできた。

「オストルフでは過去に二度、大きな戦いがありました。どちらの場合も、敵味方合わせて数万の軍勢が動いています。大軍を動かすのに支障はないと思っていいでしょう」

「それはありがたいね。僕らはどう戦う？」

サーシャの質問は、ここにいる全員に投げかけられたものだ。三人の戦姫が加わるだけで、数の劣勢を補えるものではない。策が必要だった。

「私にひとつ考えがある」

エレンが胸を張って、自信ありげに言った。それが契機となって皆がそれぞれ意見を出しあっていき、リュドミラが整理する。

そうして策がまとまったところで、サーシャが思いだしたように言った。

「そういえば、北の蛮族を監視している諸侯軍から書簡が届いた。こちらの動きを知って、歩兵を三千ほど率いて支援に駆けつけてくれるそうだ」

ふつうに考えれば朗報である。だが、ティグルたちは素直に喜ばなかった。

エレンが顔をしかめて尋ねる。

「我が軍は明日の朝、ここを発ってオストルフに向かう。キュレネー軍と戦うのは明後日になるだろう。彼らは間に合うのか？」

「わからない。だから、あてにしない方がいいと思う」

サーシャが諸侯軍のことをすぐに話さなかったのは、このためだ。彼らは当然ながら、アーケンによって地上が滅ぼされようとしていることを知らない。説明しても、すぐには信じようとしないだろう。理解しがたい話だからだ。

「指揮官はどなたですか？」

今度はリュドミラが訊いた。蛮族を監視してくれるよう、諸侯らに何十通もの手紙をしたためて根気よく説得したのは彼女だ。今度の戦には間に合わないだろうとはいえ、誰が来るのか気になった。

「驚くことに女性で、しかも王族だ。ヴァレンティナ＝エステスという方は知ってる？」

サーシャの言葉に、リュドミラは戸惑《とまど》った顔で首を横に振る。はじめて聞く名だ。ただ、姓についてはいくつかのことを知っている。

「エステスということは、ヴィクトール陛下の……」

ヴィクトールは、キュレネー軍との戦いで命を落としたイルダー王の前にジスタートを治めていた王である。エステス家は、その王に連なる一族だった。

「年齢は僕と同じで二十六。王位継承権を与えられないほどの遠縁で、権勢とは無縁の慎《つつ》ましい暮らしをしているという話だよ。この方はオステローデ公国で暮らしていたけれど、王都が陥ちる前ぐらいから諸侯軍に接触し、さまざまな情報を提供していたそうだ。そして、王族の誰もがキュレネー軍と戦おうとしないと知って、諸侯軍のもとを訪れたらしい」

「たいした行動力だな。ブリューヌのレギン殿下や、反キュレネー軍を組織したアスヴァールの王女と充分に渡りあえそうだ」

エレンが感心して笑えば、リュドミラも目を輝かせて言った。

「キュレネー軍と戦う気概があるなら、女性だの遠縁だのは些細なことです」

イルダー王が戦死したあと、次代の王の候補たちは皆、玉座につくことを渋った。権力を望まなかったわけではなく、多くの戦姫を失い、王国が追い詰められた状況でキュレネー軍と戦うという重荷を背負いたくなかったのだ。

彼らがそのような態度をとったために、その重荷はサーシャが背負うことになった。彼女の苦労をそばで見てきた二人にとって、ヴァレンティナのような女性は大歓迎である。

「アレクサンドラ様」と、リュドミラは身を乗りだした。

「ヴァレンティナ様に急使を派遣していただけませんか。私たちが王都を奪還するための戦いを行うことを、ヴァレンティナ様の名前で国の内外に知らせてもらいましょう。それから、国内の諸侯に対して、キュレネー軍と戦うために立ちあがるよう呼びかけてもらうんです」

キュレネー軍を打ち破った戦姫たちと深い関係にあるとわかれば、これまで無名だったヴァレンティナの声望《せいぼう》は一気に高まるだろう。他の王族より抜きんでた位置に立てる。

戦姫たちのやりとりを、ティグルは黙って見ている。ブリューヌ貴族である自分が、ジスタートの政治について口を挟むべきではないからだ。

——ヴァレンティナか……。イルダー王のような方であってくれればいいが。

ティグルにとって、亡きイルダーはブリューヌとの友好を重視してくれた王だった。

むろん、彼なりの政治的な思惑があったのだろうが、その方針のおかげでティグルは両国の板挟みにならずにすんだのである。

ヴァレンティナがレギンと対立するような人物でないよう、ティグルはひそかに女神に祈ったのだった。


日が暮れるころ、ティグルとエレン、アヴィンとミルの四人は、幕舎の中で別働隊の編制を進めていた。自分たちは明日の夜、本隊から離れ、敵に見つからぬよう移動するのだ。

別働隊は約二千の騎兵と、約一千の歩兵で構成される。

――ほとんどすべての騎兵を連れていっていいとは、サーシャの決断力はすごいな……。

サーシャは伝令や偵察などのためにわずかな騎兵を手元に残したが、それ以外は自分たちに任せてくれたのだ。戦力としても全体の二割を割《さ》いてくれたわけで、責任は重大だった。

幕舎の外からティグルを呼ぶ声がしたのは、話しあいをはじめて半刻が過ぎたころだ。ティグルは立ちあがって、幕舎を出る。そこに立っていたのはキュレネー人のディエドだった。

「どうした？　まだ休んでいてもいいんだぞ」

キュレネー語で優しく尋ねるティグルに、彼は真剣な表情で首を横に振る。

「閣下、いえ、ティグル様、まもなく、キュレネー軍と戦うと聞きました」

この強行軍に最後までついてきたことで、ディエドは何人かの兵から認められるようになっている。おそらく、そうした者たちから話を聞いたのだろう。

ティグルがうなずくと、ディエドは覚悟を決めるように、拳を握りしめた。

「お願いがあります。どうか、私をキュレネー軍の近くまで連れていってください」

ティグルは眉をひそめる。ここまで連れてきたとはいえ、彼を戦いに参加させる気はなかったが、この申し出は予想外だった。

「何をするつもりなんだ？」

「話を」

ディエドの言葉は短かったが、固い決意を感じさせる。とっさにどう答えるべきか、ティグルは迷った。自分たちを追ってきたメセドスーラのことを思いだす。キュレネー兵たちが、ディエドの話を聞くとはとうてい思えない。

戦いが終わるまで待つことはできないか。そう言おうとして、ティグルは再び迷った。ヴァンペールの戦いで生き残ったキュレネー兵は、ディエドと、彼が率いていた百人だけだ。ティグルが総指揮官でなかったら、彼らもジスタート軍に挑んで命を落としていたに違いない。

だから、ディエドは戦いの前にキュレネー軍のもとへ行きたいのだろう。

彼の顔を見つめる。そこには懸命さと、生きようとする意志が感じられた。ティグルは励ますように、ディエドの肩を叩いた。

「わかった。ただ、ひとつだけ約束してくれ」

うなずくディエドに、ティグルは言葉を続けた。

「命を粗末にするな、危険な真似《まね》をするなと言いたいところだが、たぶん俺にはそんなことを言う資格はない。だから、おまえの大切なひとに、胸を張れる人間であってくれ」

ディエドはティグルをまっすぐ見つめて、いまの言葉を小さく繰り返す。

「ありがとうございます。ティグル様の言葉、決して忘れません」

胸の前で手を合わせて、ディエドはうつむく。その姿は祈りに似ていた。

†

シレジアの北に姿を見せたジスタート軍が動きだしたという報告を受けて、キュレネー軍の総指揮官であるメセドスーラは、兵たちに進軍を命じた。

「敵との距離を考えると、明日、オストルフとやらいう地で戦うことになるか」

数日前、ジスタート軍が狡猾《こうかつ》にも街道を外れ、北回りに大きく迂回していることに気づいた彼は、慌てて軍を返した。そうして、どうにか敵の南下を阻む位置に布陣できたのだ。

「やつらの動きに気づけた。追いつくこともできた。それに、あの黒い光は一段と輝きを増していた。俺にはアーケンの加護がある。負けるはずがない」

軍を返してこの地へ来る途中、キュレネー軍はシレジアの近くを通ったのだが、メセドスーラはそのとき、王宮の最上階から噴きあがっている黒い光の柱を見た。

シレジアを発ったときよりも光は大きくなっており、言葉を失うような圧迫感を覚えたものだったが、彼は、アーケンが自分を見守っていると考えることにしていた。

ここまで大きな混乱を起こさずに約三万の兵を統率しているのだから、メセドスーラには間違いなく非凡なところがある。しかし、彼はそのことに気づかなかった。能力や実績を評価されて総指揮官に任命されたわけではないという自覚が、気づかせなかった。

オストルフから南に五ベルスタ（約五キロメートル）ほど離れたところで、メセドスーラは行軍を止め、幕営を築くよう兵たちに命じた。兵も戦象も体調は万全であるという報告に、戦意と昂揚感を含んだ笑みを浮かべる。着実に勝利に向かっているという思いがあった。

彼は日が暮れる前に夕食をすませて、早々に眠ることにした。

ジスタートの冬の風の冷たさは、キュレネー人であり、神の酒の効き目が薄い彼にとってかなり厳しい。毛布にくるまって横になる。

だが、昨日まではすぐに眠れたのに、今日にかぎっては四半刻どころか一刻が過ぎても睡魔が訪れなかった。何度か寝返りを打って、ため息をつく。

――緊張しているのか……。いや、それぐらいするだろう。

明日は総指揮官としてはじめての戦いだ。もっとも、やるべきことといえば、せいぜい隊列を整え、戦象の群れを先頭に立てるぐらいだ。あとは兵も戦象も勝手に戦ってくれる。

――そう、勝手に……。

勝手に戦い、命を落とし、戦が終われば死んだ数だけ補充されて、何ごともなかったかのように軍が維持される。これを軍と呼べるのだろうか。ごく短い間とはいえ、己の手で軍を統率して、メセドスーラはそのような疑問を抱くようになっていた。

一兵士だったとき、彼の世界は単純だった。誰よりも勇敢に死んでみせると思って、武器を握りしめてまっすぐ突っこんでいき、剣や槍を振るえばいい。

戦いが終わって、無惨な姿で死んでいる仲間を見るたびに複雑な思いを抱いた。どうして自分は彼らのように死ねないのかという思いと、彼らのように命を落とさずにすんでよかったという思いが、同時にあった。

誰もが、いかに死ぬかという話ばかりしていて、次の戦ではそのように死んでいく。いくつかの国が滅んだときには、自分が死なない理由が何となくわかっていた。

肝心なところで腰が引けるのだ。見極めがうまいともいえる。加えて、文字通り死ぬまで戦う仲間たちと肩を並べていることが多かったので、彼らがだいたい先に踏みこんで死んだ。そこでメセドスーラは危険を察知し、足を止めて死の顎から逃れることができた。

――俺の望んだ戦いは、こんなものだったろうか。

声には出さず、そうつぶやいたときだった。幕舎の外から、自分を呼ぶ兵の声が聞こえた。

メセドスーラは身体を起こして幕舎を出る。

見張りの兵の他に、男がひとり立っていた。松明《たいまつ》の炎に照らされたその顔を見て、メセドスーラは呆然と立ちつくす。男の正体はディエドだった。

「貴様……どうしてここに？」

ディエドは自分たちを裏切って、ジスタート軍についたのではなかったのか。

――あの男に体よく利用された挙げ句、ジスタート軍に追われて戻ってきたのか。

そう考えたが、ディエドの態度は逃げ帰ってきた者のそれではない。その表情は緊張と不安で強張っているが、彼は胸を張ってメセドスーラを見据えている。

「おまえと話がしたい」

「何を偉そうに。いまさら貴様と話すことなど……」

そこまで言って、メセドスーラは考えを変えた。この状況でわざわざ戻ってきたディエドが何を言うのか、興味が湧いたのだ。さらにいえば、彼は気を紛らわせる何かがほしかった。死について語る兵たち以外の話し相手も。

「入れ」と、短く告げて、メセドスーラは幕舎の中にディエドを招きいれる。天井から吊り下がっているランプに明かりを灯した。

腰を下ろすと、ディエドも正面に座る。メセドスーラは眼光鋭く尋ねた。

「話とは何だ。いまからでも一兵士として戦いたいというなら……」

「戦をやめてくれ」

臆《おく》せずに、ディエドははっきりと言った。メセドスーラは反射的に剣に手をかける。ディエドはびくりと身体を震わせたが、その場から逃げようとしなかった。

メセドスーラは立ちあがって、抜き放った剣の切っ先をディエドに突きつけた。

「貴様は……貴様はジスタートの手先に成り下がったばかりか、そんな馬鹿馬鹿しい話をしに来るほど救いようのない愚か者になったのか。あの異国人にいったい何を吹きこまれた？　うまく俺を丸めこめば金貨の詰まった袋をくれてやるとでも言われたか」

ディエドの顔は青ざめている。眼前に鈍色の刃があるのだから当然だろう。しかし、彼は勇気を振り絞り、両手で自分の膝を強くつかんで、恐怖をおさえこんだ。

「もしも俺がジスタートの手先になっていたら、命からがら逃げてきたと言って、おまえに偽りの情報を吹きこんでいるよ。いいか、メセドスーラ。俺たちの軍はおかしい」

メセドスーラはかっとなって、剣を振るった。斬ったのではない。剣の平で、ディエドの頬をはたいたのだ。それでも刃が肌を引っかいて、ディエドの頬に一筋の赤い傷跡が刻まれる。

「脱走した人間の分際で、俺たちの軍などと言うな！」

メセドスーラはすごんでみせたが、ディエドはひるまなかった。いまの一撃は、かえって彼を奮いたたせたらしい。熱を帯びた息を吐きだして、ディエドは立ちあがる。

「おまえだってそう思ってるはずだ」

メセドスーラが何かを答えるよりも早く、ディエドは言い募《つの》った。

「どうして皆、死ぬための話しかしないんだ。戦いというのは、生きるために、何かを守るためにするものじゃないか。それに、新たに補充される兵たちはいったいどこから来たのか、不思議に思わないのか。食糧だって……」

「偉大なるアーケンのお力によるものだ」

語気荒く、メセドスーラは彼の言葉を遮る。だが、ディエドは黙らなかった。

「おまえが総指揮官になったこともか」

ひとりで抱え続けてきた緊張と不安を突かれて、メセドスーラは言葉に詰まる。

小さいころに大人たちから聞いた戦の話には、必ず英雄や勇者がいた。豪傑や古強者が暴れまわっていた。食糧不足や仲間の脱走などの苦労話もあった。

自分たちの大遠征には英雄も勇者もいない。指揮官が気にされたこともない。必要がないから誰でもいいのだと言わんばかりに。苦労をわかちあう仲間もいない。

食糧と兵を与えられ続けて勝手に戦い、勝手に死んでいく自分たち。すべての命を捧げるという神征《アテン》。すべての国を滅ぼして、その先には何があるのか。

黙っているメセドスーラに、ディエドが言った。

「キュレネーを発って、戦い続けて、俺たちはいったい何を得た。この先、何を得る」

「勝利を得ただろう」

苦しげな顔でメセドスーラが反論する。

「勝ち続け、進み続けてきたから、俺たちはここにいるんだろうが」

ディエドは憐れむような目をメセドスーラに向けた。

「ジスタート軍は、仲間が死んでもすぐに補充されることはない。食糧も常に足りない。武具だって不揃いだ。ものがないから、研いだり修繕《しゅうぜん》したりするのだってひと苦労だ」

ようやく笑みを浮かべて、メセドスーラは鼻を鳴らす。

「お粗末なものだな。その上、数も俺たちより少ないと来ている」

「だが、あのひとたちはいつも生きることを、未来のことを考えている。死ぬことばかりを考えている俺たちの軍とは違って」

「俺たちに未来がないと言いたいのか」

メセドスーラの声は怒りを帯びていたが、呻くようだった。

「貴様は間違っている。シレジアを見てこい。王宮から伸びている黒い光は、ますます勢いを増している。あれこそアーケンの栄光を示すものだ」

ディエドは言葉を返さない。しかし、彼の両眼は沈黙よりも雄弁に、思いを語っていた。

「俺がもう一度、剣を振るう前にさっさと去れ」

メセドスーラは強引に話を打ち切る。なぜか、ディエドを斬り捨てようという気にはなれなかった。これだけ好き放題に言う者を許してきたことなど、なかったはずなのに。

「最後に、ひとつ頼みがある」

ヴァンペールの戦で自分が率いた兵たちに会って、軍から抜けることを提案したい。

驚くべきことに、ディエドはそう言った。メセドスーラは愕然《がくぜん》として、すぐには言葉が出てこなかった。

「貴様、この期に及んで兵を抜けさせたいなどと、よくもぬけぬけと……」

「やらせてくれてもいいだろう」

このときには、ディエドは開き直ったのか堂々としていた。

「もしも、皆が神征に従ってジスタート軍と戦うというのなら、俺も諦める」

「たわごとを」

メセドスーラは笑った。だが、その笑いには自信も爽快さも欠けていた。

「いいだろう。そんな臆病者がいるとも思えぬが、いれば邪魔になるだけだ。連れていけ」

「ありがとう、メセドスーラ」

身体から力を抜いて、ディエドは小さく頭を下げる。

幕舎を出ようとする彼の背中に、メセドスーラは声をかけた。

「ジスタート軍に戻るのか」

ディエドは足を止めて、首を横に振る。

「戻らない。明日の戦にも加わらない。ティグル様はそれを許してくださった。あの方にお会いできたことは、俺の生涯の誇りになる」

一呼吸分の間を置いて、ディエドは付け加えた。

「おまえの武勲を祈ることはできないが、生き延びられるよう神々に祈るよ」

彼が幕舎から出ていくと、メセドスーラは座りこむ。ため息をついて、「勝手なことばかり言いやがって」と、毒づいた。

——神征以前からそうだった。やつの兄貴の方がよほど気が合った。

だが、ひさしぶりにまともな言葉をかわしたという思いがあった。その思いが、最後までディエドに話すことを許し、願いもかなえさせたのだ。

半刻ほど過ぎたあと、兵士のひとりが報告に訪れる。ディエドが九十人近い兵を連れて幕営から去ったというものだった。数を考えると、一時は自分に従ってティグルとディエドを追った者もいるようだ。メセドスーラは皮肉っぽい笑みを浮かべた。

「俺は勝つぞ。先のことなど、勝ってから考えればいい。そうだろう?」

その問いかけは誰に向けたものなのか、彼自身にもわからなかった。

†

キュレネー軍の幕営でメセドスーラがディエドと話していたころ、ティグルはエレンとともに別働隊を率いて、オストルフの近くにいた。

いまは休息をとっている最中で、ティグルも仮眠をとらなければならないのだが、いろいろな思いが次から次へと浮かんできて、なかなか寝つけない。本隊とともにいるサーシャやリュドミラは何をしているだろうか。ティッタやリムは休むことができているか。二刻前に自分たちとわかれてキュレネー軍のもとへ行ったディエドは無事だろうか。

気晴《きば》らしをした方が眠れるかもしれない。そう思ったティグルは見張りの兵に、「少し歩いてくる」と告げ、軍から離れて歩きだした。

見上げると、満天の星が輝いている。ひさしく見たことのない夜空だ。

キュレネー軍の動きは、偵察隊の努力によって完全に把握できている。予定通り、明日、戦いになるだろう。そのあとは王都へ向かい、アーケンとの決戦だ。

――思えば、俺とアーケンの戦いは、二年前にはじまった。

身体が震えた。寒さのせいだけではない。

二年前にアルサスを襲った怪物レネートは、アーケンの配下だった。あの怪物の目的は黒弓だったのだ。だから、アーケンの神殿に亀裂の入った形で封印されていた。

そして、ティグルは一度、アーケンに侵食された。王都から脱出する際は退《しりぞ》けることができたが、あのときのアーケンは竜の牙の『力』を取りこむことに注力しており、それほど熱心ではなかったと思う。

次に対峙するとき、神は全力で自分を滅ぼしに来るだろう。

「いい空だな」

後ろから声をかけられた。振り返るとエレンとアヴィン、ミルが立っている。

「まだ起きていたのか？」

「いや、眠れなくてな」

ティグルが答えると、エレンは笑って隣に立った。

「私も同じだ」

しばらくの間、四人は黙って星空を見上げる。ふと、エレンが言った。

「おまえと肩を並べて戦うのは、ひさしぶりだな」

「そうだな。最後は……昨年だったか」

アルサスをキュレネー軍から守る戦いでは、ティグルは総指揮官を務め、エレンは傭兵の部隊を率いた。ヴァルティスの戦いでも、それぞれ別の部隊を率いていた。

「勝つぞ」

ティグルの肩を叩いて、エレンが短く告げる。紅の瞳に迷いは微塵もない。

「君がいてくれたから、五年前も最後まで戦い抜けたんだろうな」

ティグルの言葉に、エレンは微笑をからかうようなものに変えた。

「いまごろ気づいたのか。鈍いやつだ」

「英雄だ何だと持ちあげられようと、俺が田舎貴族であることはわかっているだろう。大目に見てくれ。あと……これからも頼む」

最後の言葉に含まれた感情を、エレンは正確に感じとった。気づけば、アヴィンとミルは数歩ばかり後ろに下がっている。

「わざとらしく気をきかせるな」

エレンが叱りつけると、二人は楽しそうに笑って戻ってきた。

「いや、戦いの前のいい雰囲気を私たちが壊しちゃうわけにはいかないでしょ」

「ええ。俺たちは幕舎に戻るので、ごゆっくりと」

「神との戦いが控えているのに、おまえたちは緊張感がないな」

ティグルは呆れたように笑った。神との戦いが終われば、二人はそれぞれの世界へ帰る。そう思うと一抹の寂しさがあるが、それを感じさせないように笑顔をつくった。

「唯一、アーケンに感謝することがあるとすれば、おまえたちに会えたことだろうな」

「それは違うわ、ティグルさん」と、ミルが首を横に振る。

「たしかに、私たちはアーケンを何とかするためにこの世界に来た。でも、あのとき、ヴォージュ山脈でティグルさんとエレンさんがいっしょに行動することを許してくれたから、いまここにいるの。二人は自分を誇るべきよ」

「ミルの言う通りです。お二人が積み重ねてきたものがなければ、今日を迎えることはできませんでした」

アヴィンはそう言ってから、少し迷ったあと、付け加えた。

「リュドミラさんは、俺のいた世界では戦姫でした。だから、俺はあのひとに戦姫になってほしかった。なれるとも信じていた。ですが、俺とミルだけでは無理だったでしょう。お二人がリュドミラさんと良好な関係を築いていればこそ……」

アヴィンの言葉は熱を帯びていたが、ティグルとエレンはそろって難しい顔になった。

「言うほど良好な関係かな……。サーシャに迷惑をかけたときはえらく怒られたし、それ以外でも厳しいことばかり言われている気がするが」

「おたがい戦姫になったのに、丁寧な口調で話しかけてくるあたり、一線を引かれている感じはするな。私が戦姫になる前の方がもう少し親しみやすかったというか」

アヴィンは腕組みをして唸った。できればリュドミラを擁護《ようご》したいのだが、実のところ彼もこの世界のリュドミラに好かれているとは思っていない。彼女の心情を憶測で代弁するのはさすがに気がとがめた。

「リュドミラさんとの関係は、時間が解決してくれるわよ」

ミルがあっさりと結論を出す。

「詳しいことは話せないけど、私の世界ではそうだったもの。だから、まず勝たなきゃ」

ティグルとエレン、アヴィンはうなずいた。アーケンを退けて、未来をつかみとるのだ。

それからしばらくの間、四人は他愛のない話をした。誰にとっても貴重な一時だった。

†

夜明けの空は、ここ数日のそれと同じく灰色の雲に覆われていた。

今日も朝の太陽は望めないとわかって、晴れるかどうかを賭けていた兵士たちが笑いあう。

サーシャとリュドミラに率いられたジスタート軍は、すでにオストルフの地に足を踏みいれていた。数は約一万二千。部隊長や一部の騎士を除いて、歩兵である。

サーシャは即席の台の上に立って、兵たちを睥睨《へいげい》した。

彼らの武装は不揃いだった。革鎧をつけている者の隣に、鎖かたびらの上に外套を羽織っている者がいる。革の胴着を重ね着している者もいた。

武器についても同様だ。本来、槍と盾を持ち、剣を腰に吊すのが望ましいのだが、ほとんどの兵はその中の二つしか持っていない。弓兵たちも、矢幹の歪んだ矢を当然のように矢筒に入れており、投擲《とうてき》用の石を入れた革袋を腰に下げていた。

だが、彼らの顔には戦意がみなぎっている。一日だけの休息は短かったに違いないが、それでも戦うための活力を与えていた。

「まもなく、戦いがはじまる」

黒髪の戦姫の静かな声は、風に乗って最後列まで届いた。兵たちが顔を引き締める。軍旗がはためき、槍の穂先が空の色を映して鈍い輝きを放った。

「敵の数は約三万。その上、三十頭の戦象がいる。だが、心配はいらない。厳しい戦いにはなるが、勝つための算段はたててある。君たちは勇気を振り絞ってくれ」

そこで、サーシャは微笑を浮かべた。

「あらためて、皆に礼を言う。王都が陥ちた日から、いや、ヴァルティスで敗北した日から、今日までよくついてきてくれた。君たちは僕の……ジスタートの誇りだ。君たちと過ごした日々を、志半ばで倒れていった者たちを、僕は忘れない」

兵たちを包む大気が揺れる。総指揮官に応えようとして、踏みとどまったのだ。サーシャの言葉には、まだ続きがあった。

「最後に。大切なひとを思い浮かべてほしい。ものでもかまわない」

彼女もまた、思い浮かべる。エレンたちに、親しい騎士や兵たちの顔を。

「僕たちは誰のために、何のために戦うのか。大切なもののために、生き抜いてほしい。もし何も思い浮かばない場合は……僕のために戦ってほしい」

満面の笑みを浮かべて、サーシャは言った。

「ひとりでも多くの兵と、勝利の祝杯をかわしたいからね」

笑声が湧いた。それはたちまち大きくなっていき、総指揮官に応える戦意の叫びへと変わる。槍を掲げ、拳を突きあげて、サーシャのために戦うことを大声で誓った。

戦場から離れたところに、馬に跨がった十数人と一頭の集団がいる。

巫女のティッタと、エレンの親友のリム、そして二人の護衛を命じられた兵たちだった。それから、幼竜のルーニエがティッタに抱えられている。

この娘と一頭はヴァンペール山ではじめて出会ったのだが、幼竜はどうやら彼女を気に入ったらしい、行軍中はほとんどティッタのそばにいた。ティッタも竜と聞いて最初は戸惑ったものの、咆《ほ》えたり噛《か》みついたりせず、気まぐれに寄ってくるルーニエとすぐに打ち解けた。

ジスタート兵にとって幸運を呼ぶ獣であるルーニエが懐いたとあって、兵たちのティッタを見る目は大きく変わった。それまではブリューヌ人ということもあり、よく言ってよそ者という扱いだったのが、特別な巫女になったのである。

ブリューヌとジスタートで信仰されている神々が同じである点も、ティッタが兵たちに親しまれるきっかけとなった。たとえば、戦神トリグラフを強く信仰する兵が頼めば、ティッタはいっしょにトリグラフに祈ってくれたのだ。それ以外でも、彼女は積極的に作業を手伝った。

今朝、サーシャはティッタとリムに護衛をつけて、戦場から離れたところで戦が終わるのを待つように言った。リムも同行させたのは、親しい人間がいる方がティッタも安心するだろうという配慮だ。

「ごめんなさい、リムアリーシャさん」

ティッタは隣で馬を並べているリムに、頭を下げる。彼女が親友であるエレンといっしょにいたかっただろうことを、察していたのだ。

「お気になさらず」と、リムは微笑を浮かべて首を横に振る。

「あなたに何かあったら、エレオノーラ様とティグルヴルムド卿の二人に申し訳が立ちませんから。あなたの無事こそが、私にとっての武勲であり、喜びなのです」

リムの本心をいえば、たしかにエレンとともに戦えなくて残念な気持ちはある。しかし、傭兵団の副団長を長く務めてきた彼女は、肩を並べて戦うことだけが、エレンを支える方法ではないことをわかっていた。彼女に後顧の憂いを抱かせないことも、重要なのだ。

「ティッタこそ、行軍中はティグルヴルムド卿とほとんど話せなくて、つらかったでしょう」

それは、ティグルが望んだことだった。ティッタが自分をかばうことで、二人ともそろって立場が悪くなることを懸念したのである。「この戦いが終わるまで待っていてくれ」と、隻眼の若者はひそかにティッタに頼み、彼女は寂しさをこらえて、うなずいたのだった。

「ありがとうございます。でも、だいじょうぶです」

微笑を返してから、ティッタは腕の中のルーニエを見つめる。ふと、以前に見た夢が脳裏をよぎった。巨大な漆黒の何かが、空から舞いおりてくる夢だ。ティグルには言わなかったが、目を覚ましたとき、あれは竜だったと、ティッタは思った。

「あなたは大きくなっても、あんなふうにはならないでね」

笑いかけられて、ルーニエは首をかしげる。ティッタは幼竜の頭を優しく撫でたあと、両目を閉じて神々に祈った。

普段、彼女は十柱の神々のうち、九柱の神々の名しか唱えない。夜と闇と死の女神ティル＝ナ＝ファの名は唱えてはならないと、幼いころから教えこまれてきたからだ。

彼女自身、ティル＝ナ＝ファに対する恐怖心はあるし、主であるティグルがティル＝ナ＝ファに助けられていることを知ってからも、積極的にその名を唱えようとはしなかった。

だが、いま彼女は恐怖をおさえこんで、十柱の神々の名をすべて唱え、祈る。

ティグルたちの勝利のために。

†

ジスタート軍は、オストルフの北側に布陣する。

サーシャは、約一万二千の歩兵を前衛と後衛にわけた。

前衛を務める約六千の兵を指揮するのは、ヴァンペールで指揮官を務めた者たちだ。

後衛に配置された約六千の兵は、サーシャとリュドミラで約三千ずつを率いる。予備兵力は用意しない。それだけの余裕はなかった。

　そうしてジスタート軍が動きだしたころ、キュレネー軍もまた、オストルフの地の南側で戦いの準備を整えつつあった。夜が明けたころに神の酒を飲ませたので、キュレネー兵も戦象も冬の冷たい風が気にならなくなっている。

　角つきの兜をかぶり、緋色の外套を羽織ったメセドスーラは馬上から演説を行った。

「国王を失い、王都を失ったジスタートの残党が、性懲《しょうこ》りもなく我々に挑みかかってきた。我々の役目はただひとつ。神のためにやつらをひとり残らず葬り去ることである」

「アーケン」と、何人かの兵が叫んだ。メセドスーラの言葉に戦意で応えたというより、「神のため」という言葉に反応してアーケンの名を唱えたかのようだった。

　他の兵たちもアーケンの名を連呼しはじめ、ひとつの響きが急速に大きくなっていく。ほどなく、「アーケン」という三万の叫びがひとつに重なって大気を震わせた。

「そうだ！」と、熱狂の渦に絡めとられながら、メセドスーラは曲剣を高々と掲げる。

「神のために戦い、神のために死ね！　もちろん俺もそうするつもりだ！」

　メセドスーラの指揮の下、キュレネー軍は前進を開始した。

　両軍の間には、何本もの細い川が横たわっている。ジスタート軍はそれらの川の向こうで、こちらを待ち受けているようだ。

「偵察隊の報告では、川は涸れているか、水量のないものばかりということだったが……」

　兵たちの先頭に立って馬を進ませていたメセドスーラは、顔をしかめて目を凝らす。

彼は、昨日までに複数の偵察隊を放ち、オストルフの地形について調べていた。しかし、そのときの報告とは異なり、遠くに見える何本かの川は充分な水があるようだ。

「この地を流れる川はすべて、シレジアの近くの大河の支流という話だったが……」

おそらく、他の川を何本かせきとめて、特定の川にだけ水が流れこむようにしたのだろう。

「いじましい努力だが、しょせんは小細工だ」

そのていどで、キュレネー兵と戦象を止められるものかと、メセドスーラは笑った。

川を越えた先に、ジスタート軍がたたずんでいる。冬の風にひるがえる黒い竜の旗は、ヴァルティスやシレジア、ヴァンペールでも見たものだ。

──キュレネー本国を発ってから、俺たちは勝ち続けてきた。

メセドスーラが参加しなかった戦ではいくつか敗北を喫《きっ》した戦いもあったようだが、最終的には敵国を滅ぼした。このジスタートでもそうだ。ヴァンペールで負けたのは異国人が指揮をとったからで、キュレネー人の自分がキュレネー兵と戦象を動かせば、負けるはずがない。

メセドスーラは四半刻ほど様子をうかがいながら、陣容を整える。三十頭の戦象を先頭に並べて、その後ろに三万弱の兵を配置した。

ジスタート軍に動く様子はない。こちらが攻めよせるのを待ちかまえるつもりらしい。

「いいだろう。どのような罠を仕掛けていようと、罠ごと踏み潰してくれる」

メセドスーラは曲剣を高々と掲げる。

「突撃せよ！」

大太鼓の音が大気を震わせ、兵たちが雄叫びをあげた。戦象たちも咆哮を轟《とどろ》かせる。

「オストルフの戦い」が、はじまった。

戦象たちが勢いよく前進する。一歩ごとに大地が揺れ、土煙が巻きあがった。

「馬ではなく、戦象を一頭選んで乗るべきだったな」

口元をおさえて、メセドスーラは顔をしかめる。戦象たちの巨躯に加えて、彼らの突進によって巻きあがる土煙によって、視界がきかなくなっている。

一兵士であったころは、気にしたことはなかった。土煙の中へ飛びこんでいき、敵の姿を認めたら武器を振るえばよかったからだ。だが、いまはどうしても気になる。

戦象に続いて兵たちが動きだしたとき、後方で鬨《とき》の声《こえ》があがった。

メセドスーラが振り返ると、軍のはるか後方で黒竜旗《ジルニトラ》がはためいているのが見えた。

「背後から奇襲をかけてきたか」

ジスタート軍は別働隊を編制し、昨夜のうちに戦場を迂回させたのだろう。

メセドスーラは彼らを放っておくことにした。どうせ後方にいる兵たちが反応する。こちらは戦力を二分される形だが、敵の数はこちらより少ないのだ。

メセドスーラは前方に視線を戻す。戦象たちが最初の川にさしかかるところだった。

戦象たちが勢いよく川に飛びこみ、盛大な水飛沫《みずしぶき》をはねあげながら前進する。だが、彼らは川の半ばで急に体勢を崩して派手に転倒した。いくつもの水柱が噴きあがる。

川の底には、丸太とも見紛うような長大な氷の柱が何本も横たわっていた。しかも、その柱には、やはり氷でできた無数の棘が生えていたのだ。それが戦象たちの足を傷つけ、あるいは引っかけたのである。

これらの氷の柱は、リュドミラがラヴィアスの力でつくったもので、戦いの前に、川の底に沈めておいたのである。川に水を流れこませたのは、これを隠すためだった。

動きの止まった先頭の戦象たちに、後続の戦象たちが衝突する。十頭以上の戦象がぶつかりあい、揉みあって、さらに多くの水柱が噴きあがった。それでも戦象たちの戦闘力が完全に失われたわけではない。彼らは水飛沫とともに立ちあがろうとした。

そこへ、ジスタート兵たちが猛然と接近する。ただし、彼らの手にあるのは剣でも槍でもなく投石紐《スリング》だ。それを使って、戦象に何かを投げつけた。

それは、薬草と香辛料と泥を混ぜて丸めたものだ。戦象の皮膚を傷つけることはないが、目に当たれば効果は強力だった。視界を失った戦象たちが、咆哮《ほうこう》をあげて鼻を振りまわす。彼らは左右にいる仲間とぶつかりあって、ほとんど前に進めなくなってしまった。

最後列にいた戦象たちは、わずかに方向を変えて衝突をまぬがれる。混乱している仲間の脇をすり抜けて、川を渡ろうとした。

川岸には、ジスタート兵たちが並んで戦象たちを待ち受けていた。彼らは右手に槍を、左手には小振りの鉄の盾を持っている。盾は焼かれて、触れれば火傷《やけど》するほどに赤熱していた。

川を渡ってくる戦象たちに、ジスタート兵たちが鉄の盾を投げつける。戦象たちは前進しながら、反射的に鼻を操って盾を絡めとった。

熱された盾が、彼らの鼻を焼く。まともなら、悲鳴をあげて暴れまわるほどの痛みだ。神の酒と大太鼓の影響下にある戦象たちにも一定の効果はあり、彼らの動きは大きく鈍った。

戦象たちに向けて、ジスタート兵たちは丸めた泥と矢を数十、数百も浴びせかける。そうして彼らが横転すると、武器を斧《おの》に持ち替えて猛々しく襲いかかった。狙うのは、脚だ。動きを止め、歩けないようにしてしまえばいいと、彼らは戦姫たちから命じられている。

戦象は鼻を振りまわして抗《あらが》おうとしたが、火傷を負った鼻は思うように動かない。当たればジスタート兵を容易に吹き飛ばし、地面に叩きつけたが、ほとんど当たらなかった。

そして、彼らに群がったジスタート兵は、太い脚にいくつもの裂傷を刻んで、次の獲物へ駆けていくのだった。

戦象をほぼ撃退したという報告を受けて、後方で指揮をとっていたリュドミラは胸を撫でおろした。彼女は戦象をそうとうな脅威と考えており、なるべく犠牲を出さずに戦うための方策をいくつも考えていた。

戦姫である自分とサーシャが先頭に立って突撃することさえ考えていたが、それは他ならぬサーシャによって却下された。黒髪の戦姫が警戒したのはセルケトの存在だ。

もしもセルケトが現れたら、戦姫が迎え撃たなければならない。彼女が戦象と同時に攻めかかってくるようなことがあれば、リュドミラたちに戦象の相手をしている余裕はなくなる。それゆえに、戦象は兵たちに撃退させるべきだというのが、サーシャの考えだった。

リュドミラがこれらの攻撃方法を考えたのは、強行軍の最中だ。敵軍に戦象がいるのはわかっていたので、時間と手間をかけるような大がかりな仕掛けを用いず、兵たちの力だけでどうやって打ち倒すか、考え続けた。

最終的に、ラヴィアスの力をあるていど使いはしたものの、それは戦いがはじまる前だ。これは、兵たちが勇気を振り絞って奮戦した結果、得られた結果だった。

――でも、戦いははじまったばかり。

遠くの敵軍を見据えて、リュドミラはつぶやく。戦象たちの次は、三万弱の兵を打ち倒さなければならなかった。

三十頭の戦象が、ジスタート軍の陣容を突き崩すことなく撃退されたのは、メセドスーラにとって予想外だった。だが、彼の闘志はまったく衰えなかった。

「戦象がやられたぐらいで戦況は変わらぬ。兵の数でも戦意でもこちらが優っている」

現在、キュレネー軍は前後にわかれている。正面のジスタート軍に向かって駆けている者たちと、後方から奇襲をかけてきた別働隊に反応してそちらへ襲いかかっている者たちだ。

敵の別働隊は、騎兵と歩兵の混合部隊で、数は三千というところだ。その敵に向かっていったキュレネー兵の数は一万近い。すぐに殲滅《せんめつ》できるだろう。

だが、メセドスーラの予想は外れた。

約二千の騎兵と、約一千の歩兵で構成された別働隊には、四人の指揮官がいる。ティグルとエレンが騎兵の部隊を指揮し、アヴィンとミルが歩兵の部隊を統率していた。

馬蹄の音を轟かせながら、ティグルとエレンが騎兵たちの先頭に立って敵陣に斬りこむ。

エレンがアリファールを振りあげると、白銀の刃が曇り空を映した。風の唸る音に、血飛沫の舞う音が続く。

正面に立っていたキュレネー兵を一撃で斬り伏せると、エレンは果敢に馬を躍りこませる。突きだされた槍の柄を斬り落とし、剣を弾き返し、右に左にアリファールを振るって、襲いくるキュレネー兵を片端から葬り去った。彼女のまわりで血をまとった風が吹き荒れる。

彼女の隣で、ティグルは立て続けに矢を射放った。一度に二本、三本の矢をまとめて矢筒から引き抜き、黒弓につがえ、弓弦を引き絞ったと思ったときには、矢は指から離れている。射放たれた矢は、キュレネー兵たちの額に突き立つか、目や喉を貫《つらぬ》いた。

ティグルの矢は、エレンに迫る敵兵の数を確実に減らし、エレンの剣は、ティグルに敵兵を近づけさせない。二人は前進する死の嵐だった。キュレネー兵たちが尋常の兵士であれば、とうに戦意を喪失していただろう。だが、彼らは自分が死ぬことを気にとめず、目の前から敵がいなくなるまで戦うことをやめない。雪崩のように二人に襲いかかる。

しかし、ティグルとエレンに刃を届かせることのできた敵兵は、まだいなかった。二人の技量がすさまじいからというだけではない。二人に従うジスタート騎兵たちの奮戦もあった。

騎兵の多くは、操られていたとはいえ、キュレネー軍の手先となっていたティグルに従うことに不満を抱いていた。大半は、戦姫のために武勇を振るうという気持ちで従っていたのだ。

だが、矢を間断なく射放ち続けるティグルの背中を見て、彼らはブリューヌの英雄に対する畏敬《いけい》の念を取り戻していた。この二人とともにある以上、無様な格好は見せられないという思いが、彼らを勇敢な戦士に変えている。槍を振るい、剣を振るい、先端を鉄で補強した長柄の棒を振るって、ジスタート騎兵たちはティグルとエレンが敵陣につくった傷を押し広げた。

それをさらに拡大したのが、アヴィンとミルの指揮する歩兵部隊だ。

騎兵のような突進力こそないが、彼らは柔軟に動くことができた。盾を隙間なく並べ、先頭の者を後ろの者が支える形で、彼らはキュレネー兵の猛攻に耐える。そして、長柄の槍を持つ者が隙間からキュレネー兵を突き倒した。

むろん、アヴィンとミルも兵たちに恥じない戦いぶりを示している。アヴィンは弓ではなく槍を振るった。雷光さながらに閃いた一撃は、キュレネー兵の額を正確に貫いた。

ミルは、いつも通りに果敢だった。彼女は青い刀身の剣を肩に担いで、積極的に敵兵たちの中へ躍りこんだのである。彼女が剣を振るう都度、その周囲に血風が吹き荒れた。

しかし、彼らがどれほど敵兵を討ちとっても、新たな敵が次々に襲いかかってくる。ティグルたちに反応して攻撃に移ったキュレネー兵は一万ほどだ。三倍以上である。このまま戦い続ければ、いずれはティグルたちの体力が尽きるだろう。

むろん、ティグルたちもそのことは考えている。相手の背後から攻めかかったのは、そもそも敵陣を突き崩すことが目的ではない。

先頭に立ってアリファールを振るい続けていたエレンが、隣のティグルに呼びかける。

「例のものの位置を、アリファールがつかんだ。だが、数が多い上にかなり散っている」

「かまわない。片端から潰してしまおう」

ティグルは即答した。

エレンは戦いながら、風を操るアリファールの力で、あるものをさがしていた。

さきほどから戦場全体に鳴り響いている大太鼓の位置だ。この重厚な響きがキュレネー兵たちを統率しているらしいことを知ったのは、アルサスで戦ったときだった。

大太鼓を破壊しても、彼らが正気を取り戻すわけではない。だが、味方同士での衝突も起こるほど、その動きは無秩序なものになる。

「しかし、身体はもつのか？　さっきから矢を射放ちっぱなしだろう」

「気になるのは矢の数だけだ」

矢を射放ちながら、ティグルは馬の鞍に下げている矢筒の中身をすばやく確認する。もう残りわずかだったので、何も手にしていない右手を軽く挙げた。騎兵のひとりがすばやく駆け寄ってきて、矢筒を渡してくれる。

「お二人とも、少しは後ろに下がって、俺たちにも武勲をわけてほしいですな」

そんな軽口を叩く騎兵に、ティグルは笑って言葉を返した。

「そうだな。おまえと、あと三人ほど連れてきてくれ。四人がかりで戦うんだ」

キュレネー兵の猛々しさは、並みの兵では十を数えるほどももたない。四人がかりなら、おたがいに支えあうことができるだろう。

ティグルもエレンも顔から幾筋もの汗を流して、肩で息をするようになっている。大太鼓を潰しに行く前に、呼吸を整える時間が必要だった。

騎兵が仲間に声をかけるために下がると、ティグルはエレンに呼びかける。

「エレン、不謹慎かもしれないが、俺は楽しい」

「この状況がか？」

「君がすぐ隣にいる状態で戦えることがだ」

エレンがそれに答える前に、四人の騎兵が現れた。皆、両眼を輝かせている。

「戦いが終わったら、皆で祝うぞ」

エレンは彼らにそう言って、ティグルとともに後ろに下がった。

「ティグルさん、エレンさん」

そこへミルとアヴィンが馬に乗って現れた。二人とも土埃《つちぼこり》と返り血でひどく汚れている。エレンは呆れた顔でミルに馬を寄せると、外套の端で顔を拭ってやった。

「そちらはどうだ」

ティグルがアヴィンに尋ねる。アヴィンは手に持っている血まみれの槍を軽く持ちあげた。

「実は、こいつで三本目です。あなたの矢筒は？」

「数えてないな」

ティグルは肩をすくめる。本当に数えていないのだ。おそらく、さきほど自分に矢筒を渡してくれた騎兵なら即答できるだろう。

「ただ、矢を無駄にしてはいないぞ」

そう答えたあと、ティグルはアヴィンに大太鼓のことを伝えた。場所をつかんだと聞いて、アヴィンが不敵な笑みを浮かべる。

「お供させてください」

「敵中を強引に突破し続けるんだぞ」

一応、ティグルはそう言ったが、ミルが笑顔で口を挟んだ。

「つまり、私とアヴィンがいた方が早く終わるということでしょ」

その通りだった。エレンが苦笑して、馬首を巡らす。

「では一度、後退し、別の箇所を突き崩して、そこから最初の大太鼓に向かう」

エレンの命令を受けて、騎兵のひとりが黒竜旗を激しく打ち振る。また別の騎兵が角笛を吹き鳴らした。ジスタート軍の別働隊は整然と後退し、隊列を整えて再び突撃する。

ティグルとエレン、アヴィンとミルが並んだ先頭集団は、キュレネー兵たちをたやすく蹴散らし、斬りこんだ。


メセドスーラは、戦象たちがやられたあと、兵たちとともに正面のジスタート軍に向かって突撃した。折り重なって小山のようになっている戦象たちを避け、川を渡って襲いかかろうとしたのだ。

ジスタート軍は、まず矢の雨を浴びせかけてきた。ここで足を止めて自らを守ることができるか、かまわず前進するかが、メセドスーラのような者と、神の酒の効き目が強い兵士との違いだろう。キュレネー兵の大半は後者であって、全身に矢を受けながらも前に進んだ。

ジスタート兵たちは盾を隙間なく並べて守りに徹する。そうしてキュレネー兵の止まると、縦の隙間から槍を突きだし、後方から石礫を投げつけてくるのだ。

数々の戦いを経て、彼らはキュレネー兵に慣れてきていた。嫌悪や激しい憎悪は抱いても、戦意を失うほどの恐怖を感じることは、もはやなかった。

　だが、数はキュレネー兵の方が多く、しかも彼らは疲れを知らない。盾の上から何度も武器を叩きつけ、体当たりで突き飛ばし、二、三人の兵を十人がかりで押し潰して、ジスタート軍の前衛にいくつも綻《ほころ》びをつくった。

　それらの綻びにキュレネー兵たちが殺到して、傷口を広げていく。彼らはジスタート兵を次々に打ち倒した。剣を振るって顔を打ち砕き、槍で腹部を貫く。転倒させた相手に何度も槍を突きたてた兵もいた。そこかしこで悲鳴と絶叫があがり、血飛沫が飛散する。メセドスーラも曲剣を振るって、ジスタート兵を幾人も斬り捨てた。

　恐ろしいほど勢いのある敵を前にして、崩れた隊列を立て直すのは難しい。ジスタート軍の前衛では指揮官が二人ばかり討ちとられ、急速に瓦解《がかい》するのではないかと思われた。

　そのとき、ジスタート軍から角笛の音が響きわたった。まだ隊列を維持していた前衛の部隊がすみやかに後退する。そして、後衛の部隊が前進してきた。新たな獲物を見つけたキュレネー兵が、彼らに襲いかかる。

　前進したはずの後衛の部隊は、キュレネー軍の猛々しさにひるんだのか、慌てて後退する。むろん、キュレネー兵は彼らに追いすがった。無秩序な追撃は、キュレネー軍の一部を大きく突出させる形となる。

　そこへ、サーシャの率いる後衛の一部隊が、側面から彼らに襲いかかった。

　サーシャは敵兵が密集しているところへ果敢に躍りこみ、舞うような動きでバルグレンを振るった。彼女の周囲で火の粉が踊るたびに、キュレネー兵が額を割られ、喉を斬り裂かれて崩れ落ちる。ときに身体を大きくそらし、ときに軽やかに跳躍して敵兵の攻撃を避けながら、彼女は容赦なくキュレネー兵を討ちとり、彼女に付き従う兵たちも、剣や槍を振るってキュレネー兵を打ち倒していった。

サーシャの部隊の勇戦に合わせて、後退していたジスタート軍の部隊が前進する。こちらはリュドミラの率いる部隊だ。さきほどの後退は、敵の突出を誘うためのものだった。

リュドミラもまた、兵たちの先頭に立っている。彼女は二人や三人でかたまっているキュレネー兵たちを狙った。相手が槍を突くより早く、正確で鋭い刺突《しとつ》を繰りだして、確実に葬り去っていく。倒れた敵兵の傷口は、ラヴィアスの力によって凍りついていた。

サーシャも、リュドミラも、先制の一撃を与えたあとは、味方の援護にまわった。

「持ちこたえろ！　耐え抜けば、敵の攻勢は必ず途切れる！」

バルグレンから炎を噴きあげさせ、それによって兵たちを激励しながら、サーシャは叫んだ。

エレンたちの考えた通りにことが運べば、そうなるはずだ。

疲労と恐怖を知らないキュレネー兵たちは、やはり手強い。不意に、ジスタート軍の隊列の一角を切り崩してくることがある。二人の戦姫はそうしたところへ駆けつけ、敵兵を次々に葬り去りながら、ジスタート兵たちを助け、支えた。

一度など、猛進するキュレネー兵たちに囲まれてしまった一部隊を救出するため、肩を並べて斬りこんだこともある。助けだされた兵たちは喊声を感謝の言葉にして、キュレネー兵を押し返しつつ、味方のところへ戻ったのだった。

「敵に神がついているなら、俺たちには戦姫がついている！　負けるはずがないぞ！」

兵のひとりが叫び、周辺にいる者たちが槍を突きあげて力強い賛同を示す。実際、戦場を縦横に駆けまわっているサーシャとリュドミラの存在は、兵たちを勇気づけていた。戦う前のサーシャの言葉を思いだして、近くにいる仲間たちと隊列を組んで立て直す。

そして、戦場に変化が訪れた。

キュレネー軍が響かせている大太鼓の音は少しずつ小さくなっていたのだが、それが完全に消えるや否や、彼らの陣容が大きく乱れたのだ。

もともと秩序だった動きはしていなかったが、あちらこちらで味方同士の衝突が起きる。ジスタート兵は当然、その混乱につけこんだ。前進から突進に移り、キュレネー兵を次々に斬り伏せ、突き倒していく。

戦場の流れが大きく変わったことは、キュレネー軍の総指揮官であるメセドスーラもわかっていた。激戦の渦中にあって、彼の曲剣は血にまみれ、兜と外套は血と泥で汚れていた。

「そんな馬鹿な……」

彼には、自分の目で見る以外に現状を確認する術《すべ》がない。だが、大地を埋めつくすかのごとき味方の死体と、聞こえてくる怒号や剣戟《けんげき》の響きが、状況を伝えていた。苦戦を強《し》いられているどころではない。劣勢に陥っている。

――いや、追い詰められている。

正面の敵も、後背の敵も崩せない。それなのに味方が倒れていく。死体の上に死体が積み重なって大地が厚みを増し、流れる血を浴びて赤黒く染まっていく。

――俺が総指揮官だからこうなったのか。それとも……。

絶望に身を震わせ、メセドスーラは南を――王都のある方角を振り返って叫んだ。

「なぜですか、アーケン！　なぜだ！」

神に何を訴えたいのか、メセドスーラ自身もよくわかっていなかった。自分を総指揮官にしたことか、自分たちを見捨てようとしていることか。その両方か。

そのとき、ひとりのジスタート騎士が接近してきた。騎士は兜をかぶっておらず、逆立てた黒髪が風に煽られているかのようだ。メセドスーラはわけもなく苛立ちを覚えた。

このような髪型をしている騎士は、ジスタート軍においてルーリックしかいない。彼は、他のキュレネー兵とは異なる格好をして馬に乗っているメセドスーラに不審を抱き、警戒しつつ様子をさぐりに来たのだ。

「話の通じる手合いか？　ならば、降伏しろ」

剣を油断なくかまえながら、ルーリックが声をかける。だが、彼はジスタート語とブリューヌ語しか話せなかったし、メセドスーラはキュレネー語しか解さなかった。

「俺は、このキュレネー軍の総指揮官だ！　首をとって手柄にしてみろ！」

怒号とともに、メセドスーラが曲剣で斬りかかる。重く、力強い斬撃だったが、ルーリックはその剣を受け流し、返す一撃でメセドスーラの首筋を斬り裂いた。

鮮血が飛散する。傷を受けた熱と、血が流れでていく冷たさを同時に感じながら、メセドスーラは落馬した。地面に仰向けに倒れる。

死が訪れるまでの短い時間、彼は空を見つめた。剣を手放して、右手を持ちあげる。彼の目に映ったのは灰色の雲に覆われた空ではなく、故郷の青空だったのだろうか、最後につぶやいた言葉はキュレネー語で「青《ワジュ》」という単語だった。

ルーリックは少し考えたあと、馬から下りて、見開かれたままの彼の両眼を閉ざしてやる。

そこへ、馬に乗った小柄な少年が現れた。レヴだ。この戦場では、彼はルーリックの下で伝令を務めていた。

「ルーリックさん、その男、総指揮官だって」

レヴの言葉遣いはとても隊長に対するものではないが、ルーリックは許容している。彼は驚いた顔でレヴを振り返った。

「おまえ、キュレネー人の言葉がわかるのか？」

「ディエドに少しだけ教わったんだ。たぶん間違ってないよ」

ルーリックは戸惑いも露《あら》わに、死体となったメセドスーラを見下ろした。

総指揮官が、護衛もつけずに前方にいるものだろうか。しかも、周囲のキュレネー兵たちは彼の死を気に留めていないのだ。

だが、彼はたしかに異質な存在だった。歩兵ばかりのキュレネー軍にあって馬に乗り、兜をかぶって外套を羽織っていた。他のキュレネー兵とは違って表情に変化があり、彼にとっては意味のある言葉を叫んでいた。

考えこんでいる時間はない。ルーリックは馬上に戻ると、大声で叫んだ。

「キュレネー軍の総指揮官を討ちとったぞ！」

これは賭けだった。敵兵の異常な猛々しさが、神の酒と大太鼓によるものであり、ティグルたちの率いる別働隊の目的が大太鼓の破壊であることを、ルーリックは知っている。そして、ティグルは敵に捕らえられていた間に、キュレネー語を話せるようになったらしい。

自分の叫びがティグルに届けば、彼がキュレネー語で叫んでくれるかもしれない。

ルーリックは剣を振るいながら馬を走らせ、何度もその言葉を叫んだ。

やがて、ティグルの声らしきものが聞こえた。キュレネー語で。

戦場に新たな変化が生じた。ごく少数ながら、戦いをやめて逃げだそうとするキュレネー兵が現れたのだ。もともと神の酒の効き目が薄かった兵たちが、大太鼓の音からも解放され、わずかに理性を取り戻したのである。これまでの戦いではなかったことだった。

むろん、これまで通り戦い続ける者の方がはるかに多いが、キュレネー軍の陣容の綻びは、勢いだけではどうにもならない状態に陥った。

戦いがはじまったときよりも、戦場は広がっている。ジスタート軍が、本隊も別働隊も後退を繰り返しているからだ。後退して相手の前進を誘い、隊列を引き伸ばし、軍勢としての密度を薄めて叩くというやり方で、キュレネー兵の数を減らしていく。

やがて、戦場に残っているキュレネー兵をことごとく討ちとったという報告がもたらされ、ジスタート軍は歓声をあげた。

オストルフの戦いは、ジスタート軍の完勝で幕を下ろした。キュレネー軍の死者は二万九千以上を数えたが、ジスタート軍の死者は一千に満たなかった。もっとも、ジスタート兵たちは疲れきってしまい、歓声をあげた直後、その場に座りこむ者が続出した。

青地に白い円環を描いたキュレネーの軍旗が、血と泥にまみれて打ち捨てられている。

神征は、流血と戦塵《せんじん》の中に潰えた。


ジスタート兵たちが勝利に沸く中、ティグルは戦場の南へと馬首を向けた。

その顔に勝利の喜びは浮かんでおらず、緊張と焦りが浮かんでいる。

――セルケトは現れなかった。

使徒である彼女が、この戦場にティグルと三人の戦姫、アヴィンとミルがいることをつかんでいないはずがない。だが、彼女は、少なくともティグルたちの前には姿を見せなかった。ヴァンペールではリュドミラを殺そうとし、サーシャと戦ったのに。

　彼女が動けなかったとしても、竜具《ヴィラルト》使いを差し向けることはできたはずだ。エレンにそうしたように。それすらもしてこなかった。

――キュレネー軍を捨て石にしただけじゃないだろう。

　アーケンが、ジルニトラを完全に取りこもうとしているに違いない。

　エレンとアヴィン、ミルが、こちらへ馬を走らせてきた。ティグルは短く尋ねる。

「行けるか？」

「部隊ごとの人数の確認、負傷者の手当てなど最低限の指示は出してきた」

　エレンが胸を張って答え、ミルも馬上で同じ姿勢をとる。アヴィンが言った。

「あとは兵たちに任せて問題ないでしょう」

　四人とも汗と返り血と土埃にまみれ、全身には疲労が重くのしかかっている。だが、急いでサーシャとリュドミラと合流し、王都に向かわなければならない。

　五百アルシン（約五百メートル）ほど馬を走らせたとき、前方にひとつの騎影がたたずんでいることにティグルは気づいた。ディエドだ。

「終わりましたか」

　ディエドの瞳には安堵と悲哀が入りまじっている。ティグルはすまなそうに言った。

「少しは逃げた兵がいるようだが、どこへ逃げたのかもわからない」

「ありがとうございます」

ディエドは深く頭を下げると、キュレネーの神々への祈りの言葉をつぶやく。この戦場で死んだ兵たちのためだった。

顔をあげると、ディエドはティグルをまっすぐ見つめて微笑を浮かべた。昨夜、九十人近くの兵が自分についてきてくれたことを話す。

だが、彼はすぐに微笑を消し、真剣な、そして緊張をにじませた顔で言った。

「メセドスーラ……総指揮官に任じられた男ですが、王宮から伸びている黒い光は、ますます勢いを増していると言っていました」

ティグルは息を呑んだ。やはり、猶予はない。

「ありがとう」と礼を言い、これからどうするのか、彼に尋ねた。

「私たちは南へ……ムオジネルや諸国を通過して、キュレネーに帰ります。もしも話の通じる仲間がいたら、いっしょに来るよう誘いますが」

その先のことは口にしなかった。望みは薄いだろうと、彼もわかっている。

ティグルは馬を寄せて、ディエドに手を差しだした。彼は、どうにか微笑を形作っている。

それ以外の表情で別れをすませたくないのだろう。

戦場でのこととはいえ、ティグルは彼の兄を殺した可能性がある。彼の仲間たちも。奪ったものの方が、きっと多い。だから、せめて彼の気持ちは汲《く》んでやりたかった。

「元気でやれよ、ディエド。おまえならきっと、どんなことだってできる」

彼の手を握る。月並みな言葉しか出てこなかったが、ディエドは「はい」と、答えた。

「あなたに出会えてよかった。もうお会いすることはないでしょうが、それでも、またいつかその日が来ることを祈っています。――ティグルヴルムドさま」

最後に、ディエドはたどたどしいブリューヌ語でティグルの名を呼んだ。ティグルが驚いて目を見開いたときには手を離し、馬首を巡らして馬を走らせる。途中で振り返って、エレンたちに頭を下げると、馬足を速めた。あっという間に、彼の姿は小さくなる。

ティグルはしばらくの間、微動だにせず、ディエドを見送っていた。

ディエドが見えなくなったころ、エレンがティグルの隣に立つ。

「勇敢な子だったな」

彼らの人生は、きわめて過酷なものとなるだろう。滅ぼされた諸国の生き残りが、アスヴァールのように反キュレネー軍を組織していたとしたら、今度はキュレネーが滅亡を迎えることになる。その可能性は大きいと、ティグルもエレンも考えていた。

ティグルは首を横に振って、気分を切り替える。キュレネーに帰ると言った彼のためにも、アーケンを退けなければならない。

不意に、エレンが遠くに視線を向ける。二つの騎影がこちらへ駆けてくるのが見えた。サーシャとリュドミラだ。砂埃で汚れた二人の顔には、疲労と緊張がにじんでいる。

ティグルの視線を受けて、リュドミラが口を開いた。

「私もアレクサンドラ様も、セルケトを見ていません。兵たちもです」

ティグルはうなずき、さきほどディエドから聞いたことを話した。黒い光が、ますます勢いを増しているということを。

「急ごう。あとの処理は各部隊の指揮官に任せてあるから問題はない」

サーシャが言った。急ぐ理由はもうひとつあり、アーケンが新たに援軍を用意するかもしれないからだ。ジスタート兵たちに戦う余力はもうない。

ティグルは五人の顔を順に見回した。どの目にも焦りがあり、不安がある。

だが、それ以上に強く感じられるのは、不屈の輝きであり、戦い抜く意志だった。

大切なものを守り抜くために、神であろうと、竜であろうと挑むという決意だった。

「王都へ」

ティグルは黒弓を掲げて、馬を走らせる。

土煙を巻きあげて、エレンたちは若者に続いた。

6　叛神の輝剣

日が暮れかかっている。遠くに見えてきた王都シレジアの上空には、黒灰色の雲が渦を巻いていた。そして、王宮から伸びた黒い光が、強い輝きを放ちながら渦の中心を貫《つらぬ》いている。

「あれが、アーケンなのか……？」

エレンが呻いて、無意識のうちに胸をおさえた。黒い光を目にした瞬間、本能的な恐怖が呼び起こされたのだ。もしもひとりでいたなら、おもわず馬を止めていただろう。

リュドミラは顔を青ざめさせ、サーシャも瞳に緊張をにじませている。事前にティグルから話を聞いていたのだが、実際に目にすると、言葉が出てこないようだった。

「何だか、空を貫く剣みたい……」

ミルのつぶやきに、アヴィンが忌々しそうに吐き捨てる。

「世界に叛《そむ》いた神の、光の剣か」

ティグルの胸のうちで、不安が大きくなっていく。

――ディエドの言った通りだ。前に見たときより光が強くなっている。

ここまで来て、間に合わなかったなどということになってはならない。

――太陽のない刻、光の射さぬ空の下、朽ち果てた骸《むくろ》の上……。

ティッタが聞いたティル＝ナ＝ファの言葉を思いだす。太陽は雲に隠れているが、間もなく沈むだろう。空に光が射す気配もない。

「城壁の前にたどりついたら、そこで儀式を行おう」

近づけるのはそこまでだろうと思いながら、ティグルは言った。

そのとき、周囲の空間に歪みが生じる。六人の顔に戦慄《せんりつ》が走った。歪んだ空間から、四つの竜具《ヴィラルト》と、それを持つ黒い竜具使いたちが現れる。

「こいつらが、伯爵やエレオノーラ様が戦ったという敵ね」

リュドミラがラヴィアスをかまえる。その顔には怒りが浮かんでいた。

「ザート、エザンディス、ヴァリツァイフ、ムマ……竜具をこんなことに使って」

母が戦姫だった彼女は、他の竜具も見たことがある。もちろん、その使い手たちも。全員と親しかったわけではなく、母の政敵であったために距離を置いていた戦姫もいる。だが、誰一人として、竜具をこのように使われていい者たちではなかった。

サーシャも無言で静かな怒りを漂わせている。彼女は十五歳で戦姫になった。他の戦姫たちの人柄はもちろん、戦姫としての矜持《きょうじ》もよく知っている。リュドミラ以上に竜具使いの存在を許せなかった。

しかし、二人の戦姫が敵との間合いを詰めるより早く、アヴィンが動いた。馬を止めて、黒弓に矢をつがえる。鏃《やじり》に瘴気《しょうき》をまとわせて、放った。

矢は閃光のように虚空《こくう》を貫いて、斧《おの》使いへと飛んでいく。斧使いはムマを横薙ぎに振るって矢を打ち砕いたが、衝撃を完全に散らすことはできずに後退を強《し》いられた。

大鎌《おおがま》使いが空間を跳躍して、アヴィンの背後に現れる。だが、大鎌使いがエザンディスを振りおろす前に、ミルが馬を走らせて、横合いから鋭く斬りつけた。青い刀身の剣とエザンディスの刃とが激突し、刃鳴りとともに青い火花が飛散する。

「急いで！」

大鎌使いを牽制しながら、ミルが叫んだ。アヴィンも声を張りあげる。

「女神を降臨させるのは、魔弾の王と戦姫たちだ！」

ティグルは一瞬ためらった。だが、時間がないのもたしかだ。

「先に行ってるぞ！」

大声で言葉を返し、ティグルは馬を走らせる。二人の気持ちに応えるのであれば、前へ進むべきだった。リュドミラとサーシャも気分を切り替えて、ティグルに続く。

エレンはわずかに遅れた。二人が何者なのかを知っていることが、小さな未練となった。ミルに視線を向ける。目が合うと、彼女は笑ってうなずいた。戦士らしい表情ではなく、年齢相応の無邪気な笑みだった。

エレンはアリファールを握り直して、馬の腹を蹴る。ティグルたちを追った。

遠ざかっていく四つの騎影を見送ると、二人は不敵な笑みを竜具使いたちに向ける。それぞれ馬から下りて、武器をかまえた。

「どういう形で来ると思う？」

「エザンディスが陽動。ムマとザートが距離を詰めてきて、その後ろからヴァリツァイフ」

敵を見据えながらのミルの問いかけに、アヴィンは矢を三本用意しながら即答する。

「以前に戦ったとき、エレンさんは先入観を捨てるように言っていたが、あのひとやリュドミラさんの竜具を見て確信できた」

「そうね。この世界の竜具は、私やあなたの世界のものと同じだわ」

ミルの持つ剣の刀身が淡く青い光を帯びる。ひとつの気配を頭上に捉えるやいなや、彼女は気合いの叫びをあげて、剣を振り抜いた。

視界の端に、胴を真っ二つにされた竜具使いが映る。その両手に握られているのは、アヴィンが予想した通り、大鎌の竜具エザンディスだった。

「刃が届けばこんなものよ」

ミルが冷淡な声を吐きだす。大鎌使いの下半身が、形を維持できなくなって溶け崩れた。彼女の剣に備わっている、超常の『力』を消し去る能力によるものだ。

彼女もアヴィンも捨て石になったつもりはない。この怪物たちとの戦いには自分たちの方が適していると思ったからこそ、ティグルたちを先に行かせたのだ。

間髪を容れず、他の竜具使いたちが動きだす。斧使いと錫杖《しゃくじょう》使いが一気に距離を詰め、鞭《むち》使いは一気に鞭を伸ばし、離れたところから攻撃するかまえを見せた。

アヴィンは冷静に三本の矢をつがえ、それぞれの鏃に瘴気をまとわせて一息に射放つ。それらの矢は一本ずつ相手に命中し、彼らの前進を阻み、あるいは動きを鈍らせた。

「おまえたちは、ただの駒だ」

竜具使いたちを睨《にら》みつけて、アヴィンは言い放つ。

斧使いがムマの刃を変形させ、投擲《とうてき》した。回転しながらすさまじい速さで迫る両刃の斧の竜具を、アヴィンは避けようとせず、瘴気をまとわせた矢を一本放つ。ムマはたやすくその矢を打ち砕いたが、それによって軌道が変わり、アヴィンの左隣をすり抜けた。

ミルは、腰から下を失った大鎌使いに対して果敢に追撃をかけている。彼女の剣が脅威だと認識した大鎌使いは、竜具を操って懸命に斬撃を弾き返していたが、その動きは目に見えて鈍くなっていた。身体の修復もできないようだ。

ひとまずミルの援護は必要ないと判断して、アヴィンは他の竜具使いたちを見据える。

錫杖使いが滑るような動きで前に出た。錫杖の竜具ザートには、薄膜の防壁を展開する力があることを、アヴィンは知っている。

——こいつだけで俺をおさえこみ、ミルを三対一で仕留めるつもりか。

はたして、斧使いはミルに狙いを変えて、加速した。鞭使いもその動きに追随する。

アヴィンは右手に二本の矢をつかんで、錫杖使いから逃れるように、ミルに向かって走る。

ミルもまた、大鎌使いの攻撃を弾き返すと、アヴィンに向かって駆けだした。

笑みをかわして、二人はすれ違う。アヴィンは大鎌使いを無視して、斧使いと鞭使いにそれぞれ矢を射放った。ミルに追いすがろうとしていた斧使いも、離れた位置からミルを攻撃しようとしていた鞭使いも、反射的にアヴィンに応戦する。二本の矢は空中で打ち砕かれた。

その一瞬の攻防の間に、ミルは錫杖使いとの距離を詰める。

錫杖使いが薄膜の防壁を正面に展開した。ミルはひるまず、淡く青い光を帯びた剣を腰だめにかまえて、身体ごとぶつかる勢いで錫杖使いに突きかかる。

水晶が砕け散るのにも似た破砕音を響かせて、防壁が消滅した。ミルの剣はそのまま錫杖使いの腹部を貫く。錫杖使いは大きく後退したが、傷口から瘴気がこぼれ出た。

ミルはとどめを刺すべく距離を詰めようとしたが、背後に気配を感じて、剣を薙ぎ払いながら振り返る。刃鳴りが大気を震わせ、彼女の鼓膜《こまく》を痛めつけた。

大鎌使いがそこにいた。空間を跳躍してきたのだ。エザンディスの急襲をかろうじて弾き返したミルは、前後を敵に挟まれる前に横へ跳ぶ。

「惜しかったわね」

呼吸を整えながら、大鎌使いに笑いかけてみせた。

一方、斧使いと鞭使いは再び狙いを変え、左右からアヴィンに襲いかかる。アヴィンは斧使いの一撃をかわそうとしたが、思い直した。二本の矢を放り捨て、危険を承知で斧使いとの距離を詰める。ムマの強烈な一撃を、黒弓で受けとめた。

衝撃が全身を激しく揺さぶる。アヴィンは吹き飛ばされて、地面に転がった。身がまえていたにもかかわらず、身体中が悲鳴をあげる。だが、あの場所から動かずに左右から攻撃を受けていたら、このていどではすまなかっただろう。

よろめきながら身体を起こす。この二体の竜具使いを引きつけなければ、ミルが囲まれてしまう。新たに矢を取りだして黒弓につがえると、斧使いと鞭使いが再び左右から迫った。

――同じ手でかわすのは無理だな。

身体がもたない。まったく違う方法を考える必要がある。相手の意表を突くような。

離れたところにいるミルを一瞥《いちべつ》する。彼女は二体の怪物とうまく距離をとりながら、手堅く斬撃を浴びせていた。大鎌使いも錫杖使いも動きが鈍くなっている。

――このままだとあいつに手柄をすべて持っていかれるな。

そんなことを思う余裕のある自分に、心の中で笑う。考えがまとまった。

鞭使いが前進を止めた。その瞬間、アヴィンは斧使いに向かって駆けだす。斧使いも加速して距離を詰めてきた。アヴィンの手にある矢は、すでに瘴気をまとっている。だが、まだ矢を射放たない。

斧使いの間合いに入った。アヴィンが矢を放ったのは、その瞬間だ。斧使いはこれまでと同じくムマを振るって矢を砕く。その一瞬の隙をついて、アヴィンは相手の脇をすり抜けた。鞭使いに向かって駆ける。はじめから、狙いはこちらだった。

鞭使いがヴァリツァイフを振るう。アヴィンは足を止めず、迫る鞭を黒弓で弾き返した。それでも鞭は不規則な軌道を描いて、肩をかすめる。焼けるような痛みが走ったが、気にならなかった。鞭使いに肉迫する。黒弓の弓幹を両手で持ち、瘴気をまとわせた。

師に感謝する。さまざまな武芸を学んでいなかったら、思いつかなかった手だ。

弓幹で、鞭使いを殴りつける。鞭使いは身体を変形させてその一撃をかわそうとしたが、アヴィンの方がわずかに速い。怪物の頭部が吹き飛んで、音もなく崩れた。さらにアヴィンは黒弓をヴァリツァイフに押し当てて、力任せに鞭使いを突き飛ばす。

「ミル！」

叫んだ。アヴィンがミルの動きを確認したように、彼女もこちらを見ていた。

ミルは迷わず大鎌使いと錫杖使いに背を向けて、走りだす。鞭使いの背後から襲いかかり、剣で斬りつけた。

右肩から左の脇腹にかけて斬り裂かれた鞭使いの手から、ヴァリツァイフが落ちて地面に転がる。取り落としたという言葉は正確ではない。身体を維持できなくなったために、手から竜具がすり抜けたのだ。

ミルは返す一撃で、鞭使いの胴を薙ぎ払う。次の瞬間、鞭使いの身体は無数の黒い粒子となって崩れ落ちた。粒子はひとつひとつが瘴気だが、それも大気に溶けて消えていく。

鞭の竜具を拾いあげると、アヴィンは笑みを浮かべて三体になった怪物たちを見回した。

「ヴァリツァイフは返してもらったぞ！」

「早くすべての竜具を取り戻して、ティグルさんたちに追いつくわよ」

ミルの言葉に、アヴィンはうなずいた。

†

西の空が藍色に染まった。太陽が完全に没したのだ。地面を見れば、影は暗がりに塗りつぶされている。吹きつけてくる風には、瘴気が色濃く含まれていた。

ティグルたちの前には、暗がりに沈みつつある王都の城壁がそびえている。ようやくたどりついたのだ。王宮の最上階から見える黒い光は、まだ消えていない。

「間に合ったな」

エレンの声には、おさえきれない緊張と昂揚感《こうようかん》が含まれていた。ティグルも彼女と同じ気持ちだ。リュドミラとサーシャも。

四人は急いで馬から下りる。ティグルは黒弓をかまえて、白い鏃をつけた矢をつがえた。

――ティル＝ナ＝ファよ、俺たちはここまで来た……。

女神に祈る。これまでに出会ってきた大切なひとたちを思いながら。

女神がすべてを知っていることは、わかっている。その上で、現状を訴える。自分の言葉で伝えるべきだと思ったからだ。

──あなたが地上に降臨することを、俺は望む。俺たちに力を貸してくれ。

エレンとリュドミラ、サーシャがティグルを囲むように立つ。竜具を掲げ持った。アリファールの刀身と、ラヴィアスの穂、バルグレンの二つの刃から、それぞれ光が流れでて白い鏃に集まっていく。

ティグルの身体にすさまじい重圧がのしかかる。一度、体験していなかったら、祈りが途切れていたかもしれない。だが、ティグルは落ち着きを失わず、祈りの言葉を繰り返す。

そのとき、ティグルたちの十数歩先の空間が大きく歪んだ。そこから、寒気を覚えるほどの瘴気があふれだす。とうてい無視できないものだった。

エレンとリュドミラ、サーシャはティグルを守るように竜具をかまえる。ティグルもやむを得ず、祈りを中断してそちらに視線を向けた。

あふれだした瘴気は、一瞬で人間に似た形をとる。

頭部には黄金の額冠が輝き、艶やかな黒髪は腰に届くほど長い。肌は褐色で、肉づきのよい身体を包んでいるのは、白を基調とした神官衣だ。口元には蠱惑的《こわくてき》な微笑が浮かんでいる。

最後の使徒セルケトだった。

「お迎えにあがりました、魔弾の王よ」

他の者たちなどまるで存在していないかのように、セルケトはティグルに笑いかける。愛情すら感じさせる表情に、ティグルは警戒心を高めたが、ふと違和感を抱いた。

——何があった。

彼女と最後に会ったのは、まだ自分がアーケンに侵食されていたときだ。セルケトの姿はあのときと変わらないのに、威圧感はまるで違う。

戦姫たちも同じ思いを抱いたらしい。リュドミラとサーシャはヴァンペール山で、エレンはヴォージュ山脈の南端の神殿で、それぞれセルケトと戦っている。目の前の相手が恐るべき存在に変質したことに気づいていた。

「以前にやりあったときとは、まるで別人だな。アーケンよりも……」

エレンが額に汗をにじませて、戦慄に満ちたつぶやきを漏らす。アーケンよりも、という言葉にティグルは眉をひそめた。アーケンが竜の牙の『力』を取りこんでいることで、彼女も強化されたのだと思ったが、違うかもしれない。

リュドミラが、驚きを含んだ小さな声をあげる。彼女の視線を追ったティグルは、新たな驚きと絶望に襲われた。王宮から伸びていた黒い光が、消えている。

——アーケンは、竜の牙の『力』を完全に取りこんだのか!?

自分たちは、あと一歩のところで間に合わなかったのか。

——馬鹿を言うな。

己を叱咤する。まだ自分は生きている。黒弓もある。ならば、やることは決まっている。

白い鏃の矢を用意し、黒弓をかまえたティグルに、セルケトが微笑みかけた。

「もうティル＝ナ＝ファを降臨しても無駄なことですよ」

「俺を迎えに来たと言ったが、どういう意味だ」

彼女の言葉を無視して、ティグルは疑問をぶつける。

「あなた様は私とともに、冥府《めいふ》で新たな時代を迎え、永遠を過ごすのです。あなた様にのみ、その資格がある。神に触れ、神を知り、神に近き者よ」

ティグルはセルケトの視線を受けとめ、静かに拒絶した。

「俺の望むものは、地上《ここ》にしかない」

『愚かな』

セルケトの声に、濁りが生じる。だが、その変化を訝しむ前に、彼女が何気ない動作で右手を突きだす。その瞬間、ティグルたちを強烈な衝撃が襲った。黒弓と竜具がそれぞれ使い手たちを守ったものの、四人は吹き飛ばされて地面に叩きつけられる。

――何だ、いまのは……。

臓腑を揺さぶられるほどの、強烈な一撃だった。黒弓の守りがなかったら、気を失っていたかもしれない。地面を引っかき、全身に力を入れて、ティグルはどうにか身体を起こす。

エレンとリュドミラも、竜具で身体を支えながら立ちあがっていた。口の端から一筋の血が流れたのを乱暴に拭って、エレンがセルケトを睨みつける。

「本当に無駄なのか？　それなら、女神の降臨を黙って見ていればいいだろうに」

セルケトが目を細める。エレンに向けて衝撃波を放とうとした。だが、立ちあがったサーシャが前に出たのを見て、動きを止める。

「三人はティル＝ナ＝ファを降臨させるんだ」

ティグルたちを見ずに、サーシャは言った。戦姫が最低でも二人いれば、女神を降臨させることは可能なはずだ。ならば、自分が時間を稼ぐべきだと判断したのだ。

サーシャは慎重に相手との間合いを詰める。いまのセルケトは恐るべき敵であり、わずかな動きであっても見逃してはならなかった。

セルケトは動かない。表情も消えており、何を考えているのかうかがいしれなかった。

サーシャが地面を蹴る。跳躍して、セルケトの頭上から双剣で斬りつけた。バルグレンは戦姫の意志を読みとって、すでに刃に紅蓮《ぐれん》と黄金の炎をまとわせている。

セルケトは避けようともせず、ただ右手を軽く振りあげる。それだけで、サーシャの身体は吹き飛ばされて宙に舞った。

だが、サーシャはその一撃に耐えた。空中で姿勢を整え、バルグレンから炎を放つ。セルケトの全身が炎に包まれた。しかし、それは一瞬にも満たない時間で、サーシャが地面に降りたったときには、軽く炎を振り払って、無傷のセルケトが立っている。彼女のまとっている神官衣さえも、焦げ跡ひとつなかった。

『次はどうする』

濁りのある声で、セルケトが問いかける。サーシャは答えない。答える必要を認めなかったからだ。刃も炎も通じないとなれば、何が通じるかをさぐっていく。ただそれだけだった。

短い時間での激しい攻防を、ティグルとエレン、リュドミラは息を詰めて見つめていたが、すばやく視線をかわしてうなずきあう。

ティグルが黒弓をかまえて女神に祈ると、アリファールとラヴィアスが白い光を帯びた。しかし、二つと数えないうちに、ティグルは違和感に包まれた。

二つの竜具から光がこぼれて、白い鏃に集まってはいる。だが、自分の祈りは女神に届いていない。そのことが黒弓から伝わってくる。ヴァンペール山のふもとで試したときは、このような感覚にはならなかった。

──どういうことだ。

まるで、何も見えない黒い箱の中に閉じこめられたような気分だった。

サーシャはセルケトとの距離を詰めて炎を浴びせかけ、視界を遮った上で彼女の左側へと回りこむ。鋭い刺突《しとつ》を繰りだした。

セルケトは左手で、バルグレンの刃をつかむ。サーシャは竜具を抜こうとしたが、固定されてしまったかのように動かない。黒髪の戦姫の瞳に、驚愕《きょうがく》と狼狽が浮かんだ。セルケトは微笑を浮かべ、軽く左手を振ろうとする。

だが、一瞬早く、サーシャはバルグレンを手放して地面を転がっていた。彼女が立っていた地面が大きくえぐれて、土煙が舞いあがる。サーシャは身体を起こしながら、バルグレンに呼びかけた。セルケトがつかんでいた竜具は空間を跳躍し、持ち主たる戦姫の手に戻る。

『竜具にはそういう力があったな。潰すべきであった』

セルケトが己の左手を見る。一筋の傷があったが、一瞬で消え去った。

サーシャの顔に、汗が幾筋もつたっている。疲労だけでなく、精神的な消耗によるものだ。おそらく本当に、セルケトは竜具を破壊できるのだろう。そのようなことをされたら、サーシャは打つ手がなくなる。

奇妙な濁りのあるセルケトの声と、突然変わった口調に、ティグルがあるものを思いだしたのはこのときだった。驚愕の表情で彼女を見つめる。

「まさか、アーケンか……」

かつて神に侵食されたとき、ティグルはアーケンの声を聞いた。いま、セルケトが発している声はそれによく似ている。

――俺が逃げたことで、セルケトを器にしたのか。

セルケトがこちらを見る。視線が合い、彼女は嘲るような笑みを浮かべた。

その表情から、ティグルは理解する。自分の祈りが女神に届かない理由を。

「どうした、ティグル」

気遣うように声をかけてきたエレンに、セルケトを見据えたまま、ティグルは答えた。

「やつはセルケトじゃない。アーケンだ。祈りを妨害されている」

エレンとリュドミラの表情を戦慄が彩った。しかし、二人はすぐに戦意を回復する。

「それなら話は早いわ。やつに一撃を与えてから、女神を降臨させればいい」

リュドミラがラヴィアスをかまえて、エレンとともに駆けだした。

ティグルは黒弓をかまえ、もう一度、女神に祈りを捧げ、ともに戦ってきた黒弓に訴える。女神の降臨は無理だとしても、戦うための『力』がわずかでもほしいと懇願した。

黒弓から微量の瘴気がこぼれて、矢にまとわりつく。女神から引きだしたものではなく、黒弓に残っていた『力』のかけらというところだ。

ありがとう。ティグルは心の中で黒弓に礼を言い、矢をつがえた。

一方、サーシャは駆けてくる二人の戦姫に気づくと、大きく飛び退った。エレンたちから簡潔に説明を聞いて、小さくうなずく。

「わかった。僕が隙をつくる」

彼女の判断は明瞭だった。ティグルとエレン、リュドミラは、セルケトに打撃を与えたあとで女神を降臨させなければならない。自分は必ずしも必要ではない。

——ここですべてを出し尽くす。

走りながら、双剣をかまえる。炎をまとった二本の刃は大気に火の粉を散らした。

セルケトはその場にとどまってサーシャを待ち受ける。エレンとリュドミラに対しては一瞥したただけでさほどの興味も示さず、ティグルにだけは一瞬、警戒の眼差しを向けた。

距離を詰めたサーシャに、セルケトが衝撃波を放つ。サーシャは寸前でかわして空中へと逃れた。黒髪が数本、宙に舞う。敵の背後に降りたったサーシャだが、攻撃を仕掛けずに横へと跳ぶ。わずかに遅れて、衝撃波が彼女のいた空間を吹き飛ばした。

そうして二度、三度とサーシャが驚嘆すべき動きで衝撃波をかわしたとき、セルケトの周囲には、バルグレンから飛び散った火の粉でつくりあげられた二重の炎の輪が完成している。炎の輪のひとつは黄金の煌めきを、もうひとつは紅蓮の輝きを放っていた。

その二つから炎が噴きあがって、セルケトを包みこむ。セルケトはわずらわしげに衝撃波を放って炎を吹き散らしたが、炎の輪は消えず、すぐにまたセルケトに襲いかかった。

周囲の大気を熱風で揺らめかせながら、サーシャは双剣を顔の前で交差させる。黒髪の戦姫は二色の炎をまとった。

「――双焔旋《フランロート》」

二色の炎の生みだす業火が、セルケトに叩きつけられる。彼女の操る竜技《ヴェーダ》の中で、もっとも強大な破壊力を持つ一撃だ。

次の瞬間、業火が弾けとんで無数の火の粉が舞い散る。強力な衝撃波がサーシャを襲った。

サーシャは吹き飛んで、地面に倒れる。全身が軋《きし》んで、頭部から血が流れるのを感じた。無表情で彼女を見下ろすセルケトの衣にはわずかながら火の粉がまとわりついている。小さなものだが傷もあった。だが、負傷させたといえるようなものではない。

『もう終わりか』

彼女がそう言ったとき、エレンとリュドミラが動いた。エレンはアリファールを手に高く跳躍し、リュドミラはラヴィアスを握りしめて地面を駆ける。

「――大気ごと薙ぎ払え《レイ・アドモス》！」

「――空さえ穿ち凍てつかせよ《シェロ・ザム・カファ》！」

嵐を凝縮したかのごとき見えざる巨大な刃が、巨木を思わせる無数の氷の槍が、セルケトに襲いかかる。その衝撃は、余波だけで王都の城壁が震えるほどだ。

セルケトが右手をかざすと、嵐の刃が反転してエレンに襲いかかる。エレンはとっさにアリファールで身を守ったが、無傷ではすまずに宙を舞った。

無数の氷の槍も、瞬時に打ち砕かれる。呆然とするリュドミラに、氷片をまとった衝撃波が叩きつけられた。彼女の身体は何度か地面をはねて転がる。

いままさに『力』のある矢を放とうとしていたティグルも、衝撃波で吹き飛ばされた。足に力が入らず、身体を左右に揺らしながら立ちあがる。セルケトはその場から動かず、傲然たる視線をこちらに向けていた。

『神を前にしていることに気づいていながら、なぜ平伏せぬ』

その声には、従わなければならないと思ってしまうような、奇妙な力があった。ティグルは懸命に抗い、セルケトを睨みつける。

「言っただろう。貴様は俺の敵だ」

セルケトが右手を振って衝撃波を放つ。ティグルは横に転がってそれを避けた。『力』のある矢を放とうとして、思いとどまる。

──いまの俺が射放てるのは、この一本だけだ。

戦姫たちの竜技をはね返す相手に、この矢では通じない。もっと力を高める必要がある。

──俺の中に、まだティル＝ナ＝ファの残滓があるなら……。

それを引きだすのだ、すべて。

にわかに動きを止めたティグルに、セルケトが衝撃波を放とうとする。だが、寸前で彼女は手を止めた。エレンたちが身体を起こすや、襲いかかってきたからだ。

高く跳躍したエレンが、空中で急に角度を変え、セルケトに左側面から斬りつける。セルケトは左手で斬撃を防いだが、その反応を予期していたエレンはすばやく距離をとった。

ほぼ同時に、サーシャが右手から挑みかかる。彼女が小剣を一振りすると、周囲の大気が奇妙にゆらめいて、戦姫の姿をおぼろげなものにした。

セルケトが衝撃波を放つ。それをくらったサーシャの姿が消滅した。幻だったのだ。本物のサーシャは、セルケトの頭上にいる。そして、リュドミラが正面から神に突きかかった。ラヴィアスから放たれた冷気が、セルケトにまとわりついて動きを鈍らせようとする。

「竜具で傷つくのだろう、その身体は」

エレンが不敵な笑みを浮かべる。セルケトの両眼に苛立ちがにじんだ。彼女たちは魔弾の王のために時間稼ぎをしようとしているのではない。神である自分を、打ち倒す気でいる。神話の時代の、ティル＝ナ＝ファとの戦いが思いだされた。彼女もそういう笑みを浮かべた。

セルケトが、すべての方向に衝撃波を放つ。エレンたちが吹き飛んだ。

だが、戦姫たちは息を荒らげながらも立ちあがる。とうに限界が訪れているはずなのに。斬りつけ、突きかかり、衝撃波をかわし、呼吸を合わせて間断なく攻めよせてくる。

この周辺一帯を吹き飛ばそうかと、セルケトは考えた。だが、三つある意志のひとつが反対する。人間ごときにこれ以上の力を振るうのは、神らしくないと。

その葛藤は一瞬にも満たないものだったが、戦姫たちは見逃さなかった。彼女たちの最大の竜技が、同時に放たれる。

セルケトはそれらをすべてはね返した。戦姫たちが地面に叩きつけられる。

戦姫たちの戦いを見守っていたティグルが矢を放ったのは、その瞬間だった。白い鏃を持つ矢は、『力』を帯びた一筋の閃光となってセルケトに飛んでいく。

『そのような矢など』

セルケトは右手をかざしかけたが、そこで異変に気づいた。

火が、風が、冷気が彼女の身体にまとわりついている。竜技の余波だ。それが、セルケトの動きをわずかに鈍らせた。

白い閃光がセルケトの胸を貫く。彼女は目を見開き、よろめいた。

ティグルはすぐに、新たな矢を黒弓につがえる。打撃を与えたのは間違いない。だが、追い詰めるにはまるで足りない。相手が回復する前に追撃をかけるべきだ。

だが、いまの一矢による消耗は大きかった。呼吸が乱れて、弓弦を引き絞れず、『力』もうまく集まらない。右目の奥から血が流れて、頬をつたった。

セルケトは無機質な表情で己の胸を見つめていたが、すさまじい怒りを帯びた目でティグルを睨みつけた。

『よくも、この身体を傷つけてくれたものだな』

彼女の足元から黒い瘴気が湧きだす。ティグルは反射的に身がまえたが、その瘴気は彼女を取り巻いたかと思うと、すぐに霧散した。

セルケトは当惑を露わにして、己の身体を見下ろす。呻き声が口から漏れた。

『馬鹿な……』

そのとき、エレンが立ちあがる。満身創痍《まんしんそうい》だったが、アリファールを振りあげて、気合いの叫びとともにセルケトに斬りつけた。

轟音が大気を揺らす。セルケトの全身から不可視の衝撃波が放たれた。まともにくらったエレンは吹き飛んで、倒れる。すぐに顔をあげたので、無事ではあるようだった。

安堵《あんど》しつつ、ティグルはセルケトの様子を見る。さきほどからの奇妙な挙動といい、彼女はいったいどうしたのか。

セルケトは自分の両手を見つめ、指を動かしている。感覚をたしかめるかのように。

言い知れぬ不安がこみあげてくるのを、ティグルは感じていた。いまのセルケトからは、さきほどまでとは違う印象を受ける。伝わってくる圧迫感も大きなものになっていた。

セルケトの身体が、淡く黒い光に包まれる。その光は、もがくように波打っていた。

『――アーケンよ、貴様はもういらぬ』

彼女の唇がその言葉を紡ぐと、両手から黒い瘴気が湧きだす。瘴気は黒い光を呑みこみ、瞬く間に彼女の全身へと広がっていった。

ティグルは呆然と、セルケトの身体に起きている異変を見つめていた。自分の矢は、アーケンに打撃を与えたのではなく、何か危険なものを呼び起こしてしまったのではないか。

セルケトがティグルに視線を向ける。小首をかしげて妖艶《ようえん》な笑みを浮かべた。

「お待たせしました、あなた様」

おもわずティグルは後ずさりかける。だが、踏みとどまり、黒弓を強く握りしめて、セルケトを睨みつけた。

「何ものだ、おまえは」

問いかけながら、心の中でひとつの答えを出す。セルケトがこちらを試すような視線を向けてきたので、小さく息を吸い、心に甲冑を着せながら、それを口にした。

「ジルニトラを受けいれたのか」

ティグルが気づいたことを心の底から喜ぶかのように、セルケトは相好《そうごう》を崩《くず》した。


ジスタート軍が戦後処理を進めているオストルフの地で、本隊への合流を果たしたティッタたちは、負傷者の手当てなどの作業を手伝っていた。彼女のそばにはルーニエがいて、まるでティッタを守るようにあとをついてくる。

ふと、ティッタは王都のある方角に目を向けた。何かが聞こえたわけではない。とうに日が沈んだ状況で、何かが見えたわけでもない。それでも、彼女は何かが起きたことを感じとっていた。この世界を揺るがし、変えてしまうほどの何かが。胸がざわめき、彼女はその場に立ちつくして、神々に祈ろうとした。

そのとき、ルーニエが小さく鳴いて、翼を羽ばたかせた。ティッタが止める間もない。

まるで、ティッタが感じとった何かに呼ばれるかのように、幼竜は暗がりの向こうへ飛び去っていったのである。

†

エレンとリュドミラ、サーシャは気を失っているのか、倒れたままだ。

ティグルは彼女たちを気にかけつつ、セルケトと対峙している。

「アーケンはどうした」

「ジルニトラに呑みこまれました」

彼女の表情は解放感に満ちており、その声に、主を失ったことを嘆《なげ》く気配は微塵もない。

「アーケンはジルニトラの力を取りこんでいましたが、その中にはジルニトラの意志の断片とでもいうべきものがありました。それが、アーケンをひそかに侵食し、気づかれぬよう内側から蝕《むしば》んでいたのです」

「おまえは、どうしてそのことをアーケンに知らせなかった……？」

アーケンによってつくりだされた使徒である彼女は、神に忠実のはずだ。

ティグルの疑問に、セルケトは艶やかな笑みで応じた。腹部に手をあてながら。

「あなた様のおかげです。あなた様から吸いあげ、私の身体に蓄積されていた忌まわしい女神の残滓《ざんし》が、自分というものを私に与えた。そして、私は求めるものを手に入れるため、ジルニトラを受けいれる器に、己をつくりかえたのです」

ティル＝ナ＝ファの残滓によって生まれた自己が、彼女に欲望を自覚させたのだ。そのためならばアーケンをも滅ぼすという発想に至ったのは、それがティル＝ナ＝ファの残滓によって生まれたものだったからだろうか。

アーケンも、余裕があればセルケトの異変に気づいただろう。だが、気づかなかった。神の意識は竜の牙の力を取りこむことに傾きすぎていたのだ。

「さきほどのあなた様の一撃が、アーケンに隙を生みました。あれがなければ、こうなるのはまだ先のことだったでしょう」

セルケトが右手を軽くあげる。てのひらからほとばしった黒い瘴気が彼女を包みこみ、まとっている神官衣を消滅させた。瘴気は彼女の身体に絡みついて、黒い鱗でできた衣とも鎧ともつかぬものへと形を変えていく。

ティグルは恐怖をねじふせるために、全身全霊を奮いたたせなければならなかった。

セルケトの頭部から角らしきものが伸び、背中から翼が生えた。翼は歓喜の声をあげるかのように広がり、すぐにたたまれる。足は、竜のそれを思わせる形状になった。

竜。ひとに近い形をしているが、いまのセルケトはまぎれもなく竜であった。それも、神をも滅ぼす恐るべき破壊の竜だ。

「私が求めるのは、あなたと、力」と、セルケトがティグルに手を差しのべる。

「さあ、ともにまいりましょう。ジルニトラは、この地上を呑みこむことを求めています」

ティグルは彼女の手を見つめた。三つ数えるほどの間を置いたのは、迷ったわけではない。身体が動くのかを確認するためだった。

「すでに言ったはずだぞ」

黒弓をかまえる。手元に戻ってきた白い鏃を握りしめ、瘴気を生みだして矢をつくった。

「俺の望むものは、地上にしかないと」

「よく言った」

苦しげな息を吐きだしながら立ちあがったのは、エレンだ。白銀の髪は乱れ、身体は傷だらけで、軍衣もぼろぼろだが、セルケトを見据える目から輝きは失われていない。

「それでこそ、私の愛する男だ」

リュドミラとサーシャも、よろめきつつ両足で自分を支えた。

「私は、おまえをジルニトラとは認めない」

ラヴィアスをかまえて、リュドミラは鋭く言い放った。

ジスタートの民にとって、黒竜の化身が活躍する建国神話は親しみ深いものだ。だからこそ黒竜ジルニトラを描いた軍旗を掲げるのである。ジスタートごと地上を呑みこもうとするこの竜は、彼女にとってジルニトラではなかった。

「終わり方は自分で決めることにしている」

サーシャもバルグレンを握りしめて、姿勢を低くした。彼女は十九歳から二十四歳までの五年間、病に罹っていた。彼女の母が『血の病』と呼んでいたものだ。

そのときに、彼女は精一杯生きようと決めた。病だからと諦めて、何もやらなくなったら悔しいと。母もそのように生きたのだから。

相手がアーケンだろうと、ジルニトラであろうと、身体が動く間は屈するつもりはない。

「ご自由に」

笑ったセルケトの右手の中に、青い光が生まれる。それは槍のようにまっすぐ伸びた。見ただけで恐ろしい威力を備えているとわかり、ティグルたちは息を呑む。

セルケトが右手を持ちあげて、一瞬、動きを止める。こちらへ駆けてくる足音が聞こえた。ティグルたちも、セルケトを警戒しつつ、そちらへ視線を向ける。

「ティグルさん！」

ミルの叫び声が聞こえた。離れたところに、彼女とアヴィンが立っている。ミルは淡く青い輝きを放つ剣を右手に、黄金の錫杖を左手に持っていた。腰には束ねた黒い鞭を下げている。

アヴィンは黒弓を背負い、両刃の斧と漆黒と真紅の大鎌を抱えていた。竜具使いたちをことごとく滅ぼし、竜具を回収して、追いついたのだ。

セルケトが無造作な動きで、アヴィンたちに向かって光の槍を投げ放つ。ミルは錫杖の竜具を地面に落として剣をかまえ、アヴィンもまた二つの竜具を放り捨てて黒弓を握った。

青い閃光が広がり、衝撃波がまき散らされて暴風が巻き起こる。

光と風がおさまったとき、ミルとアヴィンはかろうじて立っていたが、傷だらけで、気力だけでどうにか身体を支えていた。

エレンとリュドミラ、サーシャが三方向からセルケトに襲いかかる。セルケトはその場から動かず、右手に光の槍を生みだし、左手から不可視の衝撃波を放った。

光の槍がバルグレンを弾き返してサーシャに稲妻を浴びせかけ、衝撃波はエレンとリュドミラをまとめて吹き飛ばす。三人の戦姫は、刃をセルケトに届かせることもできなかった。

三人の攻撃の間隙を縫《ぬ》って、ティグルが白い鏃の矢を放つ。生みだされた一撃は、だが光の槍に受けとめられた。セルケトが腕を一振りすると、矢が粉々に砕け散る。

ティグルに呼びかけるべくセルケトは口を開きかけたが、すぐに口を閉ざした。ティグルが新たな矢を黒弓につがえていたからだ。

「何度やっても……」

そこまで言ったところで、セルケトは視線を動かす。

アヴィンが同じく黒弓に矢をつがえていた。

瘴気をまとった矢が、二方向から同時に放たれる。セルケトは光の槍を水平に持った。

雷鳴をいくつも重ねたかのような轟音が、大気を震わせる。二本の矢を、驚くことにセルケトは光の槍でまとめて受けとめていた。

セルケトが手を開くと、光の槍が二本の矢とともに消滅する。これにはティグルもアヴィンも言葉を失って立ちつくした。いったい何が通じるのか。

――いや、そうか。

ティグルは気づいた。相手はジルニトラだ。アーケンではない。

萎えかけている足に力をこめ、黒弓を通して女神に祈りを捧げる。

その様子を見て、セルケトはティグルのやろうとしていることに気づいた。それまで、その場から動かなかった竜が、前に歩きだす。

「どこへ行くつもりだ」

セルケトの前に、起きあがったエレンが立ちはだかる。紅の瞳は輝きを失っていなかった。

「ティル＝ナ＝ファが降臨することが、そんなにいやか」

セルケトは言葉を返さない。衝撃波を放って、エレンを吹き飛ばそうとした。

エレンは一瞬早く、アリファールの力で空中へ逃れる。しかし、セルケトは間髪を容れず、光の槍を生みだして投げ放った。エレンはアリファールで光の槍を斬り払おうとするも、槍から放たれた稲妻に身体を焼かれる。短い悲鳴とともに、エレンは地面に落ちた。

セルケトが、とどめとばかりに新たな光の槍を投げつける。だが、地面から湧きだした黒い瘴気がエレンの身体を包みこみ、光の槍をかわした。槍は閃光と衝撃波をまき散らす。

「まったく、誰も彼も世話を焼かせおる……」

痛みに呻きつつ身体を起こすエレンのそばに、小柄な人影が現れる。その人物の正体がわかったとき、エレンの表情を驚愕が走り抜けた。墓守を自称するマクシミリアン＝ベンヌッサ＝ガヌロンだ。

　ガヌロンはエレンを一瞥もせず、観察するような目をセルケトに向けている。

「使徒風情が、分不相応《ぶんふそうおう》な力を身につけたものだな」

　一目見ただけで彼女の身体に何が起きたのか、ガヌロンは理解したらしい。渋面《じゅうめん》をつくって忌々しげにつぶやいた。

「その身体で、まだ動けたのですか」

かつて、ガヌロンが彼女から受けた傷はいまだに回復しておらず、その肉体を蝕んでいる。セルケトはそれを正確に見抜いていた。

「まさか、おまえに助けられるとはな……」

　エレンが立ちあがって、セルケトを睨みつける。

「おまえが生きてるうちに、礼は言っておく。助かった」

　エレンとガヌロンを狙って、セルケトが光の槍を投じる。エレンは反射的に身がまえたが、槍は二人に届かなかった。飛来した一本の矢が、光の槍と激突してともに消滅したのだ。

「無事か、エレン」

　ティグルが駆けてくる。いま矢を放ったのは、彼だった。

「見ての通りだ。まだ剣は振れる」

　ティグルは想い人を見つめる。決意と、信頼と、覚悟をこめて。

「頼む」

　エレンの口元に笑みが浮かんだ。たった一言で、力が湧いてくる。

「任せろ。私がおまえの勝ち目をつくってやる」

　アリファールの力で風をまとうと、エレンは飛翔した。セルケトが光の槍を放つが、寸前で見切ってかわす。だが、かわした瞬間に光の槍は弾けとび、稲妻をまき散らした。雷撃を浴びせかけられてエレンは体勢を崩したが、それでもセルケトに肉迫する。

　エレンの動きを見て、リュドミラとサーシャも身体を起こした。アヴィンとミルもだ。四人とも、ティグルが何をやろうとしているか、悟っている。自分たちが果たすべき役目も。

　エレンが立て続けに繰りだす斬撃を、セルケトはかわし、あるいは手で受けとめる。そこへリュドミラとサーシャ、ミルが駆けつけた。

　四人は視線をかわすこともせず、無言のうちに連係して、セルケトに襲いかかった。エレンが空中から斬りつければ、リュドミラは同じ瞬間にセルケトの足を狙って槍を払う。サーシャは双剣から炎を放って攪乱《かくらん》を狙い、ミルは背後から突きかかった。

　セルケトが全身から衝撃波を放つ。エレンとサーシャはすばやく逃れたが、ミルは吹き飛ばされ、リュドミラは竜具で受けとめつつ後退を強いられた。セルケトの周囲に誰もいなくなった一瞬を狙って、アヴィンが瘴気を帯びた矢を放つ。だが、これは手で弾かれた。

──私だけ、二人より判断が甘い。

悔しさから、リュドミラは奥歯を噛《か》みしめる。戦姫として長く務めているサーシャ。戦姫になる前は傭兵として生きてきたエレン。自分とて毎日の鍛錬《たんれん》は欠かさなかったが、経験においてやはり二人に劣る。だが、泣き言を言っている余裕はない。

ふと、彼女は声のようなものを聞いた気がした。耳に届いたのではない。意識に語りかけてくるようだった。以前にも、このようなことがあった気がする。

セルケトの視線が動いて、リュドミラに向けられる。光の槍を放ってきた。

「それだけあれば充分と言いたげね！」

リュドミラは地面を転がり、かろうじて光の槍をかわす。再び、何かが聞こえた。

思いだした。ヴァンペールの戦いがあった日の夜、戦姫になると決意した自分の耳元にささやきかけてきた声だ。

直感的に、他の世界の存在が浮かんだ。古い時代の神殿で見た光景を思いだす。アヴィンの世界の自分も戦姫だという。この声は、彼がこの世界に来た影響なのだろうか。

──もしできるのなら、力を貸して。

荒唐無稽《こうとうむけい》だと思いながらも、呼びかける。声の主に。

次の瞬間、ラヴィアスから白い冷気があふれて、リュドミラの身体をふわりと包んだ。疲れきっていた身体の奥底から活力が湧きあがり、身体が軽くなる。

――ありがとう！

心の中で叫びながら、セルケトとの距離を詰める。自分の動きを見て、エレンたちが合わせてきた。足を速め、ラヴィアスの穂先から冷気を虚空へまき散らす。

セルケトが周囲に衝撃波を放つ。リュドミラは姿勢を低くしてそれをかわした。まき散らした冷気の流れの変化が、彼女に一瞬早い行動を促したのだ。

リュドミラがラヴィアスを両手で握りしめて掲げる。その周囲に無数の氷の槍が出現し、セルケトに襲いかかった。

「他の世界の戦姫の力ですか」

セルケトがつぶやいて、向かってくる無数の氷の槍を見据える。その瞬間、氷の槍はことごとく砕け散った。それから、彼女は光の槍を生みだした。

「この世界を呑みこんだあとは、他の世界にも行かなければ」

セルケトが生みだした光の槍に、ミルが斬りつける。彼女の剣は光の槍の威力をいくらか弱めたが、打ち消すことはできなかった。痛みに耐えながら、彼女は地面を転がる。セルケトから距離をとりつつ、仲間のための隙をつくった。

リュドミラの生みだした長大な氷の槍が、エレンの放った嵐の刃が、サーシャのつくりだした炎の輪が、めくるめく破壊の光となってセルケトを襲う。

セルケトがそれらをはね返そうとした瞬間、三つの竜技に黒い瘴気がまじった。ガヌロンのものだ。竜技の威力が数倍にふくれあがり、大気と大地が悲鳴をあげる。

セルケトは光に包まれた。だが、それはほんの一瞬のことでしかなかった。

彼女の周囲の地面が削られ、えぐれて、吹き飛ぶ。

破壊の光を吹き散らして、セルケトは悠然と立っていた。よく見れば身体にいくつもの小さな傷が生まれているが、驚くほどの速さで消えていく。

セルケトが左手を軽く振った。上空で唸り声にも似た大気の震えが巻き起こる。そして、一条の閃光がまっすぐティグルを狙って落ちかかった。あたかも光の柱が天と地をつないだかのような光景が出現し、尋常でない光と熱と衝撃がティグルを襲う。

ミルが悲鳴をあげた。エレンがティグルの名を叫ぶ。

光が消えたとき、ティグルは立っていた。黒弓が彼を守らなければ、骨すら残らなかっただろう。だが、それでも彼を襲った衝撃は強烈なものだった。強靱な意志の強さが、かろうじてティグルの両足を大地につなぎとめていた。

エレンとミルはセルケトに向き直り、斬りつける。セルケトは二人の斬撃を片手であしらいながら、もう一度、ティグルを狙って天から閃光を落とした。

しかし、その閃光は、ティグルに届かなかった。

セルケトの視線が、ティグルの背後に向けられる。

暗闇の中に、薄衣をまとった、巨人と見紛うような女性の影が浮かびあがっていた。

顔をあげたエレンやリュドミラは、一目見ただけで声を失っていた。アヴィンとミルは顔を輝かせ、ガヌロンは呆然としている。サーシャは口の端に微笑をひらめかせていた。

女性の髪は長く、顔はわからないが、ひとつだけのようにも三つあるようにも思える。それでいながら、心から頭を垂れてしまいそうな荘厳さを、その影はまとっていた。

女神は降臨した。ティグルの身にではなく、地上に。

†

ティル＝ナ＝ファとセルケトの激突は、実際には一瞬だった。だが、その光景を目にしたティグルたちには、両者が離れたとき、どれぐらいの時間が過ぎていたのか、とっさにわからなかった。一瞬の間に、永遠とも思える力のぶつかりあいがあったからだ。もっとも、具体的に何をしたのかは、まったく知覚できなかった。

わかったのは、セルケトが追い詰められたということだけだった。彼女は背中の翼を大きく広げて、上空へと羽ばたいていく。

どうなったのか。そう聞こうとしたら、口を開く前に、ティル＝ナ＝ファの意志がティグルの意識に流れこんできた。

ジルニトラの『力』の大半を引き離したが、完全にとはいかなかったらしい。セルケトの身体には、まだ神殺しの竜の『力』がいくらか残っており、それだけでも世界を滅ぼすには充分ということだった。

「ありがとう」

意識的に、口に出して礼を述べる。おそらく、考えるだけでもティル＝ナ＝ファには伝わるようだが、言葉にしたいと思ったのだ。

――だが、どうする？

ティグルは空を見上げる。ティル＝ナ＝ファは、引き離したジルニトラの『力』をおさえるのに手一杯らしい。どうやればセルケトを追うことができるのか。

そのとき、竜の鳴き声をティグルは聞いた。その方角を見れば、闇を切り裂いてこちらへ飛んでくる一頭の大きな飛竜《ヴィーフル》がいる。その身に淡い燐光をまとって。鱗は緑青色をしていた。

とっさに身がまえたティグルたちだったが、飛竜は敵意を見せず、突風を巻き起こしながら地面に降りたった。エレンが怪訝そうな顔をしながらも、飛竜に近づいていく。

「おまえ、まさかルーニエか……？」

その言葉に、誰もが驚きを隠せなかった。むろん、ティグルもだ。

もしやと思って、ティル＝ナ＝ファを見上げる。彼女の意志が流れこんできた。

ルーニエに、ジルニトラの『力』をごくわずかに与えたと。少しの間なら、この姿でいられるだろうとも。

「そうか」と、ティグルは表情を緩《ゆる》めて、ルーニエの顔のそばに歩み寄る。

「おまえは幸運を呼ぶ獣だものな」

そう呼びかけて、鼻を撫でると、ルーニエは低く唸った。

「いいなあ」と、ミルがつぶやき、アヴィンに軽く小突かれる。サーシャを支えて立ちあがったリュドミラは、とにかく起きたことを受けいれることにしたようで、「行くの？」とだけ聞いてきた。

「行ってくる」

ティグルはルーニエの背中によじのぼる。飛竜は抵抗しなかった。

そのとき、風が巻き起こる。エレンがアリファールの力で跳躍し、ティグルの後ろに飛び乗ったのだ。ティグルは驚き、彼女に下りるように言おうとしたが、それより先にエレンはティグルの肩を力強くつかんだ。

紅の瞳に、決意と覚悟が満ちている。万の言葉に優る輝きに、ティグルはうなずいた。自分の肩に置かれた彼女の手を、軽く叩く。前に向き直り、ルーニエの背中に手を置いた。

それを合図と理解して、ルーニエが翼を羽ばたかせる。暗闇に包まれた空へ飛翔した。

高く、高く、飛竜は飛び続ける。

雲を突き抜けると、満天の星が見えた。

星々を背景に、セルケトが浮かんでいる。急がなければならない。ルーニエに与えられたジルニトラの『力』が消え去れば、勝敗を決する前にすべてが終わってしまう。

ティグルはすぐには矢を射放たず、セルケトの周囲を飛びながら、隙をうかがう。セルケトは悠然とした態度を崩さず、両手を掲げた。

彼女の頭上に、光が生まれた。それは闇を打ち払いながら、瞬く間に大きくふくれあがる。星の輝きのようだと、ティグルは思った。ただし、ことごとくを滅ぼす星だ。

ティグルは呼吸を整えて、黒弓に一本の矢をつがえる。セルケトのかまえを見ても、矢を放てるのは一度きりだろう。この一矢にすべてをこめると決めた。

矢をつがえ、弓弦を引こうとして、ティグルの顔に狼狽が浮かぶ。手に力が入らない。ここまで戦い続けた反動か、女神を降臨させることで、消耗したからか。

そのとき、エレンがティグルの右手に、己の手を重ねた。温かく、力強い手だった。

「動かせるか？」

「ああ……」

何より、彼女の存在を重ねた手で感じられることが、ティグルには嬉しかった。

セルケトを見据える。奥歯を噛みしめる。弓弦をさらに引き絞る。

ティグルたちの周囲に、六つの輝きが現れた。ラヴィアスが、バルグレンが、それからザートが、ヴァリツァイフが、ムマが、エザンディスが、白い光をまとって、ティグルたちを守るように、そして後押しするように浮かぶ。

呆然としていると、エレンの手からアリファールがひとりでに離れた。やはり白い光をまとって空中に浮かび、他の竜具に加わる。

そして、七つの竜具から白い光があふれた。ティグルとエレンが持つ矢の鏃に集束する。

セルケトが光の塊を投げ放つ。

ティグルたちもまた、矢を射放った。まったく同時だった。

視界が白い光に包まれる。だが、ティグルの目には見えていた。

自分たちの矢が、光り輝く巨大な剣を形作って光の塊を貫き、セルケトの胸に刺さって、背中まで突き抜けたのを。

光の剣が消え、セルケトの胸から黒い瘴気がこぼれだす。『力』が漏れでていき、身体から色が失われ、少しずつ崩れだした。その身に宿したものごと、滅んでいく。

やがて、視界を包む光が消えたとき、セルケトの肉体は微塵も残っていなかった。はじめからそこには何もなかったというかのように。

このとき、ティグルは自分の世界のアーケンが、虚空に消えた『力』とともに滅び去ったことを感じとった。他の世界のアーケンについてはわからないが、無傷ですむとは思えない。

背後で何かが動いたのを、ティグルは感じた。振り返れば、エレンの身体が傾いている。いつのまにか、彼女は気を失っていた。

ルーニエも大きく体勢を崩す。力尽きたことに加えて、ジルニトラの『力』も使い果たしたのだろう。

ティグルは黒弓を放り捨てて、エレンを抱きしめる。二人とも虚空に投げだされた。決して放すまいと、全身の力を入れる。

二人はひとつになって、落下していった。


暗闇の中に、ティグルは立っている。いつ意識を取り戻したのか、よくわからない。

周囲を見回しても誰もいない。エレンも。

——どこだ、ここは。

そう思っていると、正面と思われる方向から声がした。

『魔弾の王よ』

その声は女性のようでもあり、そうでもないようにも思えた。また、ひとりの声にも、三人の声が重なっているようにも聞こえた。ティグルにとって、いまでは馴染みのものとなっている声だった。

——ティル＝ナ＝ファ。

意識の中に、感謝とも賞賛ともとれる、彼女の意志が流れこんでくる。

「アーケンは滅んだのだと思うが、ジルニトラはどうなった……？」

冥府の管理者は星の彼方に去った。竜は長い眠りについた。

言葉にすると、そうなるだろうか。とにかく危機は去ったと考えてよさそうだった。

戦いは、終わったのだ。

「ありがとう」

女神は微笑を浮かべている。ふと、ティグルはあることを聞きたくなった。

「どうして、あなたやジルニトラは人間に黒弓や竜具を与えてくれたんだ」

黒弓と竜具がなければ、勝利をつかむことはできなかった。

だが、それとわかっていても、ティグルにはそれらが人間の手に余る力のように思える。

神と戦える力が、人間の手にあってよいものだろうか。

ティル＝ナ＝ファの意志が流れこんでくる。ゆらめく炎が、脳裏に浮かびあがった。

『あなたたちは火を手放さなかった』

神話の時代か、それよりさらに古い時代。人間は火を手に入れた。

火はさまざまな形で人間に恩恵をもたらしたが、同時に人間から多くのものを奪った。長い長い時の中で、どれほど多くの命が、想いの結晶が灰燼《かいじん》に帰《き》しただろうか。

それでも人間は火を手放さなかった。火を制御し、操る意志を捨てなかった。

『いつか』

自分たちが与えた力ですらも、いつか火と同じものになるだろう。

純粋に、無邪気に、彼女は人間を信じていた。ジルニトラもそうであるらしい。

『私はいつでもいる。私たちはどこにでもいる。暖かな陽射しに、水の流れに、吹き抜ける風に、朽ち果てた石壁の陰に』

いつかひとが滅び去るか、それとも女神の信じているものを失うときまで、ティル＝ナ＝ファは人々を見守るのだろう。

「俺は、未来に残していくことしかできないぞ」

父と母が、自分に多くのものを残してくれたように。時が過ぎて、忘れ去られてしまうことのないように。

それでいいと、ティル＝ナ＝ファは笑った。

ティグルの意識は、急速に遠ざかっていった。


目が覚めたとき、ティグルの視界に映ったのは夜空だった。

無数の星が輝いているので、一瞬、まだ雲の上にいるのかと錯覚する。だが、背中から伝わってくる固く冷たい感触は慣れ親しんだ大地のものだった。それに、よく見れば空が遠い。

次いで、自分の身体に温かく、やわらかいものが乗っていることを感じとる。それがかすかに揺れて、髪が顔にかかった。甘やかな匂いが鼻をつく。

──エレン……。

心の中でつぶやいて、抱きしめる。かすれた声が「ティグル」と、自分の名を呼んだ。

「気がついた？」

視界に、ミルとアヴィン、リュドミラ、サーシャの顔が現れる。

「ついさっき落ちてきたのよ、二人で。ゆっくりとだったからよかったけど」

身体を起こす。自分が抱きしめているのは、やはりエレンだった。

暗がりに慣れてきた目が、足元にうずくまっているルーニエを捉える。ルーニエは見慣れた幼竜の姿に戻っていた。疲れたのだろう、静かに眠っている。

「ティグルさん」

アヴィンがティグルのそばに膝をついた。深刻な表情でティグルの顔を覗きこむ。何を聞けばいいのかわからないようだった。

「アーケンは滅んだ。星の彼方に去ったと、ティル＝ナ＝ファが教えてくれたよ」

「女神が教えてくれたのなら、間違いなさそうね」

リュドミラが苦笑を浮かべる。彼女はラヴィアスの他に、錫杖の竜具ザートと、大鎌の竜具エザンディスを抱えている。サーシャはバルグレンを腰に差し、鞭の竜具ヴァリツァイフを丸く束ねて腕に通し、斧の竜具ムマを担いでいた。そして、アリファールを持っている。

そのとき、エレンが意識を取り戻した。

「ティグル……」

ぼんやりと自分を見つめる想い人を、ティグルはしっかり抱きしめる。

「終わったよ」

「そうか」

二人にとっては、この短いやりとりだけで充分だった。エレンもまた、ティグルの背中に手を回す。おたがいのぬくもりを伝えあい、生きていることを喜びあう。

しばらくの間、二人はそうしていた。


ティグルが皆に戦いについて話しているころ、ガヌロンはひとりで荒野を歩いていた。

「アーケンは滅んだ。ジルニトラは眠りについた……」

ティグルたちとセルケトの戦いの結末を、彼は正確につかんでいた。

「死者はそのままにしておくべきなのか……」

これまでガヌロンは、死んだ親友をよみがえらせるために行動してきた。ティグルたちへの協力も、そのためだ。彼のために世界を守り、竜の牙によって彼を蘇生させるつもりだった。

竜の牙は失われた。だが、ティル＝ナ＝ファは健在だ。女神の力をもってすれば、人間をひとりよみがえらせることなど造作もないはずだ。

だが、いま、彼の心には迷いが生まれていた。

アヴィンとミルが古い時代の神殿で見せた、無数の分かたれた枝の先。

その中のいくつかには、親友をよみがえらせた自分の姿があった。そして、よみがえったことを喜ばない親友の姿があった。

「シャルルよ……」と、ガヌロンは亡き親友の名をつぶやく。

「貴様の遺志を語り継いでいくのが、正しいのか」

答える者はなく、彼は歩き去っていった。

同じころ、ディエドに率いられた約五百人のキュレネー兵は、かつてムオジネル王国と呼ばれていた地を通過していた。数が増えたのは、オストルフの戦いの敗残兵を集めることができたからだ。

十数日前に、ディエドはアーケンの力が失われたことを知った。敗残兵たちが、神征《アテン》についてて率直な疑問を抱くようになったからだ。「長く酒に酔い続けていたような気分だ」と、多くの者が口にした。そのうちの何割かは、その気分を懐かしんでいるようだったが、それも仕方ないだろうとディエドは思った。

——夢だったんだ。血みどろの。

他国の人々にとっては、悪夢だったろう。そして、自分たちが夢から覚めたように、彼らも悪夢から覚めるに違いない。

ムオジネルの人々は、遠からず知るだろう。キュレネー軍の敗北と、神征の失敗を。彼らが復讐に転じる前に、ここを通過しなければならなかった。

二年後、キュレネーは復興した周辺諸国に攻められて滅びることになる。

そして、ディエドは自分に従う数百人を連れて、東に向かって新天地をさがす旅に出る。

彼はときどき、「恩人」の話をした。隻眼で、弓が得意な異国の人間の話を。

その人物の話をしているとき、彼はいつも満ち足りた表情だったという。

セルケトとの戦いが終わって数十日が過ぎたころ、アヴィンとミルは、ヴォージュ山脈の南端にある古い時代の神殿にいた。自分たちの世界に帰るのだ。

ちなみに、二人は戦いが終わったあと、誰にも何も告げず、ひそかにティグルたちのもとを離れている。この世界で手に入れたものについては悩んだ挙げ句、すべて持ってきた。そして、さきほど神殿の前に穴を掘って、埋めたところだった。

「ところで、本当にお別れをしなくていいの？」

ミルが尋ねる。アヴィンは憮然《ぶぜん》として答えた。

「最後に見せるのは笑顔にしようと、二人で決めただろう」

顔を合わせて別れを告げたら、たぶん泣くだろうという自覚が、二人にはあった。涙を我慢しても、ひどい顔になってしまうと。

だから、黙って去った。自分たちを思いだすようなものも、できるかぎり持って。

自分たちはこの世界の人間ではない。何かを残すべきではなかった。

「いろいろあったわね」

半球形の天井を見上げて、ミルが感慨深げにつぶやく。アヴィンもうなずいた。

この世界にはじめて来て、おたがいのすべてを見てしまい、争いになったこと。

旅を続け、いろいろなひとと出会い、話した。この世界の深刻な状況を知るほど、おたがいを鼓舞《こぶ》した。軽口を叩きあった。立ち寄った村を救ったこともあった。

ティグルとエレン、そしてリュドミラに会ったときは、本当に嬉しかった。

彼らに会うことができればすべてがうまくいくなどと思っていたわけではないが、そのあとも波瀾万丈《はらんばんじょう》だった。ティグルを殺さなくてよかったと、アヴィンは心から思う。

王都が陥ちてから、多くの兵と知りあった。彼らを指揮して馬を走らせ、戦った。

一年もいなかったのに、自分たちはどれほど濃密な時間を過ごしただろう。

「これであなたともお別れか」

アヴィンとミルも、二度と会うことはないだろう。ふと、からかうような笑みを浮かべて、ミルが問いかける。

「あなたの世界に、私はいないのよね」

「妹や、おまえに劣らずうるさい義姉はいるがな」

そう答えてから、アヴィンは首を横に振る。これが最後にかわす言葉になるのはいやだ。少し考えて、彼は短く言った。

「楽しかったな」

ミルは「うん」と、元気よくうなずいた。

それは二人にとって、まごうことなき事実だった。

彼女が剣を掲げる。刀身が青い輝きを放った。壁や天井に無数の青い輝きが生まれる。

二人の姿は青い光に包まれ、その輪郭が急速に曖昧なものになっていく。

一瞬、二人はいまにも泣きだしそうな顔をした。それから無理矢理、笑顔をつくった。

次の瞬間、二人は音もなく消え去り、壁や天井の輝きも大気に溶けるように小さくなっていった。広い空間に、静けさが訪れる。

廃墟が崩れ去ったのは、それからまもなくのことだった。

エピローグ

いまでないとき、ここでない世界で。

自分の世界に帰還したことを確認し、古い時代の神殿から勢いよく飛びだしたミルの前に現れたのは、くすんだ赤い髪をした若者だった。中肉中背で、服もズボンも長旅に耐えうる頑丈なつくりのものばかりだ。腰には鉈《なた》を吊している。

「ヴェーテ兄様……！」

ミルはおもわず手を口元にあてて叫んだ。彼女の兄はヴェーチェルといい、親しい者からはヴェーテという愛称で呼ばれている。髪の色と優しげな面立ちは父親譲りだと、母によく言われていた。

「かたづいたのか？」

ヴェーチェルに聞かれて、ミルは戸惑《とまど》いながらも「うん」と、うなずく。兄の顔を見ているうちに、自分の世界に帰ってきたのだという実感が徐々に湧いてきた。見上げれば、透き通るような蒼空を背景に、太陽は中天を通り過ぎようとしている。

「もしかして、ずっとここで待っていてくれたの？」

「ああ。だいたい半年と少しかな。言っておくが、神殿の中には一度も入ってないぞ」

そう言ってから、彼は妹の様子を観察する。

「大きな怪我はなさそうだな」

「その点は安心してくれていいわ。私だもの」

ようやくいつもの調子を取り戻して、ミルは胸を張る。その態度と表情に、ヴェーチェルは安心したようだった。彼の足元には荷袋があり、背後には一頭の馬がたたずんでいる。

「かたづいたならお祝いだな。アルサスに帰ったら、鶏の丸焼きをつくってやる」

鶏の丸焼きという言葉に、ミルは目を輝かせた。兄のつくるそれは、彼女の大好物のひとつだ。父と母が共同でつくるものにこそ及ばないが、焼き加減と、鶏の中身に詰めるキノコや香草の組み合わせが、ミルの好みに見事に合致するのである。

「まだ日が暮れるのは先だが、帰るか？　それとも、今日はここで休んでいくか？」

「ここで休んでいく」

ミルは即答し、何から話そうかと胸を弾ませながら、身を乗りだした。

「話したいことがたくさんあるのよ。お兄様はキュレネーについてどれぐらい知ってる？」

「キュレネーなら来年、行く予定だな」

荷袋から、葡萄酒《ヴィノー》の入った革袋を取りだしながら、こともなげにヴェーチェルは答える。ブリューヌ王を父に持つ彼は、外交の使者として近隣諸国に派遣されることがよくあった。

「今回の件も踏まえて、様子を見てこいというところ……」

「私も行く！」

兄の言葉を遮《さえぎ》って、ミルは叫ぶ。ヴェーチェルは驚いたが、すぐに気を取り直した。

「おまえがブリューヌとジスタート以外の国に興味を持つなんて珍しいな」

「そう思うだけのことがあったのよ。とにかく、私も行くわ」

「キュレネー語の挨拶《あいさつ》を覚えたらな」

そっけないように聞こえながら、温かみのある言葉を返して、ヴェーチェルは地面に座る。

ミルも兄の向かい側に腰を下ろした。

「ジスタートとブリューヌもいいけど、他の国も見てみたくなったの。でも、その前に向こうでやってきたことを報告しないとね……」

妹の話に、ヴェーチェルは黙って耳を傾けた。


目を覚ましたとき、アヴィンは視界が明るすぎることに、顔をしかめた。

次いで、後頭部から伝わってくるやわらかな感触に、違和感を抱いた。

「ばあ」

そして、目の前に突然、ひとの顔が現れたことに心の底から驚いた。反射的に右手を振りあげたが、相手が誰であるかを認識して、当たる寸前で止める。よかったと思ったのも束の間、右腕をつかまれてひねりあげられた。

「せっかく、お姉様が心地よい眠りを提供してあげていたのに、そのお礼がこれ？　他の世界へ行って、ずいぶんひとが変わってしまったのね」

「何が心地よい眠りだ。頼んだ覚えはないぞ」

右腕をつかむ手を振りほどいて、アヴィンは身体を起こす。彼の前には、十八、九歳だろう美しい娘が座りこんでいた。青い髪は腰に届くほど長く、傍《かたわ》らには見事な装飾を凝らした槍が置かれている。その造形は槍の竜具《ヴィラルト》ラヴィアスによく似ていた。

「おまえ、どうしてここに？」

気を取り直して、アヴィンは彼女に尋ねる。彼女の名はルフィーニア。師であるリュドミラ＝ルリエの娘で、アヴィンにとっては義姉でもあった。エレンにもリュドミラにも言わなかったが、この世界のティグルは、アヴィンの母とリュドミラの二人を妻にしているからだ。

「そろそろ帰ってくるだろうと思ってね、迎えに来たの。ちょっと驚かせてあげようと思ったんだけど、さっきのあなたの顔、見ものだったわよ。ここまで来た甲斐はあったわ」

意地の悪い笑みを浮かべる彼女に、アヴィンは憮然《ぶぜん》とした顔で横を向く。どうもこの義姉は苦手だった。相手をしていると疲れるといつも思わされるのに、どこか安心できるのだ。いまもそうで、彼女の声を聞いていると、帰ってきたという実感が湧いてくる。

「それで、解決したの？」

「したよ。俺たちの世界のアーケンも、星の彼方へ去った」

自分の黒弓から、アヴィンはそのことをつかんでいた。

黒弓を見つめると、訪れた世界で出会った多くのひとたちの顔が、二度と会うことのないひとたちの顔が、次から次へと思いだされた。

「いろいろとあったみたいね」

アヴィンの横顔を見て、ルフィーニアが言った。

目に浮かびかけた涙が流れる前に、アヴィンはそれを乱暴に拭う。彼らのことを思いだすのに涙は似合わない。彼らのことを話すときは、笑顔でいたい。

「あったよ。本当に、いろいろなことがあった」

忘れられないことが。決して忘れてはいけないことが。

「ところで、こっちはどうだ？　アーケンはいなくなったんだから、面倒なことはだいたい解決したはずだが」

普段のルフィーニアは、次代の戦姫たらんとして母を補佐している。その義姉がここにいるのなら、それほど深刻な事態は起きていないと思うのだが、気になった。

すると、彼女は、聞かれるのを待っていたというかのように、笑って話しだした。

「おもしろいことが起きたわ。竜具というか、戦姫が増えたのよ」

あまりに予想外の話に、アヴィンは口を半開きにして、その場に立ちつくす。

「どうしてそんなことに……？」

「あなたが他の世界でやったことの影響じゃないかと言われてるわ。どうもこの世界と、あなたが行った世界って、おたがいに影響を与えやすいみたいなのよ。お母様も二度ぐらい、そちらに干渉していたみたいだし。とにかくいま、ジスタートは大混乱よ」

ルフィーニアは勢いよく立ちあがり、アヴィンに手を差しのべる。

「行くわよ、愛しい義弟《おとうと》よ。私たちの手で解決するの」

アヴィンは首をすくめた。帰ってきたことを、再び実感しながら。


ティグルヴルムド＝ヴォルンの功績は、ブリューヌではほとんど評価されなかった。

仕方ないことではある。まず、セルケトと戦ったなどという報告ができない。荒唐無稽《こうとうむけい》にもほどがあるし、ブリューヌとジスタートで多くのひとから忌まれているティル＝ナ＝ファの力を借りて勝ったなどと、口が裂けても言えるはずがない。

できる報告は、キュレネー軍と戦って勝利し、ジスタートを守ったということだけだった。

そして、ティグルがジスタートで戦っていた間、ブリューヌはジスタートと同様にキュレネー軍の脅威にさらされていた。レギン王女の命令によるものだったとはいえ、「母国の危機に帰ってこないのでは、それでも英雄か」という批判が出るのは避けられなかった。

また、ティグルがセルケトを退《しりぞ》けたあと、ブリューヌ軍は、ブリューヌ西部にとどまっていたキュレネー軍を打ち破っている。

アーケンの加護が消え去ったキュレネー軍は、いってしまえば練度の低い兵たちの集団でしかない。加えて、彼らは自分たちの置かれた状況に混乱していたし、ブリューヌの冬の寒さに弱ってもいた。まともに戦える状態ではなく、一撃で粉砕されて散り散りになった。ブリューヌ軍は相手の弱さに驚きつつ、何度も追撃をかけて、彼らを徹底的に叩いた。

この結果は、この戦において大きな武勲《ぶくん》をたてた騎士や諸侯の発言力を、一気に増大させることとなった。彼らの中には、先の内乱で功績をたてたティグルをはじめとする諸侯を妬んでいる者もいて、ティグルの行動を痛烈に批判した。

ティグルとしては、そういった批判を甘受するしかない。ブリューヌを顧みなかったのは事実なのだ。レギン王女だけは、ブリューヌとジスタートの友好のために奮闘したと、ティグルを賞賛してくれたが、彼女であってもそれが精一杯だった。

そうして、「ブリューヌの英雄」は王宮から遠ざけられた。

もっとも、ティグルにとって大切なものは残った。アルサスに帰還した彼は、領民たちから喜びの声で迎えられたのだ。こちらの方がよほど嬉しいことだった。

キュレネー軍の神征《アテン》で、アルサスの受けた被害は少ない。とはいえ、それは他の地にくらべればということであって、無傷ではなかった。

ティグルは領内を駆けまわって、文字通り寝る間も惜しんで働いた。アルサスに、ようやく平穏な時が訪れようとしていた。


だが、ティグルがアルサスの統治に専念できたのは、わずか二ヵ月ほどだった。

夏のはじまりごろ、ティグルは王都ニースの王宮に呼びだされ、レギン王女からあることを命じられた。

「我が国は、ジスタートとの友好をいままで以上に深める必要があります」

ジスタートとブリューヌがキュレネー軍に勝利したことが広く伝わると、キュレネーに滅ぼされたすべての国で、反キュレネー軍が組織された。そうしてキュレネーに対する反撃と、国家の復興が行われるようになった。

ブリューヌに余裕があれば、近隣諸国を併合するか、復興の支援をするかという選択がとれただろう。だが、現在のブリューヌにそのような余裕はない。自身を立ち直らせなければならなかった。

ひとつ懸念があるのは、アスヴァールとの関係だ。キュレネー軍との戦いの最中に彼らと衝突した件については、いまだに解決していなかった。しかも、衝突した者の幾人かは、キュレネー軍との戦いで武勲をたて、影響力を増しているというありさまだったのだ。

アスヴァールとは今後、さまざまな形で交渉していくにしても、ひとまず味方をつくらなければならない。ジスタートをその相手に選ぶのは当然のことだったし、ジスタートへの使者として、ティグル以上の適任はいなかった。

「たしかに、私は他の者よりジスタートの事情に詳しいとは思いますが……」

さすがに調子がよいのではないかと、ティグルも思わざるを得ない。もっとも、命令自体は受けるつもりだった。ジスタートへ行く口実ができるからだ。

キュレネー軍を撃退したあと、ジスタートはエレンとリュドミラ、サーシャの三人の戦姫が中心となって、復興と再建に着手した。

やるべきことはいくらでもあったが、まず手をつけたのは、新たな統治者の選定である。イルダー王の死後、王族たちは統治者としての責任を押しつけあって、誰も玉座につこうとしなかったが、キュレネー軍が去ったことを知ると、我も我もと次代の王に名のりをあげた。

そこでサーシャは意地の悪さを発揮して、王族とはいえ。王位継承権を与えられないほどの遠縁であるヴァレンティナを玉座につけることにした。

「キュレネー軍との戦いで、多くのひとが命を落としました。復興と再建は、口でいうほど簡単なものではありません。まして、我が国は女性に王位継承権を認めはしても、女王を出したことはない。重圧は大きなものになるでしょう。それでも、引き受けてくださいますか」

サーシャの丁重な頼みを、ヴァレンティナは二つ返事で引き受けたという。

そして、ジスタートは復興に向けて歩みはじめたのである。ヴァレンティナが玉座についてまもなく、四つの竜具がそれぞれ新たな戦姫を選んだのも、ジスタートの民の士気を高めることになった。

そうしたジスタートの状況を、ティグルはエレンとの手紙のやりとりで知っている。ブリューヌの状況も、わかる範囲で彼女に伝えていた。だが、おたがいに忙しくて会うことはできていない。いまやエレンはジスタートを支える七人の戦姫のひとりであり、ライトメリッツ公国の統治者である。自由に動きまわれる立場ではなかった。

アルサスに帰還してから数日後に、ティグルはヴォージュ山脈に向かった。山を越えれば、ライトメリッツまではすぐだった。


ブリューヌの使者としてライトメリッツを訪れたティグルを迎えたのは、驚くべきことにリムことリムアリーシャと、ルーリックだった。ルーリックは奇抜な髪型を維持していた。

エレンは統治者としてライトメリッツを訪れたあと、リムを自分の副官につけた。ただ親友というだけで副官につけたことに、官僚たちからは異論の声があがったが、それから十数日ほどでリムが事務処理能力の高さを見せると、皆、彼女を認めるようになったらしい。

ルーリックは、リムに誘われたのだと言った。彼は、自分がライトメリッツ公国で生まれ育ったことをアヴィンとミルに話したことがあったのだが、リムはその二人から聞いたらしい。どうせならライトメリッツの騎士にならないかと言われ、やってみることにしたという。

ルーリックと別れ、リムに案内されて、ティグルはエレンのもとに向かった。

統治者の執務室にエレンはいた。真新しい軍衣に身を包んでいる。壁にはアリファールが立てかけられていた。

リムが下がって、二人きりになる。

「元気そうでよかった」

ティグルの口から出てきたのは、そんなありきたりな言葉だった。それだけでは何も伝えられていない気がして、どうにか言葉をひねりだす。

「君のことを考えない日はなかった」

事実だったが、やはり陳腐《ちんぷ》ではあった。エレンは無言でティグルの前に立つ。からかうような目で見上げられて、ティグルは何を求められているのか、ようやく理解した。

エレンを抱きしめる。二人は唇を重ねた。

だが、二人は愛を語りあう前に、政治的な事情を話しあわなければならない立場の人間なのだった。ティグルの話を聞き終えて、エレンは軽くうなずく。

「ジスタートでも似たような動きは出ている。こちらも他国に対して何かを仕掛ける余裕はないので、安心できる味方がほしいというわけだ」

「じゃあ、話はまとまりそうか」

「そこだ」と言って、エレンはどこか試すような視線をティグルに向ける。

「この話を利用しない手はないと思わないか」

言葉の意味がわからず、ティグルは首をかしげた。いささか遠回しすぎたと思ったようで、エレンは補足する。

「戦姫になった私には、面倒くさいことにいくつか求婚の話がきた。おまえはどうだ？」

「昔はあったが、今度の件で全部立ち消えになったよ」

答えてから、ティグルは彼女の言いたいことに思いあたって、眉をひそめる。

「ブリューヌの小貴族と、ジスタートの戦姫では、難しいんじゃないか？」

それについても、あとで話しあおうと思っていたのだ。まさか、エレンが先に持ちだしてくるとは思わなかった。

「難しい」と、はたして彼女は仏頂面《ぶっちょうづら》で答える。

「戦姫の地位は王に次ぐものだからな。重要な情報の漏洩に対する懸念、戦姫の治める公国への影響、そういったことを考慮して、国内の有力な諸侯などから選ぶものだそうだ。いま挙げた二つの点に問題がなければ、平民や小貴族などでもかまわないらしいが、とにかく他国の貴族と結ばれたいなどという話は強く反対されて、まずかなわない。だが——」

最後の一言に重みを乗せて、エレンは言った。

「私も戦姫になって、政治というやつを多少はかじった。二つの国の友好を深めるための結婚というものも、世の中にはあるそうだ」

ティグルはおもわず顔をほころばせる。

「ブリューヌなら、むしろ喜んで賛成してくれるだろう。ジスタートの戦姫と結ばれれば、それを理由に俺をブリューヌの中心から遠ざけることもできるからな」

「我が国でも、反対意見は黙殺できると思っていい。サーシャとリュドミラ殿が、このことに反対するはずがない。おまえがどれだけ戦ってくれたか、よくわかっているからな」

エレンがさきほども言ったように、戦姫の地位は王に次ぐ。まして、エレンたちは救国の立役者だ。民と兵の人気も非常に高い。異を唱えることは非常に難しいというわけだった。

ティグルはおもわず彼女を抱きしめようとしたが、寸前で気を取り直す。不思議そうな顔をするエレンを見ながらひとつ咳払いをした。多少は格好をつけたい。

「エレオノーラ」と、正式な名で呼びかける。

「愛している。これまでも、これからもずっと。妻に、なってほしい」

エレンも微笑を浮かべて、軍衣の裾を軽く持ちあげた。

「喜んで、お受けします」

窓から射しこむ陽光が、重なりあってひとつになった影を床に描いた。

翌年、ティグルとエレンの結婚が公に発表された。

その後、ヴォルン伯爵家は、おもわぬ形で勢力を拡大することになった。

両国の友好を深めるために、ライトメリッツとアルサスはヴォージュ山脈のふもとの山道を整備し、陸路を使った交易を増やすようにしたのだが、これが発端となる。

このころになると、ジスタートの騎士や諸侯が、キュレネーとの戦いにおけるティグルの活躍を評価していることが、少しずつブリューヌに伝わっていった。

こうなると、ブリューヌもティグルの存在を無視できなくなる。東部の諸侯の盟主としての地位と権限をティグルに与えた。

東部の諸侯らにしても、ヴォージュ山脈を挟んでジスタートの戦姫や諸侯と衝突することがあったので、彼らとの交渉をティグルがまとめてくれるのならおおいに助かる。ティグルの穏やかな為人《ひととなり》もあって、賛成した。

ティグルヴルムド＝ヴォルンの名は、ブリューヌの英雄ではなく、魔弾の王でもなく、ブリューヌ東部の、弓の技量が卓越した盟主として語り継がれていくことになる。

あとがき

前巻を読んでくださった皆さま、お待たせしました。

川口士《かわぐちつかさ》です。『魔弾の王と叛神《はんしん》の輝剣《きけん》』三巻をお届けします。

『魔弾の王と戦姫《せんき》』『魔弾の王と凍漣《ミーチェリア》の雪姫』に連なる新たな物語として、全三巻の構想ではじめた本作ですが、皆さまの応援のおかげで予定通りに物語を終えることができました。

前巻の最後でアーケンの支配から脱したティグルですが、彼はアーケンを倒すべく、エレンたちのもとへ急ぎます。エレンたちもまた、最後の決戦に向けて動きだします。彼らが未来をつかむまでの過程を、そしてつかみとった未来を楽しんでいただければと。

それでは謝辞《しゃじ》を。『凍漣』に続き、この『叛神』でも最後までおつきあいくださった美弥月いつか様、ありがとうございました！　未来に向かっていくティグルとエレン、いろいろと変わったセルケトなど、おかげさまで見応えのある最終巻になってくれました。

編集のH塚様、うちの事務所のT澤さんも諸々、ありがとうございました。

本作が書店に置かれるまでの過程に関わったすべての方にも、この場を借りて感謝を。

そして本作を支えてくださった読者の皆様。本当にありがとうございました。

いくつか宣伝を。

かたせなのさん、早矢塚かつやさんによる『恋する魔弾と戦姫のアカデミア』のコミックスが電子書籍限定で発売しました。本編だけでなくおまけ漫画あり、ゲストイラストありと盛りだくさんの内容なので、各電子書籍ストアさまでぜひ。本作はニコニコ静画内「水曜日はまったりダッシュエックス」及びヤンジャンアプリで連載中です。

『魔弾の王と戦姫　第七章　伝説の終焉』も電子書籍限定で本作と同日に発売しました。この合本版にも長くつきあっていただきましたが、この第七章でついに完結です。例によっていろいろと加筆修正しております。


さて、今後の予定ですが『魔弾』とは違う完全新作を進めています。題名はこのあとの広告が入りますが、完成作のお披露目はもう少し先になりそうだけど、ご期待ください。

それから『魔弾』シリーズをですね、もう一作進めています。イラストに植田亮《うえだりょう》さんを迎え、ソフィーがヒロインの新作『魔弾の王と極夜の輝妃（仮）』が今夏発売です。ご期待ください。


四月にしては暖かすぎる日に　　　　川口　士

師匠より先に魔王を倒す!
人類最強の男を師に持つ少年ロックは古の魔剣ホルプ、
盾の乙女エリシアら仲間と共に魔王討伐の旅に出る!
魔弾の王シリーズの川口士が贈る、恋と冒険の王道
ファンタジー、装いも新たに復活!
千の魔剣と盾の乙女《せんのまけんとたてのおとめ》
電子書籍限定・新装合本版全5巻 今夏刊行開始予定
仲間との出会い、
魔物たちとの熾烈な戦い
幾多の苦難を乗り越えて
少年は勇者への道を歩み出す
小説 川口士
挿画 nio

ダッシュエックス文庫

魔弾の王と叛神の輝剣3

川口 士

2024年5月29日　第1刷発行

★定価はカバーに表示してあります

発行者　瓶子吉久
発行所　株式会社　集英社
〒101−8050　東京都千代田区一ツ橋2−5−10
03(3230)6229(編集)
03(3230)6393(販売／書店専用) 03(3230)6080(読者係)
印刷所　図書印刷株式会社

ISBN978-4-08-631551-7 C0193